JEFFERY DEAVER

Blinder Feind

Buch

Als Gabriela McKenzie, Büroleiterin einer kleinen New Yorker Investmentfirma, eines Morgens in der Arbeit eintrifft, muss sie feststellen, dass ihr Chef spurlos verschwunden ist und offenbar große Geldsummen von Investoren hat mitgehen lassen. Nur wenig später verwandelt sich ihr Leben in einen Albtraum, denn ein Mann namens Joseph teilt ihr mit, dass er ihre kleine Tochter in seiner Gewalt habe. Er verlangt von Gabriela eine halbe Million Dollar und eine mysteriöse Liste mit streng vertraulichen Namen und Daten – die Oktoberliste –, wenn sie Sarah lebendig wiedersehen will. Die Lage scheint aussichtslos – wie soll Gabriela Josephs unmögliche Forderungen erfüllen? Doch in einer Hotelbar lernt sie durch Zufall den attraktiven Daniel Reardon kennen. Er hat Erfahrung mit solchen Fällen, da er bereits zahlreiche Verhandlungen mit Entführern geführt hat, um die Freilassung von im Ausland gekidnappten Geschäftsleuten zu erwirken, und er hat Freunde, die er ebenfalls für Gabrielas Schutz mobilisiert. Auf der Flucht vor der Polizei, die keinesfalls von der Entführung erfahren darf, beginnt ein Wettlauf gegen die Zeit, um die Oktoberliste zu finden, Gabrielas Tochter zu retten und den unbekannten Feind zur Strecke zu bringen.

Autor

Jeffery Deaver, Jahrgang 1950, hat sich seit seinem großen Erfolg als Schriftsteller aus seinem Beruf als Rechtsanwalt zurückgezogen und lebt nun abwechselnd in North Carolina und Kalifornien. Für seine Romane – die in 150 Ländern erscheinen und bislang in 25 Sprachen übersetzt wurden – wurde Deaver mehrfach ausgezeichnet, u. a. mit dem Ian Fleming Steel Dagger der »Crime Writers Association of Great Britain«. Die Verfilmung seines ursprünglich unter dem Titel *Die Assistentin* erschienenen Romans *Der Knochenjäger* mit Denzel Washington und Angelina Jolie war ein weltweiter Kinoerfolg. Sowohl Jeffery Deavers Thriller um das Ermittlerpaar Lincoln Rhyme und Amelia Sachs als auch die Reihe um die Kinesikspezialistin Kathryn Dance erfreuen sich einer riesigen Fangemeinde.

Jeffery Deaver

Blinder Feind

Ein rückwärts erzählter Thriller

Mit Fotografien des Autors

Deutsch von Fred Kinzel

blanvalet

Die Originalausgabe erschien 2013
unter dem Titel *The October List*
bei Grand Central, New York.

1. Auflage
Taschenbuchausgabe Februar 2015
bei Blanvalet, einem Unternehmen der
Verlagsgruppe Random House GmbH, München

Umschlaggestaltung: www.buerosued.de
Umschlagmotiv: Getty Images/Photographer's Choice/David Muir
AF · Herstellung: sam
Satz: Buch-Werkstatt GmbH, Bad Aibling
Druck und Bindung: GGP Media GmbH, Pößneck
Printed in Germany
ISBN: 978-3-442-38407-5

www.blanvalet.de

Das Leben lässt sich nur rückwärts verstehen,
doch es muss vorwärts gelebt werden

Søren Kierkegaard

Kapitel 36

Sonntag, 18.30 Uhr

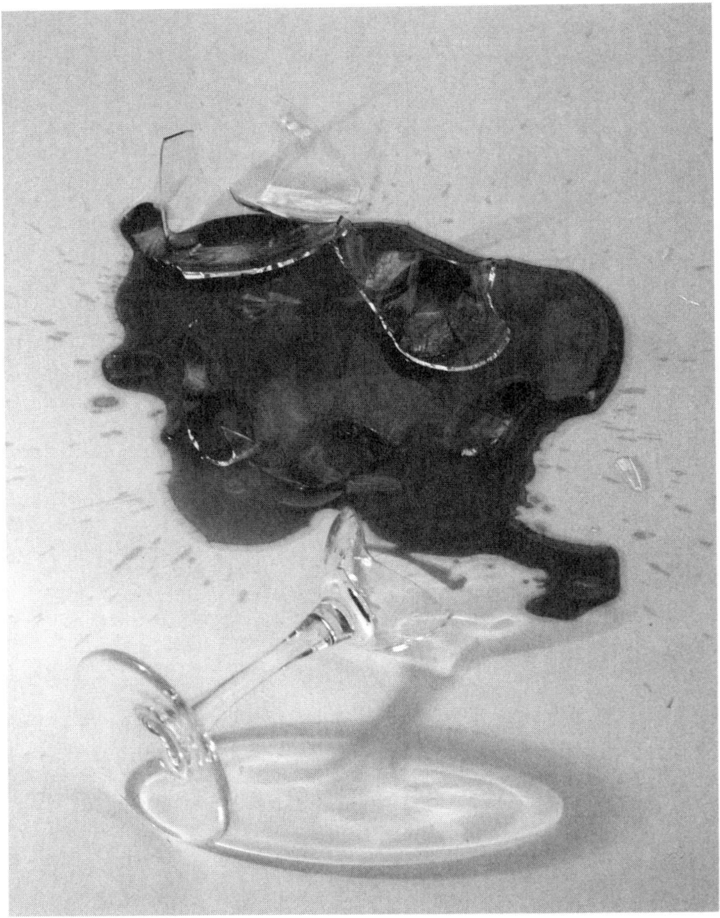

Sie stand am Fenster der Wohnung in Manhattan und spähte durch einen Schlitz im Vorhang. Ihre Hände zitterten.

»Sehen Sie jemanden?«, fragte der Mann auf der anderen Seite des Zimmers. Seine Stimme klang nervös.

»Ich bin mir nicht sicher. Vielleicht.« Gabriela zog die dicken Stoffbahnen zusammen, als fürchtete sie, jemand könnte die Fenster mit einem Fernglas absuchen. Oder mit dem Zielfernrohr eines Scharfschützengewehrs. Ihre Körperhaltung war angespannt. »Natürlich habe ich vorhin auch niemanden gesehen. Bis es zu spät war.« Sie murmelte erregt vor sich hin. »Ich wünschte, ich hätte eine Waffe. Ich würde sie benutzen. Wenn da jemand ist, ich schwöre bei Gott, ich würde sie benutzen.«

»Aber wer sollte da sein?«, fragte Sam Easton.

Sie wandte sich vom Fenster ab und trat rasch einen Schritt auf ihn zu. »Wer? Es könnte jeder sein. Wie es aussieht, will wirklich alle Welt diese verdammte Oktoberliste haben!«

»Woher sollte jemand wissen, dass Sie hier sind?«

Gabriela lachte bitter. »Ich scheine keinerlei Geheimnisse mehr zu haben.« Sie zögerte, dann spähte sie widerstrebend erneut nach draußen. »Ich kann es einfach nicht sagen. Ich dachte, da wäre jemand. Aber im nächsten Augenblick war er verschwunden. Ich …« Sie flüsterte plötzlich wie von Sinnen: »Der Riegel!«

Sam legte den Kopf schief und sah sie an.

Mit vor Schreck weit aufgerissenen Augen fragte Gabriela:

»Habe ich ihn vorgeschoben?« Sie lief rasch aus dem Wohnzimmer in den Flur hinaus und kam einen Augenblick später zurück. »Nein, alles in Ordnung. Es ist abgesperrt.«

Sam nahm nun ihren Platz am Fenster ein und sah hinaus. »Ich sehe Schatten, ich sehe Bewegung. Aber ich bin mir nicht sicher. Könnte eine Person sein, könnte auch nur ein Baum sein, der sich im Wind bewegt. Die verdammte Straßenlaterne vor dem Gebäude brennt nicht.« Er warf Gabriela einen Blick zu. »Hat sie zuvor funktioniert?«

»Ich weiß nicht«, sagte sie. »Kann sein. Wie könnte jemand eine Straßenlaterne abschalten?«

Sam antwortete nicht. Er entfernte sich ebenfalls von dem Schlitz zwischen den Vorhängen, durchquerte das Zimmer und setzte sich auf einen gepolsterten Lederhocker nicht weit von ihr. Sie hatte zuvor schon bemerkt, dass er gut in Form war, aber nicht so deutlich gesehen, wie schlank seine Hüften, wie breit seine Schultern waren. Sein Sakko und das weiße Hemd spannten über den Muskeln.

»Herrgott, wie ich das hasse!«, tobte Gabriela. »Sarah … was macht sie durch? Was denkt sie? Was …?« Die Stimme versagte ihr. Dann atmete sie langsam aus und ein. »Wie lange noch, glauben Sie, bis wir Bescheid wissen?« Daniel und Andrew waren vor etwa einer halben Stunde aufgebrochen, um Joseph zu treffen.

Sie wischte sich einen Tropfen Blut von der Unterlippe.

»Schwer zu sagen«, antwortete Sam. »Joseph verfolgt seine eigenen Absichten. Als … Er ist in der Position, in der er so ziemlich alles bestimmen kann.«

Gabriela wusste, er hatte »als Entführer« sagen wollen, dann aber offenbar beschlossen, sie nicht weiter dadurch aufzuregen, dass er es aussprach.

Gabriela atmete langsam aus und drückte gegen ihren Brustkorb. Sie stöhnte leise. »Ich hasse diese Warterei.«

»Die beiden kriegen das schon hin«, sagte Sam unbeholfen.

»Ja, meinen Sie?«, fragte sie flüsternd. »Joseph ist ein Verrückter. Unberechenbar. Ich habe keine Ahnung, was er tun wird.«

Schweigen legte sich wie ein Nebel auf den schwach beleuchteten Raum, ein von zwei Fremden erzeugtes Schweigen, die darauf warteten, etwas über das Schicksal eines Kindes zu erfahren.

»Wann genau ist es passiert?«, fragte Sam. Sein Anzug war nicht zugeknöpft, das Hemd, das er ohne Krawatte trug, war gestärkt und glatt wie Spachtelmasse.

»Wann Joseph sie entführt hat?«, fragte Gabriela. Sie scheute sich nicht, das Wort zu benutzen. »Gestern. Samstagvormittag.«

Eine Ewigkeit her. Das war der Ausdruck, der ihr in den Sinn gekommen war, aber sie benutzte ihn nicht vor diesem Mann, den sie erst seit ein paar Stunden kannte.

»Und wie alt ist Sarah?«

»Sechs«, antwortete Gabriela. »Sie ist erst sechs.«

»Großer Gott.« Sams längliches, steintrockenes Gesicht ließ Abscheu erkennen. Er hatte ein Gesicht, das älter war als das der meisten Männer Mitte dreißig. Sein Unterkiefer bebte.

Gabriela nickte, ein Zeichen der Dankbarkeit für die Anteilnahme. »Ich hasse Sonntage«, sagte sie nach einer Pause.

»Ich weiß, was Sie meinen.« Sam ließ den Blick wieder auf ihr ruhen. Die neue schwarze Jeans, die sie auf der Flucht gekauft hatte, während sie mit Daniel durch die Straßen New Yorks gehetzt wurde. Sie saß schlecht. Ein unförmiges, unvorteilhaftes dunkelblaues T-Shirt. Er hatte ihr zerzaustes kastanienbraunes

Haar bemerkt und ein hageres Gesicht, dessen Make-up längst durch Tränen zerflossen war. Er ließ den Blick auch über ihre schmalen Hüften und den üppigen Busen wandern, hatte aber erkennbar kein sinnliches Interesse. Wie immer seine Vorlieben oder sein Beziehungsstatus aussehen mögen, dachte Gabriela, ich stehe bestimmt nicht sehr gut da.

Sie stand auf und ging in die Ecke des Zimmers zu einem schwarzen Rucksack, an dem noch das Preisschild baumelte. Sie öffnete ihn, entnahm ihm eine kleinere Sporttasche und holte aus dieser ein Knäuel Strickwolle, ein paar Nadeln und das Teil, an dem sie gerade arbeitete. Die Fäden waren tief grün und blau …

Der Widerhall einer Liedzeile.

Es war eins ihrer Lieblingslieder.

Gabriela setzte sich wieder in den schäbigen purpurnen Plüschsessel in der Mitte des Zimmers. Ihre Augen waren gerötet, ihre Haltung ließ Angst erkennen. Sie hielt die Wolle zwar in den Händen, aber noch begann sie nicht mit der rhythmischen, tröstlichen und so vertrauten Bewegung der roten Stricknadeln. Sie betupfte den Mund mit einem Papiertaschentuch. Betrachtete das Tuch, das weiß wie feinstes Leinen war, aber jetzt rot gefleckt. Die Nagelpolitur an ihren Fingern hatte einen ähnlichen Farbton.

Dann – *klapper, klapper, klapper* – strickte Gabriela fünf Reihen. Sie hustete mehrmals, hielt sich die Seite unterhalb der rechten Brust und schloss kurz die Augen. Sie schmeckte Blut, es schmeckte salzig, bitter, nach Kupfer.

Die Stirn sorgenvoll gefurcht, fragte Sam: »Sollten Sie nicht eine Notaufnahme aufsuchen, wenn es so blutet? Es sieht aus, als wäre es schlimmer geworden.«

Gabriela lachte kurz auf. »Das wäre wahrscheinlich keine gute

Idee. Hat Daniel Ihnen nicht gesagt, was heute Nachmittag passiert ist?«

»Ach so, natürlich. Daran habe ich nicht gedacht.«

»Ich werde damit leben müssen, bis ich Sarah zurückhabe. Dann lasse ich alles untersuchen. Höchstwahrscheinlich im Gefängniskrankenhaus.« Ein höhnisches Grinsen begleitete die letzte Bemerkung.

Sie sah sich wieder in dem Apartment um. Als sie vor zwei Stunden mit Daniel eingetroffen war, war sie so in Gedanken gewesen, dass ihr kaum etwas aufgefallen war. Davon abgesehen, dass die Wohnung mit abgenutzten Möbeln vollgestellt war und etwas Provisorisches verströmte, war sie düster, vor allem jetzt in der Dämmerung. Vermutlich war diese Atmosphäre auf die hohen Decken, die kleinen Zimmer und die graue Tapete zurückzuführen, die mit winzigen blassen Blumen bedruckt war. Ihr Blick ging zu dem schmiedeeisernen Kaffeetisch in der Mitte des Zimmers. Mit seinen spitzen Rändern sah er aus wie eine Waffe aus einem Science-Fiction-Film.

Schmerz ...

Der Tisch machte sie hochnervös. Aber wie so oft in den beiden vergangenen Tagen dachte sie: dein Ziel. Alles, woran du denken solltest, ist dein Ziel.

Sarah. Sarah zu retten ist dein einziges Ziel. Denk daran, denk daran, denk daran.

Sie wandte sich an Sam. »Arbeiten Sie viel mit Daniel?«, fragte sie.

»Wir unterhalten seit fast sieben Jahren eine Beziehung mit ihm und dem Norwalk Fund«, erwiderte Sam.

»Wie viele Leute haben ihm schon gesagt, dass er wie dieser Schauspieler aussieht?« Sie dachte an Freitagabend zurück – konnte es wirklich erst zwei Tage her sein? –, als sie Daniel kennengelernt hatte. Dann dachte sie an später am Abend, an seine feuchte Stirn und darunter die blauen Augen, die zugleich entspannt und intensiv blickten.

»Sehr viele«, sagte Sam und rieb sich den kahlen glänzenden Schädel. »Ich selbst werde nicht oft gefragt, ob ich dieser oder jener Schauspieler bin.« Er lachte. Vielleicht hatte er doch so etwas wie Humor.

»Und der Chef Ihrer Firma, Andrew – wie war sein Nachname gleich noch?«

»Faraday.«

»Ein faszinierender Mann«, sagte Gabriela. »Ich habe noch nie gehört, dass sich jemand auf so etwas spezialisiert.«

»Es gibt nicht viele Unternehmen, die das tun, was wir tun. Er hat sich einen Namen gemacht. Reist überall auf der Welt herum. Fliegt mindestens hunderttausend Meilen im Jahr.«

Sie strickte eine weitere Reihe Blau und Grün. *Klapper, klapper.*

»Und *Ihr* Job, Sam?«

»Ich bin jemand, der im Hintergrund wirkt. Der Einsatzleiter des Unternehmens.«

»Wie ich«, sagte sie. »Ich manage das Büro meiner Firma und …« Sie verstummte und stieß ein freudloses Lachen aus. »Ich *habe* es gemanagt. Bevor das alles passiert ist.« Sie seufzte, tupfte sich erneut den Mund ab und untersuchte das Taschentuch, dann strickte sie weiter, als hätte sie es einfach satt, schlechte Nachrichten zu erhalten. Sie sah Sam spöttisch an. »Und Babysitter gehört zu Ihrer Aufgabenbeschreibung?«

Er öffnete den Mund, wie um zu protestieren, aber dann grinste er nur. »War es so offensichtlich?«

»Es gab nur einen vernünftigen Grund, Sie in die Geschichte

mit hineinzuziehen: Sie sollen dafür sorgen, dass ich den beiden nicht in die Quere komme.«

»Daniel und Andrew verhandeln mit einem Kidnapper über die Freigabe Ihrer Tochter. Was würden Sie tun, wenn Sie dabei wären?«

Sie zuckte mit den Achseln. »Joseph verdammt noch mal die Augen auskratzen.«

»Genau das hat sich Daniel auch gedacht. Besser, wenn Sie hierbleiben.«

»Und falls ich mich davonschleichen wollte, um an dem Treffen teilzunehmen, wie würden Sie mich aufhalten?«

»Ich würde wahrscheinlich betteln.«

Sie lachte.

»Was wissen Sie über Joseph?«, fragte Sam.

Das Lächeln verschwand wie Wasser auf ausgedörrter Erde. »Er ist ein Monster, ein Sadist.« Sie warf einen Blick zu der Drogerietasche, hinter deren weißem Kunststoff ein Blutfleck erkennbar war.

Sam bemerkte ihn ebenfalls. »Daniel hat mir davon erzählt. Unglaublich. Wer tut so etwas?«

Sie schloss kurz die Augen und furchte die Stirn. »Joseph ist groß und einschüchternd. Ein Tyrann, ein Schläger. Aber wissen Sie, was noch schlimmer ist? Er hat diese verrückte Seite an sich. Sein Haarschnitt etwa. Er hat sehr dichtes blondes Lockenhaar, und er fettet es ein oder macht sonst was damit. Es ist unheimlich. Er grinst viel. Und er hat – wie soll ich sagen? – er hat so einen Tonfall drauf beim Sprechen. Sie haben ihn über die Telefonlautsprecher gehört. Dieses Höhnische und übertrieben Fröhliche.«

»Wissen Sie, wie er sich anhörte? Wie diese Figur aus einem der Batman-Filme. Die von Heath Ledger gespielt wurde.«

»Ja, Sie haben recht. Genau. Der Joker.«

Plötzlich ballten sich Gabrielas Fäuste um ihr Strickzeug, als wollte sie das angefangene Teil zerreißen. Nach einem Moment war es dann, als würde die Luft aus ihr entweichen, sie ließ den Kopf und die Schultern hängen. »Himmel, was für ein Albtraum, dieses Wochenende.« Ein armseliges Lächeln trat auf ihre Lippen. »Vor zwei Tagen war ich eine Mutter mit einer Arbeit, die mir Freude machte. Ich hatte Daniel gerade kennengelernt, und es hat wirklich gefunkt zwischen uns. Und jetzt? Meine Tochter wurde entführt. Daniel und Ihr Boss sind womöglich auf dem Weg, erschossen zu werden. Die Polizei ist hinter mir her, und ich habe … ich habe heute ein paar schreckliche Dinge getan. O Gott …«

Sie wies mit einem Kopfnicken in Richtung Fenster. »Und offenbar ist Joseph nicht der Einzige, um den wir uns Sorgen machen müssen. Diese gottverdammte Oktoberliste. Warum musste sie ausgerechnet mir in den Schoß fallen?«

»Es wird alles gut«, sagte Sam, aber sie wussten beide, dass es lediglich eine Floskel war.

Nach einem Moment fragte Gabriela: »Warum tut Daniel das alles für mich? Jeder andere wäre längst abgehauen.«

»Warum? Er hat ein persönliches Interesse an den Geschehnissen.«

»Welches?«

»Sie.«

»Mich?«

Sam lächelte. »Er mag Sie. Das hat er mir jedenfalls gesagt … Und er hat gesagt, ich soll es Ihnen nicht verraten.«

Sie stellte sich Daniels kurz geschnittenes schwarzes Haar vor, sein markantes Kinn, die funkelnden blauen Augen.

Der Schauspieler …

Sie spürte das Kribbeln tief in ihrem Bauch. Sie hatte eine Erinnerung von seinen Lippen auf ihren, von der Nähe seines Körpers. Wie er roch, wie er schmeckte. Die Feuchtigkeit auf seiner Stirn und auf ihrer. »Ich mag ihn auch.«

»Die Sache ist die«, sagte Sam und beugte sich auf seinem Lederhocker nach vorn. »Klar ist, Daniel sieht gut aus, er ist reich und ein netter Kerl. Viele Frauen bemerken das und denken: Jackpot. Aber es interessiert sie nicht, wer er in seinem Innersten ist. Nichts verbindet sie mit ihm. Daniel sagte, bei Ihnen und ihm hat es gefunkt, *bevor* Sie wussten, dass er das Boot, die schicken Autos und das viele Geld hat.«

»Ja, unsere erste Begegnung war nicht gerade die romantischste in der Geschichte der Beziehungen zwischen zwei Menschen.« Sie sah Sam vorsichtig an. »Okay, er mag mich. Aber er tut das alles auch wegen der Sache, die in New Hampshire passiert ist, oder?«

»Er hat Ihnen davon erzählt?« Sam wirkte überrascht.

»Das hat er, ja. Klang ziemlich übel.«

Ein Nicken. »O ja. Hat seine ganze Sicht auf das Leben verändert. Und es stimmt, wahrscheinlich ist das wirklich einer der Gründe, warum er Ihnen hilft. Eine Art Wiedergutmachung für das, was passiert ist. Das war hart. Mit seinen Kindern mittendrin und allem.«

»Ja.«

»Daniel erzählt nicht jedem von New Hampshire. Eigentlich kaum jemandem.«

Sie blickte auf ihr Strickzeug, auf das Geflecht aus Farben. »Es ist so verdammt riskant, was er und Andrew tun. Sie haben es heruntergespielt, aber …« Sie zog ihr Handy aus der Tasche des Sweatshirts, blickte auf das Display und steckte es wieder ein.

»Und?«

»Nichts.« Ein Seufzen. Sie stand auf, ging zur Bar und schenkte sich Rotwein ein. Sah Sam an und zog die Augenbrauen in die Höhe. Sam nickte. Sie füllte ein Glas für ihn und ging damit zur Couch zurück. Sie tranken einen Schluck. Kein Anstoßen und kein Trinkspruch natürlich. Nicht jetzt.

Gabriela setzte sich und führte das Glas zum Mund, doch dann trank sie nicht, sondern atmete hörbar aus.

»Alles in Ordnung?«, fragte Sam.

Mit tief gefurchter Stirn betrachtete sie einen Zeitungsartikel auf dem *Alien*-Kaffeetisch und schoss mit einem Ruck nach vorn.

»Mein Gott«, sagte sie.

»Was ist?«

Sie blickte auf, die Augen groß wie Münzen. »Ich weiß, was es ist.«

Er sah sie fragend an.

»Die Oktoberliste, Sam.« Sie schob ihm die *New York Times* hinüber. Er hob sie auf. »Ich weiß, was es bedeutet!«, fuhr sie fort. »Die Hinweise waren die ganze Zeit da. Ich habe nur den Zusammenhang nicht hergestellt.« Sie senkte die Stimme. »Es ist schlimm, Sam. Was passieren wird, ist wirklich schlimm.«

Doch bevor sie noch etwas sagen konnte, ertönte ein Geräusch aus dem Flur: ein Klicken, gefolgt von den markanten melodischen Tönen der quietschenden Wohnungstür. *O-oh,* hoch-tief. Ein Luftzug.

Gabriela stand rasch auf. Sam Easton drehte sich mit seinem Weinglas in der einen Hand und der Zeitung in der anderen in Richtung Flur um.

»Geht es meiner Tochter gut?«, rief Gabriela. »Bitte sagt es mir. Geht es meiner Tochter gut?«

Ein Mann trat rasch ins Zimmer. Aber es war weder Daniel

Reardon noch Andrew Faraday, die von der Mission zur Rettung ihrer Tochter zurückkehrten.

Joseph trug eine schwarze Jacke, Handschuhe und eine gelb getönte Fliegerbrille. Sein glänzendes goldenes Lockenhaar hing ihm halb über die Ohren.

Er hielt eine Pistole in der Hand, deren Mündung in einem klobigen Schalldämpfer aus gebürstetem Metall endete.

»Nein!«, stieß Gabriela hervor und warf einen Blick zu Sam.

Nachdem Joseph rasch den Raum überflogen hatte, wandte er sich ihnen zu und hob beinahe spielerisch die Waffe.

Kapitel 35

Sonntag, 17.50 Uhr
Vierzig Minuten früher

Das Lagerhaus war noch genauso, wie er es am Freitag verlassen hatte, als er hier gewesen war, um Vorbereitungen zu treffen.

Feuchte Ziegelwände, bedeckt mit abblätternder hellgrüner Farbe, der Geruch von Reinigungsmitteldämpfen und Öl, Pestiziden und Rost, das unfreundliche Neonlicht. Eine der Lampe begann zu flackern, und Joseph stand von dem Tisch auf, an dem er gesessen hatte, holte einen verklebten Wischmopp aus der Ecke und zertrümmerte mit dem Ende des Stiels die störende Röhre. Es gab nichts, was stabil genug gewesen wäre, damit er sich hätte daraufstellen können, um die Neonröhre herauszuschrauben. Scherben fielen herab, Staub auch. Das Geräusch des brechenden Glases war ein Wohlklang für ihn.

Das Gebäude hier ähnelte dem, wo er in der Nacht zuvor seine kleine Operation durchgeführt hatte, dem Lagerhaus in der Nähe des Times Square. Hier in SoHo bestand Nachfrage nach gewerblichem Raum, der sich in Privatwohnungen verwandeln ließ – zu astronomischen Summen natürlich. Dieses spezielle Gebäude hier würde wahrscheinlich nie umgewandelt werden. Es gab keine Fenster. Schlecht für den Verkauf an Anwälte und Broker, die es schick haben wollten. Gut jedoch für Josephs Zwecke. Tatsächlich konnte er noch eine schwache Spur dunkelbrauner Spritzer auf dem Boden erkennen. Vor mehreren Monaten waren diese Verfärbungen leuchtend rot gewesen. Der Mann hatte Joseph schließlich erzählt, was er wissen wollte.

Massive Ziegelwände, die Schreie wirksam schluckten.

Ehe er zu seinem Stuhl zurückkehrte, ging er zu dem Heizkörper und drehte ihn auf. Schimmlig riechende Luft kam aus den Lüftungsschlitzen. Lauwarm. Dennoch behielt er die Handschuhe aus dünnem fleischfarbenem Stoff an. Nicht wegen der Wärme jedoch. Der Zwang der professionellen Gewohnheit. Joseph erinnerte sich an viele Gelegenheiten, bei denen er in sommerlicher Hitze solche Handschuhe getragen hatte.

Er setzte sich wieder auf den Stuhl, über dessen Rückenlehne er seine Lederjacke gehängt hatte. Dann nahm er die Baseballmütze ab und rieb sich die dichten goldenen Löckchen, ehe er in die mitgebrachte Tasche griff und den auffälligen grünen Karton mit Dom Pérignon herausnahm. Schließlich zog er noch zwei Mobiltelefone aus der Tasche – sein eigenes iPhone und das Gerät, das er aus derselben Wohnung mitgenommen hatte, aus der der verpackte Champagner stammte. Sein Handy legte er auf den Tisch. Das andere sah er durch – wobei er wegen der Handschuhe nur leicht unbeholfen scrollen konnte – und registrierte die Telefonnummern und SMS.

Joseph legte das Samsung beiseite, streckte die Beine aus und sah auf die Uhr. Er würde nicht lange warten müssen. Das war gut. Er war angespannt. In solchen Momenten war man immer nervös. Man musste es sein. Er hatte einen Haufen Männer gekannt, die entspannt waren, als sie es besser nicht gewesen wären. Sie waren jetzt tot oder hatten sich sehr, sehr stark zu ihrem Nachteil verändert.

Doch Adrenalin allein brachte einen noch nicht ans Ziel.

Er warf einen Blick zu der Tür auf der Rückseite der Lagerhalle, die mit einem schweren Vorhängeschloss gesichert war. Sie führte zu einer kleinen Abstellkammer. Warmes gelbes Licht strömte unter der Tür hervor. Man hörte die DVD mit der Kinderserie *Dora the Explorer*.

»Hey, Boots! Lass uns mal da rübergehen!«

Joseph sah erneut zu dem Karton mit dem Champagner, der auf einer Seite von Blutflecken verunstaltet wurde. Sechs Punkte in einer Reihe wie ein Teil des Morse-Codes für SOS. Er wusste um das Renommee von Dom Pérignon, auch wenn er noch nie welchen getrunken hatte. Das erinnerte ihn daran, dass er durstig war. Er stand auf und ging, steifbeinig von der Kälte, zu einem Küchenschrank in der Ecke des Lagerhauses, wo er eine Flasche seines Spezialgebräus verstaut hatte. Er schraubte den Drehverschluss ab und trank durstig fast die Hälfte des Inhalts aus. Fühlte ihn tröstlich durch seine Kehle rinnen.

Langsam, ermahnte er sich.

Aber dann kippte er den Rest hinunter.

Er wischte sich mit dem Ärmel über den Mund und stellte die Flasche auf den Tisch. Er würde sie natürlich mitnehmen, wenn er ging, nachdem er das Glas mit seiner verräterischen DNA blank poliert hatte.

Dann ließ Joseph seine schwere Gestalt wieder auf den Stuhl sinken und zuckte wegen eines heftigen Schmerzes in seiner Hüfte zusammen. Er griff in seine Jackentasche und holte die Neun-Millimeter-Glock hervor, ließ das Magazin herausspringen und ersetzte die beiden Kugeln, die er vor nicht allzu langer Zeit abgefeuert hatte. Er dachte an die Augen des Opfers, die ihn schockiert angesehen hatten – zu betäubt, um sich auch nur zu fürchten. Immer merkwürdig, diese Augenblicke, bevor die Waffe losging. Die Leute verhielten sich auf die verrückteste Weise. Heldenhaft, erbärmlich, sogar gleichgültig. Er hätte ein Buch darüber schreiben können.

Joseph legte die Waffe auf den Tisch und fischte den Schalldämpfer hervor, überprüfte, ob er nicht blockiert war, und schraubte ihn auf die Mündung. Dann steckte er sich die Waffe in den Hosenbund.

Er sah auf seine Uhr. Die Frist lief in zwei Minuten ab. Er fragte sich, ob …

Ein kräftiges Klopfen ertönte von der vorsintflutlichen Tür.

Ein Blick durch das Guckloch, das er gestern installiert hatte. Daniel Reardon und ein distinguiert aussehender Geschäftsmann. Joseph schlug leicht an den Griff seiner Waffe, um sich genau daran zu erinnern, wo sie an seinem Körper saß. Dann schob er den Türriegel zurück.

Kapitel 34

Sonntag, 16.00 Uhr
Eine Stunde und fünfzig Minuten früher

Im Wohnzimmer der Wohnung machte Daniel Reardon die Anwesenden miteinander bekannt. »Das ist Gabriela McKenzie.«

»Andrew Faraday«, sagte der ältere der beiden Männer, die eben hereingekommen waren. »Sam Easton«, stellte sich der zweite Mann vor.

Hände wurden geschüttelt. Sam war braun gebrannt, er hatte schütteres Haar, ein zerfurchtes Gesicht und flinke Augen. Andrew, der die Schlüssel zur Wohnung einsteckte, war Mitte sechzig. Dichtes weißes Haar mit schwarzen Strähnen, nach hinten gekämmt und seitlich scharf gescheitelt. Eine Geschäftsmannfrisur. Eine Politikerfrisur. Andrew war schlanker als Sam und Daniel und nicht besonders muskulös. Nicht größer als eins fünfundsiebzig. Doch Gabrielas unmittelbarer Eindruck war, dass er imponierender war als die anderen. Und nicht wegen seines Alters.

Ein geborener Boss …

»Das sind die Leute, von denen ich dir erzählt habe«, sagte Daniel. »Ich bin ein Klient von ihnen. Seit Jahren.«

Gabriela und Daniel setzten sich auf die jahrzehntealte Couch, die eine kräftigere Version des muffigen Geruchs verströmte, den Gabriela kurz zuvor mit dem Küchentrick zu vertreiben versucht hatte.

Beerdigungen, dachte sie. Beerdigungen …

Daniel schenkte noch etwas Rotwein ein. Er hob die Flasche

wieder und sah sie fragend an. Sie lehnte ab. Andrew und Sam nahmen beide ein Glas und tranken einen Schluck.

»Daniel hat uns die Situation erklärt«, sagte Andrew. Seine Stimme klang beruhigend, ein Bariton.

»Ich weiß nicht, was ich tun soll!«, sagte sie mit sich überschlagender Stimme. »Es ist ein Albtraum. Die Frist läuft in zwei Stunden ab! Joseph hat gesagt, ich habe bis sechs Uhr Zeit und keine Verlängerung diesmal. Danach …« Sie holte Luft, atmete lautstark aus.

Die Männer wirkten verunsichert durch diese hysterische Regung, als wüssten sie nicht, wie sie sie beruhigen sollten. »Nun ja«, sagte Andrew Faraday schließlich, »wir haben da ein paar Ideen.«

Sam unterwarf sich Andrew allein durch seine Blicke. Er war zweit- oder drittrangig in der Hierarchie, das sah Gabriela sofort. Sie schätzte ihn als zuverlässig und loyal ein.

Daniel rutschte auf der Couch näher an Gabriela heran, und sie fühlte die Wärme seines Oberschenkels an ihrem. Er fasste sie mit seinen langen Fingern kurz am Arm. Und sie spürte die Kraft, die sie schon zuvor bemerkt hatte.

»Darf ich Sie Gabriela nennen?« Die Frage kam von Andrew. Er wirkte wie jemand, der um Erlaubnis fragte. Korrekt, alte Schule.

»Ja, natürlich.« Sie glättete ein paar abstehende Haare, dann zwang sie ihre geschäftigen Hände zur Ruhe.

»Nur damit ich alles richtig verstehe«, fuhr Andrew fort. »Zuerst die Fakten. Dieser Mann, der Ihre Tochter entführt hat – sein Name ist Joseph, richtig?«

»Ja.«

»Und er will das Dokument, von dem mir Daniel erzählt hat. Die Oktoberliste?«

Sie nickte.

Andrew musterte ihre hohlen Augen. »Und Daniel sagte, Sie wüssten nicht, was die Liste bedeutet.«

Sie zuckte mit den Achseln. »Namen und Adressen. Vielleicht Kriminelle. Alles, was wir wirklich wissen, ist, dass Leute bereit sind, dafür zu töten.«

»Und keine Ahnung, worauf sich das ›Oktober‹ bezieht?«, fragte Andrew.

Gabriela sah zu Daniel. »Es könnte etwas sein, was früher in einem Oktober passiert ist, ein Treffen, ein Ereignis«, sagte er und fügte in düsterem Ton an: »Oder es ist etwas, was erst geschehen wird – nächsten Monat. Nach allem, was wir gehört haben, könnte es ziemlich übel sein. Andererseits ist es vielleicht nichts weiter als ein Name. Ein Unternehmen, vielleicht sogar eine Person. Oder ein Code vielleicht. Nummer zehn – der zehnte Monat.«

»Daniel hat sogar in Richtung Anagramme überlegt«, sagte Gabriela. »Aber ohne Zusammenhang hilft uns das nichts.«

Andrew nickte nachdenklich. Er lehnte sich zurück und fuhr sich nur mit dem Zeigefinger durchs Haar. Gabriela besah sich nun die Kleidung der Neuankömmlinge. Beide Männer trugen Anzüge – Andrews dunkelblau, Sams schwarz, beide konservativ und irrsinnig teuer. Anzughemden, blau bzw. weiß. Keine Krawatten. Schuhe von Bruno Magli oder Ferragamo. Kleidung und Accessoires waren, wie Gabrielas Boss sagen würde, »große Klasse«.

»Ich weiß, ich sollte die Liste abliefern«, sagte sie den Männern.

»Abliefern?«

»Ich würde es tun, wenn ich den Mut dazu hätte. Ich würde sie der Polizei oder dem FBI geben. Sie würden wissen, was sie zu bedeuten hat. Das wäre moralisch das einzig Richtige. Aber ich kann es einfach nicht. Die Liste ist mein einziges Faustpfand, um Sarah zu retten.« Die Stimme stockte ihr. »Ich fühle mich schrecklich, aber ich muss sie Joseph geben. Ich habe keine andere Wahl.«

»Du hast diesen Schlamassel nicht angerichtet«, sagte Daniel mit Bestimmtheit. »Das war Charles Prescott.«

»Charles Prescott. Das ist Ihr Boss, richtig?«, fragte Andrew.

»Mein früherer Boss, muss ich jetzt wohl sagen«, murmelte Gabriela. Dann atmete sie heftig ein und hustete. »Sarah.« Sie schloss für einen Moment die Augen. »Ich kann mir nicht vorstellen, was sie durchmacht.«

»Das ist ein schöner Name«, sagte Sam, seine ersten Worte seit ihrer Begrüßung. Irgendetwas an ihm kam ihr bekannt vor – an seinem straffen, muskulösen Körperbau, der lässigen Haltung, in der er dastand, seinen ruhigen Augen. Dann erkannte sie zu ihrem Schreck – ja, der Professor! Der ihr allerdings nicht aus dem Leben vertraut war, sondern von dem Anblick in dem Bestattungsinstitut, wo er in dem mit Seide ausgefütterten Sarg gelegen und sie ihn – wie jetzt auch – durch eine Linse aus Tränen betrachtet hatte.

»Ja, wirklich ein schöner Name«, sagte Andrew. »Jetzt aber: Daniel hat mir erzählt, dass Joseph nicht nur die Liste will, sondern auch Geld?«

Gabriela wischte sich über die tränennassen Augen. »Das stimmt. Eine Gebühr, die er an Charles bezahlt hat.« Sie atmete tief ein. »Eine halbe Million. Aber so viel Geld habe ich nicht, selbst wenn ich eine Hypothek auf meine Eigentumswohnung aufnehmen würde. Ich …« Sie verstummte.

Daniel richtete seine blauen Augen beruhigend auf sie. »Das geht schon in Ordnung, Mac.« Der Spitzname war ebenfalls tröstlich. Knie war an Knie gepresst, Oberschenkel an Oberschenkel, er drückte ihr wieder den Arm. Dann zog sich seine Hand zurück, sein Bein nicht. Sie fühlte die Kraft und Wärme ausdauernd trainierter Muskeln.

»Joseph will also die Liste und er will Geld«, überlegte Andrew. Sein erlauchtes Gesicht nahm einen gezierten Ausdruck an. »Aber überlegen Sie mal: Er geht ein gewaltiges Risiko ein, Gefängnis für den Rest seines Lebens oder von einem Geiselbefreiungsteam erschossen zu werden. Das verrät uns, dass hier mehr am Werk ist als nur Gier.«

»Ach so?«

Daniel kam zu Hilfe. »Joseph ist verzweifelt. Er mag selbstbewusst wirken. Aber er hat Angst. Ich vermute, er schuldet jemandem Geld. Oder er muss eine andere Schuld abarbeiten. Eine beträchtliche Schuld. Jemand hat ihn massiv in der Hand – damit er etwas abzahlt. Oder vielleicht die Liste abliefert.«

»Und das ist gut«, sagte Andrew.

»Gut?«, fragte Gabriela.

»Es ist immer besser, mit verzweifelten Leuten zu verhandeln«, erklärte Daniel.

»Er hat sich nicht benommen, als wäre er verzweifelt«, sagte Gabriela. »Mir kam er verdammt zuversichtlich vor.«

»Sie haben die Liste?«, fragte Andrew.

»Wir haben sie nicht dabei. Aber sie ist in Sicherheit. Frank, ein Freund von mir, bewahrt sie in seiner Wohnung auf.«

»Und Sie trauen Frank?«, fragte Sam.

»Er ist ein wenig sonderbar, aber, doch ja, er ist zuverlässig … wenn es um mich geht.« Sie mied Daniels Blick. »Aber ich weiß, ehrlich gesagt, nicht, worauf das hier hinauslaufen soll. Sie sprachen von ›verhandeln‹. Ich will ihm einfach nur geben, was er verlangt, und meine Tochter zurückbekommen. Das ist alles.«

»Nun ja, Gabriela«, sagte Andrew nach einem Moment. »Ich fürchte, so einfach ist das nicht.«

»Warum nicht?«

»Hat Daniel Ihnen erzählt, was Sam und ich machen?«

»Nein.«

»Ich habe ein Versicherungsunternehmen. Unsere Spezialität ist die Ausstellung von hochriskanten Policen. Wenn Sie eine Fabrik in einem bekannten Krisengebiet, sagen wir einem Land, das sich im Übergang befindet wie Libyen oder Myanmar, bauen wollen, versichern wir Ihre wichtigsten Angestellten und die Gebäude. Einer unser profitabelsten Zweige ist die Abdeckung von Entführungen. Wenn ein Geschäftsmann in einem fremden Land entführt wird, gehen sein Unternehmen oder seine Angehörigen manchmal zur Polizei. Aber manchmal – wenn sie es nicht können oder wenn es zu riskant ist, die örtlichen Behörden mit einzubeziehen – stützen sie sich auf Unternehmen wie meines, um eine Freilassung aushandeln und das Lösegeld bezahlen zu lassen. Und genau das werde ich mit Joseph tun. Sicherstellen, dass er bekommt, was er will, aber unter Bedingungen, die garantieren, dass Sarah unversehrt freikommt.«

»Das ... das würden Sie tun?«

Andrew lächelte. »Das ist keine große Sache für mich. Und so merkwürdig es klingt, es ist im Grunde genau wie jede andere Transaktion. Kidnapping, ein Bankdarlehen, eine Akquisition oder ein Joint Venture – die Unterschiede sind nicht sehr groß, wenn es darum geht, das Geschäft zum Abschluss zu bringen. Man zahlt immer in Raten. Nie etwas im Voraus. Würden Sie Joseph sofort geben, was er will, hätte er keinen Anreiz ... irgendwen am Leben zu lassen.«

»Ich habe die Oktoberliste«, sagte Gabriela. »Aber nicht das Geld.«

»O doch, du hast das Geld, Mac«, sagte Daniel.

Gabriela runzelte die Stirn.

»Daniel stellt das Lösegeld zur Verfügung und bezahlt unser Honorar«, erklärte Andrew.

»Was?« Sie fuhr zu ihm herum.

Er nickte.

»Das kann ich nicht annehmen.«

»Du kannst es dir nicht leisten, es nicht anzunehmen«, sagte Daniel ernst. »Nicht zu diesem Zeitpunkt. Es gibt jetzt keine andere Möglichkeit mehr. Wir werden den verborgenen Schatz deines Bosses nicht mehr rechtzeitig finden.«

»Aber …« Sie verstummte. Dann drehte sie sich herum und vergrub schluchzend das Gesicht an seinem Hals. Er packte sie mit harter Hand. Selbst als sie zusammenzuckte und keuchte, ließ er sie nicht los, sondern umklammerte sie sogar noch kräftiger und atmete schwer an ihrem Haar.

Andrew rührte sich und sah auf die Uhr. »Es ist Viertel vor fünf. Wir haben noch eine Stunde und fünfzehn Minuten. Was hatten Sie für die Übergabe des Geldes und der Liste vereinbart?«

»Ich würde ihn anrufen, wenn ich das Geld habe.«

»Okay. Ich möchte, dass Sie Folgendes tun. Sie rufen ihn an und sagen ihm, dass Sie alles haben, was er will. Aber Sie werden ihn nicht treffen. Ein Freund wird Ihnen diesbezüglich helfen.«

»Du kannst ihm erzählen, es ist der Mann, den er gestern kennengelernt hat«, sagte Daniel. »Dann wird er nicht glauben, es ist ein Polizist. Nenn ihm meinen Namen. Er wird mich überprüft haben und wissen, dass ich keine Gefahr darstelle.«

»Nein«, widersprach Gabriela energisch. »Es ist meine Tochter, die entführt wurde. Ich mache es.«

»Andrew und ich werden gehen. Andrew, weil er mit so etwas

sein Geld verdient. Und ich, weil Joseph weiß, wer ich bin und dass ich mit dir in Verbindung stehe.«

»Es ist zu gefährlich. Ich kann euch nicht bitten, das zu tun!«

»Es ist nicht so gefährlich, wie es aussieht«, sagte Andrew leise. »Wir haben etwas in der Hand. Sie sind im Besitz der Liste, hinter der er so verzweifelt her ist, und wir haben das Geld, das er will.«

»Und wir haben das«, fügte Daniel an. Sein Blick ging zu der Drogerietüte in der Ecke des Zimmers. Klein, aber unmöglich zu übersehen. Die dunklen Flecken waren unverkennbar. »Die wird Beweismaterial enthalten, das sich zu ihm zurückverfolgen lässt. Er weiß das.«

»O ja«, fuhr Andrew fort, »wir haben etwas in der Hand. Nicht viel, aber ich denke, es wird reichen. Also, wir werden Joseph um sechs treffen. Und was das Geld angeht … Wir werden ihm einen Teil von dem geben, was er haben will, als Zeichen des guten Willens. Und einen Teil der Liste – als Beweis, dass wir sie haben. Und wir werden darauf bestehen, Ihre Tochter zu sehen. Kein Video, keine Aufzeichnung. Sarah persönlich.« Er lächelte. »Dann werden wir die Übergabe für morgen an einem öffentlichen Ort vereinbaren – die vollständige Oktoberliste, den Rest des Geldes und das Beweismaterial.« Er hob die Hände mit den Handflächen nach oben. »Gegen Ihre Tochter.«

Gabriela nickte bedächtig.

»Könntest du deinen Freund Frank anrufen und dir ein paar Namen auf der Liste geben lassen? Oder erinnerst du dich noch an die, die du gesehen hast?«

»Ich erinnere mich an sie. Nicht an die genauen Adressen, aber an die Städte, in denen die Leute wohnen.« Sie schrieb die Angaben auf und reichte Daniel den Zettel, der ihn las und dann einsteckte.

»Sehr schön«, sagte Andrew. »Joseph wird sie überprüfen und bestätigt finden, dass sie existieren … Jetzt zu dem Geld. Wir geben ihm einen Teilbetrag heute Abend. Die Hälfte dessen, was er verlangt, genügt wahrscheinlich. Es wird ihm zeigen, dass wir kooperationsbereit sind.«

»Zweihundertfünfzigtausend sind nicht so schwer zusammenzubekommen«, sagte Daniel.

Für manche Leute, dachte Gabriela.

»Gut. Sind wir dann bereit, unseren Freund Joseph anzurufen?«, fragte Andrew.

Gabriela starrte auf das Telefon. Daniel neigte sich zu ihr. »Du kannst es, Mac.«

Sie sah ihn an und atmete tief ein, dann suchte sie den Zettel mit der Nummer und wählte.

»Legen Sie es auf Lautsprecher«, wies der ältere Mann sie an.

Sie drückte auf den Knopf.

Einen Moment später ertönte Josephs unheimliche Stimme aus dem Gerät. »Gabriela! Hallo, hallo! Ich habe mir schon Sorgen gemacht. Das Ende der Frist rückt unaufhaltsam näher. Und Sie wissen bestimmt noch, was passiert, wenn Sie eine Frist verpassen. Waren Sie in letzter Zeit mal auf einer Schnitzeljagd? Haben Sie irgendwelche netten Schätze hinter Müllcontainern gefunden?«

»Das war das Perverseste, was jemals ein Mensch getan hat«, brauste sie auf.

»Ach, bestimmt würden uns noch ein paar scheußlichere Beispiele einfallen, wenn wir darüber nachdenken, meinen Sie nicht? Aber es war wirklich köstlich, oder?« Wieder dieses sonderbare Kichern.

Gabrielas Kinn zitterte. »Wie geht es meiner Tochter?«

»Nun, ehrlich gesagt ist sie ein wenig verwirrt. ›Wo ist

Mommy, warum ruft Mommy nicht an?‹ Falls es Sie tröstet, sie fragt viel mehr nach Ihnen als nach Daddy Tim. War er wirklich ein so schlechter Ehemann?«

»Verdammt noch mal! Beantworten Sie meine Frage! Wie geht es Sarah?«

»Es geht ihr gut.«

»Es geht ihr nicht gut, und dank Ihnen wird es ihr niemals mehr gut gehen.«

»Die Leute erleiden alle möglichen Traumata, ohne Schaden zu nehmen«, tat Joseph ihre Bemerkung ab. »Ich selbst bin das beste Beispiel.«

»Ich hasse Sie so sehr.«

»Schade«, sagte er in seinem Singsangton. »Wenn Sie mich kennenlernen würden, würden Sie anders darüber denken. Wie ich höre, sind wir auf Lautsprecher. Ich stelle mir vor, Ihr guter Freund Mr. Reardon ist mit Ihnen im Raum oder jemand anders, aber nicht die Polizei, denn nach der Aufregung heute Nachmittag werden Sie kaum in ein Polizeirevier spaziert sein. Zumindest nicht freiwillig. Du meine Güte, Sie haben sich heute wirklich einen Namen gemacht, Gabriela. Was für ein Durcheinander. Ich bin froh, dass Sie nicht *meine* Büroleiterin sind. Nun, wer ist Ihr *Avatar?*« Er lachte über seine Bemerkung. »Ist es Mr. Reardon?«

Daniel beugte sich vor. »Das stimmt.«

»Alias J. P. Morgan. Sie sind ja doch kein Cowboy. Sie sind ein Ass als Risikokapitalgeber. Ich habe Sie überprüft. The Norwalk Fund. Der Artikel vor dem Namen ist ein bisschen prätentiös, aber es ist ein beeindruckender Laden. Zwei Milliarden Anlagevermögen? Wenn ich ein Depot zur Altersvorsorge hätte, würde ich es von Ihnen verwalten lassen. Und trotzdem meiden Sie Fracking und Investitionen in nicht nachhaltige Energieformen. Wie bewundernswert. – Überrascht, dass ich meine Hausaufgaben gemacht habe?«

»Eigentlich nicht.«

»Sie vertreten also unsere Gabriela, J. P.?«, fragte Joseph.

»Richtig.«

»Nun, dann obliegt Ihnen wohl die schwere Aufgabe, in etwas mehr als einer Stunde die Waren zu liefern. Sie sagten, Sie haben die Liste. Wie sieht es mit dem schnöden Mammon aus?«

Daniel erläuterte ihren Vorschlag einer Teilzahlung und mehrerer Einträge aus der Oktoberliste, damit Joseph deren Echtheit würde überprüfen können. Dann ein Treffen an einem – öffentlichen Ort für den vollständigen Austausch.

Joseph blieb einen Moment still. »Ich verhandle lieber mit Gabriela«, sagte er dann. »Lassen Sie mich überlegen, hm ... Meine Antwort lautet leider Nein.« Sein Tonfall war fröhlich.

Gabriela wollte etwas sagen, aber Andrew machte ihr ein Zeichen, still zu sein. »Wie lautet Ihr Gegenvorschlag?«, fragte Daniel.

»Das ganze Geld sofort. Fünfhunderttausend.«

»Unmöglich!«, platzte Gabriela heraus.

»Fragen wir doch die kleine Sarah, was sie von dieser Einschätzung hält. Raten Sie, was ich heute Nachmittag gemacht habe. Ich habe Rosen geschnitten. Schnipp, schnapp. Wissen Sie, dass es ihr Wachstum fördert, wenn man sie fast bis auf die Wurzeln zurückschneidet? Stellen Sie sich das vor. Es ...«

»Hören Sie auf!« Gabriela drehte sich mit entsetzten Augen zu Daniel um. Er nickte. Dann beugte er sich leicht vor und sprach in den Lautsprecher. »Also gut. Volle Zahlung heute Abend. Fünfhunderttausend. Aber nur drei Namen von der Oktoberliste. Und wir bekommen Sarah leibhaftig zu Gesicht.«

»Das wird gehen ... Nur eins würde ich vorher noch gern

wissen. Die Liste – Gabriela, sagen Sie die Wahrheit – haben Sie die in Ihren entzückenden kleinen Händen?«

Die vier in dem Zimmer sahen einander an. »Wir haben sie«, sagte Gabriela. »An einem sicheren Ort.«

»Tatsächlich, ja? Ich hoffe es. Denn ich muss sagen, ich bin ein Mensch, den man besser nicht betrügt. Wenn Sie mich irgendwie hereinzulegen versuchen oder wenn Sie mich hinhalten, wird es Konsequenzen geben. Ich werde nicht damit drohen, Ihre Tochter zu töten, denn das würde niemandem helfen. Aber wenn Sie mich verarschen, werde ich dafür sorgen, dass sie im illegalen Adoptionsbetrieb verschwindet, und Sie werden sie nie wieder sehen.«

»Nein!«, schrie Gabriela.

»Und das ist noch nicht alles, Ms. Gabriela«, fuhr er fort. »Ich muss sagen, ich finde Sie sehr attraktiv – tut mir leid, J. P. Morgan. Nicht eifersüchtig sein. Sie ist eine gut aussehende Frau. Ich weiß, Sie stimmen mir zu.«

Daniel biss die Zähne zusammen.

Joseph lachte, dieses irre Kichern wieder. »Wenn nicht alles genau so läuft, wie ich will, dann finde ich Sie und ich verspreche, wir werden eine fantastische Zeit zusammen verbringen. Ich habe ein Haus außerhalb der Stadt. Sehr, sehr abgelegen. Also, Gabriela, Sie verstehen, was hier auf dem Spiel steht?«

Sie nickte verzweifelt, bis ihr klar wurde, dass Joseph sie ja nicht sehen konnte. »Niemand wird Sie betrügen! Wir werden genau das tun, was Sie wollen. Das verspreche ich Ihnen!«

»Nun denn, J. P. Morgan. Es gibt einen Ort in SoHo … Elizabeth Street, zwei Straßen nördlich der Prince Street. Auf der Ostseite der Straße, ein Lagerhaus.« Joseph nannte die genaue Adresse.

»Ich werde um sechs Uhr dort sein. Mit einem Kollegen.«

»Wer ist er?«

»Mein Versicherungsmann.«

»Aha. Klingt einleuchtend. Aber keine Heldentaten – Sie kennen jetzt die Konsequenzen: Sarah landet bei einem wiedergeborenen Pärchen in einem Wohnwagen in West Virginia, und Gabriela und ich fangen eine kleine Affäre an.«

Daniel schien alle Willenskraft aufzubieten, um seine Stimme beherrscht klingen zu lassen. »Verstanden.«

Das Klicken, als Joseph auflegte, klang wie ein Schuss.

Gabriela sank auf die Couch zurück. Sie schien so ausgepumpt zu sein, dass sie nicht einmal weinen konnte.

Andrew stand auf. »Also gut. Lassen Sie uns das Geld besorgen, Daniel. Wir haben nicht mehr viel Zeit. Sam, du bleibst bei Gabriela.«

Sam Easton nickte. »Natürlich.«

Daniel zog Gabriela an sich. »Wir kriegen das hin, Mac«, flüsterte er. »Versprochen!«

Dann waren die beiden Männer fort, und die Tür schloss sich mit ihrem auffälligen Zweiton-Quietschen hinter ihnen.

Kapitel 33

Sonntag, 15.30 Uhr
Dreißig Minuten früher

Die Detectives Naresh Surani und Brad Kepler saßen schon wieder in einem neuen Raum im NYPD Big Building, dem Hauptquartier der New Yorker Polizei. Dem dritten in drei Tagen. Scheißregierung.

Im dritten und schlimmsten. Der Blick ging hier auf eine von Korrosion zerfressene Wand des Rathauses und die glatte Wand einer Bank, auf Tauben, einen schmalen Streifen Himmel, Taubenscheiße. Und was immer sich hinter den Aktenschränken des letzten Zimmers verborgen hatte, es reichte nicht an die chemischen Waffen hier heran.

»Sind sie bereit?«, murmelte Kepler seinem Partner zu.

Surani legte auf. »Sie sind so lala bereit.«

Was unter diesen Umständen schnoddrig und falsch klang, dachte Kepler. Hier standen immerhin Menschenleben auf dem Spiel.

Vielleicht ließ Keplers Gesicht seine Verärgerung erkennen; Surani schien zu verstehen. Er fügte in ernsterem Ton hinzu: »Sie sind vollzählig und beziehen Stellung. Das ist das Letzte, was ich gehört habe. Es scheint, als wären sie zu beschäftigt, um mit uns zu sprechen.«

Die Rede war von dem taktischen Einsatzteam des NYPD, den Jungs von der Emergency Service Unit – wahrscheinlich waren auch ein, zwei Mädchen dabei. All die schicken Waffen, MPs, Helme, Schutzanzüge, Stiefel.

Bereit, hineinzustürmen und die Täter festzunageln.

»Zu beschäftigt, um mit uns zu reden?«, wiederholte Kepler mit rauer Stimme. »Die Sch…OpCP ist nicht von ihnen ausgegangen.«

Der Name der Operation hatte sich in den letzten Stunden vom offiziellen »Operation Charles Prescott« in »OpCP« verkürzt.

Und dank der Komplikationen rund um den Fall ging dem Namen inzwischen die unvermeidliche Modifikation durch ein Wort voraus, das mit »Sch« beginnt. Polizisten eben.

Sch…OpCP.

»Es ist *unsere* Ermittlung. *Wir* sollten an der Sache dran sein wie … wie …« Er ließ den Satz unvollendet.

»Ist dir keine gute Metapher eingefallen?«, fragte Surani.

Kepler verdrehte die Augen. »Und sie wissen sicher, wo Gabriela ist?«

»Ja, ja, ja. Keine Sorge. Sie überwachen sie.«

Warte, dachte Kepler, mir fällt schon noch eine Metapher ein: Wie Käfer an Scheiße, wie Erstsemester an Bierfässern, wie … Aber zu spät.

»Ruf das Überwachungsteam noch mal an. Vergewissere dich, dass sie ein Signal empfangen.«

Surani seufzte, aber er tat wie gebeten. Er führte ein kurzes Gespräch. Dann legte er auf und drehte sich zu Kepler um. »Ja, sie haben ein gutes Signal von ihr. Ein bombastisches Signal. Eine Dauererektion von Signal. Ist es in Ordnung, wenn ich das sage, oder sprechen *meine* Leute nicht über Erektionen?«

Kepler ging nicht einmal darauf ein. »Wo *genau*? Wissen sie *genau* wo?«

»Ja, sie wissen es ge-nau. Nämlich dort, wo die ESU Stellung bezieht, wie ich vorhin sagte. Sie sind bereit zum Zugriff, sobald wir den Befehl geben.«

Aber natürlich würden nicht sie den Befehl geben, sondern *er*. Captain Barkley.

»Ich würde gern Bilder sehen«, murrte Kepler. »Ich wäre gern auf dem Boden. Die ESU hat doch Kameras, verdammt noch mal. Sie sollten uns Bilder schicken.«

»Es war schwer genug, ihr den Peilsender …«

»Erzähl mir etwas, das ich noch nicht weiß.«

»… Peilsender unterzujubeln. Du kannst nicht auch noch ein HD-Video verlangen, Herrgott noch mal. Oh, ist es in Ordnung, wenn jemand mit meiner Weltanschauung …«

»Das reicht jetzt.« Kepler bemerkte das verdreckte Fenster, das Gerümpel im Zimmer, die gallegrüne Farbe, den Geruch: Essen, wie zuvor. Doch im Gegensatz zu vorher war er diesmal alles andere als hungrig.

Surani senkte den Blick und wischte sich etwas von der braunen Anzugjacke, die, wie Kepler wieder einmal dachte, sehr schlecht zur grauen Gesichtshaut des Mannes passte. Seine eigene Hautfarbe war eine sauer verdiente Bräune, aber sein Anzug war im Gegensatz zu dem seines Partners verknittert und hatte, wie er jetzt bemerkte, einen peinlichen Fleck am Ärmel. In der Form von Mickey-Mouse-Ohren.

Er rutschte in dem wahrhaft unbequemen orangefarbenen Fiberglassessel vor und dachte: Wird es also auf diese Weise enden? Ich stecke bis zum Hals in einer Operation, bei der Menschen sterben könnten, und niemand weiß genau, was los ist. Und wenn die Sache in die Hosen geht, wird man höheren Orts einen Sündenbock brauchen. Ah, die Herren Detectives Surani und Kepler.

Es gibt natürlich tausend verschiedene Arten, wie eine Operation danebengehen kann, aber letzten Endes muss man sich nicht den Kopf über tausend verschiedene Möglichkeiten zerbrechen, weil eine genügt, damit alles im Arsch ist. Und normalerweise ist es die eine, auf die man nie im Leben gekommen wäre.

Die beiden Männer nahmen nicht direkt Haltung an, als Captain Paul Barkley den Raum betrat – ein Detective der New Yorker Polizei nahm wegen so gut wie nichts Haltung an. Aber Kepler nahm immerhin die Füße von einem zweiten Sessel, und Surani stellte den Kaffee ab, von dem er vernehmbar geschlürft hatte. Das war so ziemlich alles an Respekt, was zwei Detectives aufbrachten, die ein Leben wie die beiden führten und Fälle wie diesen bearbeiteten.

Besonders heute, in den Wirren der Sch…OpCP.

»Sie haben sie lokalisiert?«

»Ja«, sagte Surani. »Und sie hat keine Ahnung, dass wir an ihr dran sind. Die ESU hat Stellung bezogen. Sie bewerten gerade das Risiko.«

Der Captain schnaubte höhnisch. »›Bewerten das Risiko‹? Vergessen Sie den schlechten Polizeifilm; das hört sich ja an, als würde es von einem Banker stammen. – Jetzt was anderes: Habt ihr das Neueste mitbekommen?«, fauchte Barkley und loggte sich in einen Computer ein. »Ich habe es vor zehn Minuten gesehen. Großer Gott.«

Wovon sprach der Alte? Kepler hatte genug Dienstjahre auf dem Buckel, um es sich anmerken zu lassen, wenn er gegenüber seinem Boss ungeduldig wurde – wenngleich nur lautlos und in Form eines Stirnrunzelns, das seine gebräunte Haut zu einem tiefen V formte.

Kepler hatte mit einem offiziellen Dokument auf dem Schirm gerechnet oder mit einem Bericht oder Bildern einer Überwachungskamera. Was stattdessen auftauchte, war die jüngst aktualisierte Online-Ausgabe der *New York Post.* Kepler seufzte, als er den Artikel las, der einen vorangegangenen fortsetzte. Die

Schlagzeile hatte beim ersten Mal das Wort »verletzt« enthalten. Diesmal stand das Verb »gestorben« im Zentrum.

Beide Versionen beinhalteten die Wendung: »Von einem Lkw überrollt.«

»Es ist außer Kontrolle, ich weiß«, sagte Surani.

»Und das ist nicht hinnehmbar. Ich will, dass wir reingehen. Ich will sofort Festnahmen sehen. Das Ganze kann sich zu einem Blutbad entwickeln, wenn wir nicht schnell handeln.«

»Es ist bereits ein Blutbad«, murmelte Surani und betrachtete das Foto der Leiche.

Barkley gestikulierte wütend in Richtung des Bildschirms. »Seht euch die Presse an. Verdammte Handykameras. Das ist das Problem heutzutage. Sie sind überall. Arschlöcher mit einem Samsung oder einem iPhone sind schneller am Tatort als unsere ersten Beamten. Ist die Spurensicherung dran?«

»Ja, aber sie finden nicht viel.«

Alle starrten auf den Bildschirm. Blut wirkt ziemlich kräftig in HD.

»Und Gabriela ist mit diesem Kerl unterwegs?«

»Ja«, sagte Surani.

»Diese Frau«, verkündete der Captain, »wird eine Menge Fragen beantworten müssen.« Die Bemerkungen wirkten äußerst unheilvoll. Barkley rang mit sich, oder zumindest legte er den Kopf schief, als würde er es tun, und sah aus dem Fenster.

Bank, Rathaus, Taubenscheiße.

»Okay, ich treffe die Entscheidung. Schickt die ESU rein. Sofort.«

»Das könnte alles vermasseln«, sagte Kepler. »Ich denke, wir sollten warten, herausfinden, wer die Akteure sind, was die Risiken sind. Was …«

»Schickt sofort die ESU rein«, knurrte Barkley, als wäre er es nicht gewohnt, sich zu wiederholen. Was nicht der Fall war, wie Kepler wusste. »Wir warten nicht länger. Was immer sie sonst in den letzten Tagen getrieben hat, wenn sie so endet« – ein Nicken in Richtung des Lkw-Artikels –, »wird das schlecht für viele Leute sein.«

Nämlich für ihn, für sie beide, für die Stadt.

Besonders schlecht auch für Gabriela, wollte Kepler sagen, hielt sich aber zurück.

Surani griff nach dem Telefon. Er beugte sich angespannt vor. »Hier ist Surani. Eure Teams haben grünes Licht. Ihr könnt …« Sein graubraunes Gesicht erstarrte. »Was? – *Was?*«

Kepler und Barkley sahen ihn an. Barkleys Gesichtsausdruck war schwer zu deuten, aber zweifellos war er ebenso erschrocken wie der Detective.

»Was?«

Die Wiederholung war zum Aus-der-Haut-Fahren. Wenn er das Wort noch einmal sagte, würde Kepler ihn am Kragen packen und ihm das Telefon aus der Hand reißen.

Aber Suranis nächste Worte lauteten: »Ach du Scheiße.«

Kepler riss die Augen auf und drehte die Handfläche nach oben. Es sollte ausdrücken: Verrate uns verdammt noch mal irgendwas Konkretes.

Surani nickte jetzt heftig. »Ja, natürlich. Ich gebe ihn dir.«

»Was?«, fragte Barkley, dem offenkundig nicht bewusst war, dass er damit seinen Detective nachäffte.

»Der Einsatzleiter der ESU hat jemanden bei sich, mit dem Sie seiner Ansicht nach reden sollten.«

»Wen?«

»Einen Fahrer der städtischen Müllabfuhr.«

Barkley zeigte sein bisher tiefstes Stirnrunzeln. »Was zum Teufel hat ein Müllmann mit der Operation zu tun?«

»Hier.« Surani reichte ihm das Telefon, als wäre es eine Schachtel instabiler Munition.

Der Captain riss es ihm aus der Hand und sprach mit dem Fahrer. Dann legte er auf und lehnte sich zurück. »Wir haben ein Problem«, sagte er schließlich.

Kapitel 32

Sonntag, 15.15 Uhr
Fünfzehn Minuten früher

»Was ist dahinten mit diesem Mann passiert?«, flüsterte Gabriela und wischte sich Tränen aus den Augen. »Ich … ich weiß nicht, was ich sagen soll.«

Daniel war in seinen Bereitschaftszustand zurückgefallen: Er beobachtete, sprach nicht. Sein Blick suchte die nachmittäglichen Straßen von Midtown unter dem bedeckten Himmel ab. »Scheint alles frei zu sein. Komm.«

Sie gingen einen weiteren Block.

»Da. Das ist es, Mac. Lass uns hineingehen.« Daniel zeigte auf ein schmales, graubraunes Wohnhaus in einer Sackgasse an der 51st Street East. Es war nur vier Stockwerke hoch, und viele Fenster waren halb verdeckt wie misstrauische Augen von den Lidern.

»Dort sind wir sicher.«

Sie lachte herb. Sicher. Na klar.

Als Reaktion drückte Daniel ihre Hand.

Während sie sich dem Gebäude näherten, sah sich Gabriela um, musterte Schatten, Fenster, Eingänge mit kritischem Blick. Sie sah weder Polizei noch sonst irgendetwas, von dem eine Bedrohung ausgehen konnte. Daniel öffnete die Tür und führte sie in die Eingangshalle, die in verschiedenen Blautönen gestrichen war und von silbernen Wandleuchtern erhellt wurde. Das Dekor war geschmackvoll, wenn auch schwerlich elegant. An der Wand unweit der Briefkästen hing ein Gemälde von einem Möchtegern-Picasso, wie es aussah; es stellte möglicherweise eine Ballerina dar. Die beiden stiegen die Treppe zum zweiten Stock hinauf, wo es Türen zu zwei Wohnungen gab.

Daniel dirigierte sie zur linken, die auf den Vorderhof hinausging.

Die Tür öffnete sich mit einem Klicken, die Angel quietschte. Sie erzeugte einen lustigen Ton, einen musikalischen. Die ersten beiden Noten der amerikanischen Nationalhymne.

O-oh, say can you see …

Nachdem sie die dunklen Räume betreten hatten, schloss Daniel die Tür und sperrte doppelt ab, dann machte er Licht.

Gabriela ließ den neuen Rucksack, der ihre Sporttasche enthielt, auf einen abgenutzten Kaffeetisch im Wohnzimmer fallen. Daniel stellte seine Sachen daneben und sank auf einen massiven Stuhl am Esstisch. Er nahm sein iPad und ging ins Internet, während Gabriela ans Fenster trat und auf den Innenhof und die Sackgasse hinaussah.

Sie fand den Geruch der Räume störend. Er erinnerte sie an ein Bestattungsinstitut. Alte, abgestandene Chemikalien, auch wenn es hier wohl nur Reinigungsmittel waren, keine Konservierungsmittel für totes Fleisch. Sie erinnerte sich an genauso einen Geruch, wie sie ihn vor sechs Jahren und zwei Monaten wahrgenommen hatte. Ihr Magen zog sich zusammen, Schmerz und Zorn stiegen in ihr auf. Und ein Bild des Professors.

Dann dachte sie an ihr Mantra.

Sarah.

Dein Ziel. Konzentriere dich auf dein Ziel.

Sarah.

Es ist nur ein zufälliger Geruch, sagte sie sich, der schmerzliche Erinnerungen auslöst. Dennoch konnte sie die Bilder nicht ganz vertreiben. Sie ging in die Küche und öffnete den Kühlschrank, der fast leer war – ein Behälter mit Kaffee, Butter, eine verschrumpelte Zitrone, hart wie Horn. Und im Gemüsefach eine Zwiebel. Auch diese hatte ihre beste Zeit hinter sich, war aber nicht verfault. Grüne Schösslinge wuchsen unheimlich aus ihr. Sie dachte an Josephs widerspenstiges Haar, das so glatt und ölig war. Sie fand ein Messer; es war stumpf, aber gerade noch scharf genug, damit sie die Zwiebel mit viel Druck schneiden konnte. Als sie einen kleinen Berg Zwiebelringe beisammenhatte, entdeckte sie Öl in einem Küchenschrank, das sie in eine staubige Bratpfanne goss, ohne sich die Mühe zu machen, sie sauber zu wischen. Sie erhitzte das Öl und rührte Zwiebelringe und Sprossen geistesabwesend in Form einer Acht darin, bis sie angebraten waren.

Bald hatte das aus der Pfanne aufsteigende Aroma die störenden Gerüche gemildert. Die Gedanken an Tod verblassten.

Daniel Reardon war vom Tisch aufgestanden und stand nun in der Küchentür. Sie spürte, wie er sie aufmerksam beobachtete. Sie sah in sein hübsches Gesicht und nahm die Anziehungskraft wahr, die er ausübte. Dachte an Freitagabend, es war erst zwei Tage her. Ein Jahr, eine Ewigkeit.

»Hungrig?«

»Wahrscheinlich. Aber ich mache mir nichts zu essen. Ich vertreibe nur den schlechten Geruch in der Luft.«

»Mit Zwiebeln?« Er lachte. Er hatte ein wundervolles Lachen – genau wie der Schauspieler, dem er so sehr ähnelte.

Ihre Stimme zitterte, als sie sprach. »Wenn Sarah bei mir ist, kochen wir jeden Abend. Gut, nicht jeden, aber die meisten. Sie rührt gern um. Sie ist eine großartige Umrührerin. Manchmal scherzen wir, wir …« Sie verstummte abrupt, holte tief Luft und wandte den Blick ab.

Sie berührte ihre Brust und zuckte zusammen, und Daniel

trat zu ihr, nahm ein Papiertaschentuch und wischte ihr das Blut aus dem Mundwinkel. Dann umarmte er sie. Seine Hand fuhr an ihrem Rückgrat hinunter, holperte über den Riemen des BHs unter dem dicken Sweatshirt und kam in ihrem Kreuz zum Stillstand. Er zog sie an sich. Sie spannte sich und stöhnte leise. Er drückte ihr den Kopf in den Nacken und küsste sie trotz des Rests von Blut heftig auf den Mund. Sie stöhnte und runzelte die Stirn, und er ließ sie los.

»Tut mir leid«, flüsterte er.

»Das muss es nicht.«

Er drückte sein Gesicht erneut auf ihres und zog ihren Körper an seinen. Und dann trat er einen Schritt zurück, als müsste er sich zwingen. Gabriela machte den Gasherd aus, und die beiden gingen ins Wohnzimmer zurück.

Sie sah sich um. Die Wohnung war steril, abgenutzt in der Art verblasster Eleganz, wie wenn wohlhabende Leute sich im Ruhestand einschränken. Das fade Mobiliar war vor zehn, fünfzehn Jahren höchste Qualität gewesen, nun jedoch war es schmuddelig und abgestoßen. Die Kissen hatten unter zu vielen Hintern gelitten, der Teppichboden unter zu vielen Lederabsätzen.

Hässlich, ja.

Aber es war ruhig. Und abgeschieden.

Sicher …

Der Zimmerschmuck war größtenteils nautischer Natur. Drucke von Schiffen in stürmischen Wogen sowie Seefahrtmemorabilien, Lampen und Angelzeug.

Gabriela betrachtete die Holztafel mit Knoten an der Wand. »Deine?«

»Richtig. Ich habe sie geknüpft. Ein Hobby von mir.« Er sah auf die kurzen, zu Seemannsknoten geknüpften Seilstücke, es waren etwa zwei Dutzend. »Jeder hat einen eigenen Namen.«

Eine andere Wand war der Fotografie gewidmet. Er bemerkte, wohin sie schaute. »Nicht so gut wie deine.«

»Du hast Bilder von Edward Weston, Imogen Cunningham, Stieglitz.«

»Es sind nur Reproduktionen, nicht die Originale.«

»Aber gut gemachte. Qualitätsarbeit. Besonders die Auswahl. Weston war ein Wegbereiter. Cunningham ebenfalls, auch wenn ich finde, sie hätte etwas mehr Schärfe vertragen.«

»Und da – etwas, das deiner Tochter gefallen würde.« An einer Wand hingen eine antiquarische Reitpeitsche und ein Paar Sporen.

Ein unauslöschliches Bild von Sarah kam ihr in den Sinn.

Sarah …

Sie spürte, dass Daniel im Begriff war, ein ernstes Thema zur Sprache zu bringen. Sie hatte recht.

»Mac, ich werde uns von ein paar Leuten helfen lassen.« Er wies mit einem Kopfnicken zu seinem iPad, auf dem er vermutlich E-Mails verschickt und empfangen hatte.

»Uns helfen?«

»Es sind gute Leute. Und wir brauchen sie.«

»Das kann ich nicht verlangen.«

»Du hast es auch nicht verlangt.« Er lächelte. »Abgesehen davon stehe ich schwer in deiner Schuld. Du bist diejenige, der die Princeton-Lösung eingefallen ist. Ich weiß nicht, was passiert wäre, wenn du nicht dabei gewesen wärst. Es wäre ein Albtraum geworden.«

»Du wärst bestimmt allein klargekommen.«

»Nein. Du hast mir das Leben gerettet«, sagte er.

Gabriela lächelte bescheiden. »Wer sind sie, diese Leute?«

»Männer, mit denen ich seit Jahren arbeite. Kluge Köpfe. Solche brauchen wir.« Daniel bemerkte ihren abwesenden Blick. »Alles wird gut mit Sarah, das verspreche ich dir.«

Und Gabriela dachte: *Versprechen*. Was für ein sonderbares Verb. Ein Wort, dem man nicht trauen konnte. Oder nicht sollte.

Genau wie das Wort *Vertrauen* selbst.

Sei nicht so zynisch, dachte sie.

Aber das war schwer. Gabriela war zynisch bis ins Mark. Sie hatte wegen des Professors gelernt, so zu sein.

Sie sah sein regloses Gesicht, wächsern, von Satin umgeben. Ein Material, das sie seither verabscheute.

»Sie werden bald hier sein.« Er sah sie mit zusammengekniffenen Augen an. »Woran denkst du? Etwas Wichtiges, ich sehe es dir an.«

»Nein«, sagte sie leise.

»Nein, du denkst an nichts, oder Nein, du sagst es mir nicht? Es muss Letzteres sein, denn man kann nicht an nichts denken. Das ist unmöglich.«

Sie versuchte es so zu formulieren, dass es nicht idiotisch klang. Das war nicht leicht. »Zu viele Menschen wenden sich ab, wenn etwas Schlimmes geschieht. Sie fürchten sich, es kommt ihnen ungelegen, sie haben Angst, in eine peinliche Lage zu geraten. Aber du willst Joseph nicht mit dieser Sache durchkommen lassen, und du tust es für mich, obwohl du mich erst seit ein paar Tagen kennst.«

Daniel Reardon war ihrer Einschätzung nach nicht fähig zu erröten. Aber ihre Worte machten ihn verlegen. »Ich bekomme deinetwegen noch Komplexe.« Er sah sich um, und sein Blick fiel auf die Bar. »Ich brauche etwas zu trinken. Du auch? Wein? Etwas Stärkeres?«

»Nein. Nicht im Augenblick.«

Er öffnete eine Flasche Cabernet und goss die rubinrote Flüssigkeit in ein Glas. Ein großer Schluck schien ihre ihm unangenehme Dankbarkeit zu vertreiben. Er trank noch einen. »So. Wir sollten über unsere nächsten Schritte nachdenken. Andrew und Sam müssten bald hier sein. Ich denke, als Erstes sollten wir die Komplikation anrufen und uns vergewissern, dass er zu Hause ist.«

Komplikation …

Sie lächelte über das Wort. Dann ging sie ihr Telefonverzeichnis durch, bis sie Frank Walsh gefunden hatte, und versuchte ihn zu erreichen. »Er meldet sich nicht.« Sie schickte eine SMS. »Aber die Liste ist bestimmt in Sicherheit. Ich wüsste keinen Grund, warum sie es nicht sein sollte.«

Daniels Gesicht blieb ruhig. Obwohl er zweifellos dachte: Ohne diese Liste ist deine Tochter tot. Und der Mann, der sie töten wird, dieses Arschloch von Joseph, wird bald auch hinter dir her sein.

Und es bedurfte keiner Erwähnung, dass Joseph auch nach ihm suchen würde.

Aber dann summte ihr Handy, und sie blickte auf den Schirm. Eine SMS war erschienen. Sie lächelte kurz. »Es ist Frank. Er wird heute Abend nicht vor die Tür gehen. Alles in Ordnung.«

»Eine Sorge weniger. Aber ich weiß nicht, was ich von Mr. Frank ›Komplikation‹ Walsh auf deiner Kurzwahlliste halten soll. Ich denke, ich würde gern seinen Platz einnehmen.«

»Ich könnte dich auf Nummer zwei befördern.«

»Nur zwei?«

»Mom ist auf Platz eins.«

»Okay, dagegen ist nichts zu sagen.«

Daniel ging zu einem hohen Wohnzimmerschrankelement

mit Glasfront, das Gabriela auf 1975 schätzte, auch wenn es modernere Elemente enthielt. Er stellte einen Lokalsender im Radio an. Nach fünf Minuten schlechter Musik und noch schlechterer Werbespots war es Zeit für die Nachrichten. Gabriela marschierte zu dem Gerät und schaltete es abrupt aus.

Daniel sah sie an. »Ich will nichts darüber hören«, sagte sie. »Über nichts von dem, was heute passiert ist. Es ist bestimmt in den Nachrichten. Die ganzen Nachrichten sind voll mit mir!« Ihre Stimme klang wieder aufgeregt.

»Es ist gut, es ist gut …«

Sie fuhr zusammen, als von der Eingangstür her ein Klicken ertönte. Die Angeln sangen wieder den Anfang der Nationalhymne, und Gabriela und Daniel wechselten einen Blick.

»Hallo?«, war die Baritonstimme eines Mannes zu vernehmen.

»Wir sind im Wohnzimmer.« Daniel nickte aufmunternd und flüsterte Gabriela zu: »Die Kavallerie ist da.«

Kapitel 31

Sonntag, 14.15 Uhr
Eine Stunde früher

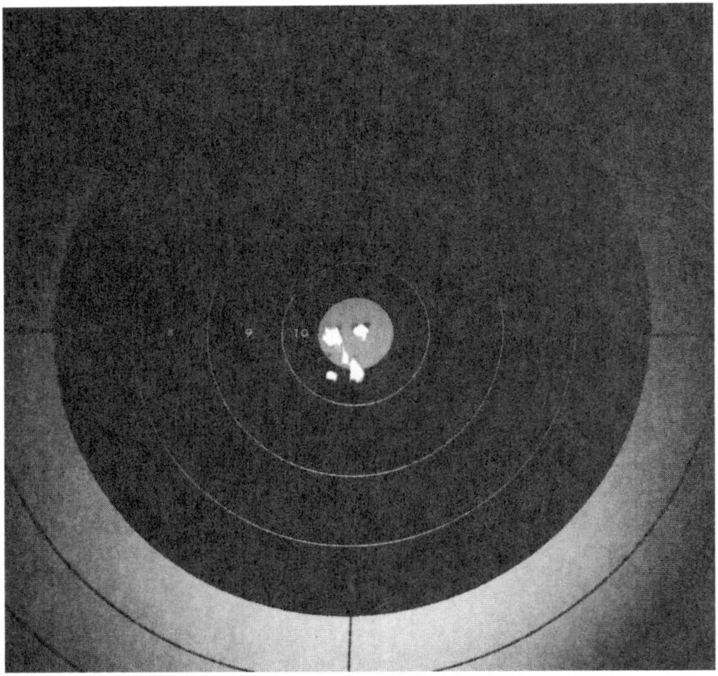
8
9
10

Detective Brad Kepler sah zu, wie sein Boss die Presseerklärung, einmal, zweimal und noch einmal las.

Captain Paul Barkley sah zu dem Mann von der Pressestelle auf, einem schwabbligen jungen Mann mit hartnäckiger Akne, der in diesem Höllenloch von Einsatzraum vor ihm saß. Dann senkte er ohne ein Wort den Blick und las die Meldung noch einmal.

Barkleys Magen machte ein Geräusch wie eine Harley Davidson, das alle Leute im Raum nicht zu hören vorgaben.

Kepler wusste, dass Barkley an den meisten Sonntagen um diese Zeit das Roastbeef verdrückte, das seine Frau zubereitet hatte, zusammen mit gehäuften Gabeln voll gebuttertem Kartoffelbrei, wenn sie nicht hinsah. Der Detective wusste von diesem Ablauf, weil er ein paar Mal zum Essen eingeladen gewesen war. Er hatte drei sich wiederholende Erinnerungen an diese Gelegenheiten: Barkley erzählte immer wieder die gleichen mehr oder weniger schlüpfrigen Witze. Das Roastbeef war sehr gut. Und er selbst hatte die ganze Zeit überlegt, ob es irgendeine Möglichkeit gab, Barkleys neunmalkluger, studierender Tochter zu sagen, dass sie verdammt noch mal den Mund halten sollte. Was natürlich nicht der Fall war.

Kepler las die Pressemitteilung ebenfalls noch einmal.

Fred Stanford Chapman, 29, … Ehefrau Elizabetta, 31, zwei Kinder, Kylie und Sophie … Operation zur Entfernung einer

Kugel, die in der Nähe des Herzens steckt, soll im Lauf des Tages durchgeführt werden … Ermittlungen dauern an … Prognose ist nicht gut …

Und so weiter und so weiter…

»Wie viele Anrufe?«, fragte Barkley den jungen Mann.

»Von der Presse? Hundert.«

»Das ist eine Übertreibung«, brauste Barkley auf.

Wahrscheinlich ist es keine, dachte Kepler. Sein Partner Naresh Surani schien seiner Meinung zu sein.

»Ich wollte den Deckel drauf halten«, sagte der Captain.

»Auf einer Schießerei?«, fragte der Pressemann.

»Ja, auf einer Schießerei. Im gottverdammten Manhattan. Ich wollte verdammt noch mal den Deckel drauf halten. Aber das hat ja wohl nicht funktioniert, oder? Es gab ein Leck von der Größe der *Titanic*.«

Die *Titanic* war kein Leck, korrigierte Kepler, sondern ein Schiff, das *wegen* eines Lecks zum Teufel ging.

Aber natürlich korrigierte er es lautlos.

Barkley griff nach einem Kugelschreiber und fing an zu redigieren.

Was Kepler die Gelegenheit gab, sich in ihrer neuen Bude umzusehen. Dies war der zweite Raum, den man der OpCP, der Operation Charles Prescott in den vergangenen beiden Tagen zugeteilt hatte. Sicher, es herrschte Hochbetrieb im Verbrecherwesen, und kleinere Unternehmungen wie die OpCP zählten nicht viel, wenn es darum ging, sich Verdienste zu erwerben, deshalb mussten sie nehmen, was an Räumen gerade frei war. Aber das hier war ein Loch. In dem sechs mal neun Meter großen Zimmer gab es ein paar hochauflösende Monitore, aber sie waren ausgeschaltet und schienen nicht einmal angeschlossen zu sein. Die Wände hatten eine Renovierung nötig – wie gehabt –, und das Behördenmobiliar war billig. Fast ein Drittel der Fläche diente als Lager. Etwas roch auch sehr merkwürdig, als wäre ein Truthahnsandwich aus einem Imbiss vor langer Zeit hinter einen der Aktenschränke gefallen.

Wenigstens konnte es nicht noch schlimmer werden.

Barkley schob die Presseerklärung über den Tisch. »Verbessern Sie sie. Und übrigens, kein Kommentar von mir, außer dass die Ermittlungen andauern. Belassen Sie es dabei. Weiter nichts mehr.«

Der Pressemann versuchte es noch einmal. »Aber hundert Anrufe, Sir. Ich hätte nicht gedacht, dass das eine so große Sache sein würde.«

»Wieso sind Sie überhaupt noch hier?« Barkley machte ein Geräusch wie ein missgelaunter Keilriemen. Diesmal kam es aus seiner Kehle, nicht aus seinem Bauch.

»Ja, Sir. Entschuldigung, Sir.« Der Beamte von der Pressestelle huschte hinaus.

Wieso, zum Teufel, trägt der Junge eine Waffe am Gürtel?, dachte Kepler.

Barkley drehte sich zu den beiden Detectives um, die an einem ramponierten Hartfasertisch saßen. »Mannomann«, bellte er und wies mit einem Kopfnicken auf Keplers Kopie der Presseerklärung.

Fred Stanford Chapman, 29, … Schusswunde …

Dann wechselte der Boss die Richtung. »So, jetzt zu *ihr*.«

Er musste nicht Gabriela sagen. Es gab keine anderen Frauen, die ihnen im Augenblick so viel Kummer bereiteten.

»Ich sagte gestern, ich will sie überwacht haben. Rund um die Uhr. Was zum Teufel ist passiert? Sie waren bei ihr, ja? Kamera, Mikrofone?«

Brad Kepler zuckte mit den Achseln. »Sie hat erraten, dass wir da sind. Ich weiß auch nicht. Und dann begann sie Ausweichtechniken anzuwenden.«

»Was zum Teufel soll das denn heißen? Klingt wie aus einem schlechten Polizeifilm.«

»Aber«, sagte Kepler, »wir sind immer noch an ihr dran.« Ein Blick zu seinem Partner. »Oder?«

Surani rief das Überwachungsteam an, führte ein Gespräch und legte dann die Hand über das Mundstück. »Wir haben Beamte in ihrer Nähe. Alles im rechten Lot.«

Was sich anhörte, als stammte es aus einem noch schlechteren Polizeifilm.

Im rechten Lot?

»Wie konnten Sie ihr folgen, wenn sie Ihnen aus ihrer Wohnung entwischt ist?«

Surani sah zu seinem Partner. »Brad hat ihr einen GPS-Sender untergejubelt.«

»Wie zum Teufel haben Sie das gemacht?« Der Captain legte die gesamte Stirn in Falten, wie er es gern tat, um etwas zu unterstreichen. Es war eine Mimik, die mehrere seiner Detectives ziemlich gut zu imitieren gelernt hatten, Brad Kepler eingeschlossen.

»Sie war abgelenkt. Es herrschte Chaos, Waffen, Geschrei, Leute, die schnell Deckung suchten. Ich habe ihr das Ding in die Jackentasche gesteckt.«

Barkley war erfreut, Kepler sah es ihm an, aber sein Naturell verlangte, dass er fragte: »Halten Sie das für ungefährlich?« Der Captain konnte nie einfach sagen: Gut gemacht.

»Ungefährlich?«, fragte Kepler. Er wusste nicht, was das bedeuten sollte. »Ich habe offen gestanden nicht darüber nachgedacht. Es war einfach etwas, das ich tun musste. Schieb ihr den Peilsender unter und zieh dich zurück.«

»Es war ziemlich gut gemacht, ziemlich elegant«, sagte Surani, dessen graue Gesichtshaut in dem unmenschlichen Licht des trostlosen Einsatzraumes noch grauer aussah. »Sie hat keine Ahnung.«

»Mikrofon?« Der Captain strich sich zweimal über sein gepflegtes weißes Haar – das Haar eines hochrangigen Kongressmitglieds –, dann tat er es ein drittes Mal. Er schien Kepler von Kopf bis Fuß zu mustern, als würde er die eindrucksvolle Bräune des Mannes bewundern. Oder missbilligen.

»Nein, nur ein Sender. Wir haben sie kurz in der U-Bahn verloren.«

Das Nahverkehrssystem New Yorks ist riesig, schnell und effizient, und das bedeutete, es konnte Gabriela an jeden Punkt innerhalb eines Gebiets von mehreren hundert Quadratmeilen transportieren. Und GPS-Sender funktionierten da unten nicht.

»Aber dann ist sie wieder aufgetaucht. Eine Überwachungskamera mit Gesichtserkennung hat sie beim Verlassen einer Station in Midtown identifiziert. Seitdem ist das Signal stabil.«

»Solange sie nicht beschließt, wieder in einen Expresszug zu springen.«

»Sie kann nicht im Schnellbahnsystem leben«, sagte Surani. »Das Essen ist beschissen da unten. Und die Duschen? Zum Vergessen.« Diese Bemerkung brachte ihm einen strafenden Blick von Kepler ein, denn der Witz war mehr als blöd. Es war noch nicht einmal ein Witz.

»Und sie war mit diesem Kerl zusammen?«

»Richtig.«

»Bleiben Sie an ihr dran. Aber ich will, dass alle, die sie überwachen, unsichtbar bleiben. Haben Sie verstanden? Wenn die Überwachung auffliegt, könnte es Tote geben. Das wird unter meiner Verantwortung nicht passieren.«

Und warum nicht?, fragte sich Kepler bei der dramatischen Ankündigung. Meinen Sie, Sie können alle unschuldigen Menschen in New York beschützen, Boss? *Eine Menge Leute* sind im Lauf der Jahre unter Ihrer Verantwortung gestorben, wenn Sie darüber nachdenken.

»Wir haben den Teams gesagt, sie sollen sich zurückhalten«, erwiderte Surani jedoch nur. »Sie sind in der Nähe, aber nicht zu nahe.«

Einer der stellvertretenden Polizeichefs streckte den Kopf zur Tür herein. »Tut mir leid, meine Herren, aber ich muss leider diesen Raum mit Beschlag belegen.«

»Wie bitte?«, brauste Barkley auf. »Wir sollen umziehen? Das ist doch wohl nicht Ihr Ernst.«

Der weißhaarige, rundliche Mann zuckte mit den Achseln und sah nur mäßig reumütig aus. »Wir haben einen Hinweis auf terroristische Aktivitäten und brauchen eine ISDN-Leitung. In den anderen Räumen funktionieren sie nicht.«

»Terroristen. Wir bekommen tausend Hinweise auf Terroristen im Jahr. Warum ist der hier so eine große Sache?«

»Das FBI leitet die Ermittlung. Ihr habt zehn Minuten, euch einen neuen Raum zu suchen.« Er verschwand. Kepler sah Surani an, und er wusste, es kostete seinen Partner Überwindung, nicht den Mittelfinger in Richtung der offenen Tür zu strecken. Sie lächelten sich an.

Barkley seufzte und blickte auf einige Blätter auf dem Tisch. Eines trug die Überschrift *Charles Prescott Investments.* Das andere war eine weitere Kopie der Presseerklärung.

Operation zur Entfernung einer Kugel, die in der Nähe des Herzens steckt, soll im Lauf des Tages durchgeführt werden …

»Wir kriegen das schon hin, ich weiß es.« Es war Kepler, der diese dürftige Aufmunterung von sich gab.

Genau in diesem Augenblick bekam Surani einen weiteren Anruf. Er hörte zu. Er legte auf. »Die Überwachung. Gabriela und Reardon sind wieder unterwegs. Nähe 48th Street und Seventh Avenue, sie bewegen sich nach Westen. Ein paar Zivilstreifen sind vor Ort, aber sie bleiben außer Sicht.«

Barkley schob die Prescott-Akte von sich, als erinnerte sie ihn an eine ungünstige ärztliche Diagnose. »Dieser Sender, ist der gut?«, fragte er.

»Ja«, sagte Kepler. »Die Batterie hält tagelang, und er gibt den Standort auf zwei Meter genau an.«

»Und sie wird ihn nie entdecken«, ergänzte Surani stolz. »Er befindet sich in einem BIC-Kugelschreiber.«

Kapitel 30

Sonntag, 14.10 Uhr
Fünf Minuten früher

57 Street
F

Der Himmel hatte sich zum Schlechteren verändert.

Die schwammartigen Wolken, die so gutmütig und verspielt über den azurblauen Himmel gezogen waren, sie waren fort. Maulwurfsgrau erstreckte sich die Wolkendecke von einem Horizont zum anderen, als könnte sich selbst die Atmosphäre nicht von der nervenaufreibenden Spannung dieser vergangenen dreißig Stunden lösen. Das Wasser im Hafen war aufgewühlt, der Wind unangenehm.

Daniel und Gabriela kamen aus der U-Bahn herauf. Nach den Schreien, nach dem Chaos in der Second Avenue vorhin war die Polizei in Scharen aufgetaucht. Die beiden hatten keine andere Wahl gehabt, als das U-Bahn-System zur Flucht zu nutzen, trotz des Risikos, von den Beamten der Transit Authority entdeckt zu werden. Aber niemand hatte sie bemerkt, und jetzt in den Straßen bewegten sie sich zwischen Familien, Touristen, Käufern und Liebespaaren und versuchten, Deckung in der Menge zu finden – so wie die beiden Flüchtenden sich in der vergangenen halben Stunde in den verschiedenen U-Bahn-Linien verloren hatten. Sie waren von der Upper East Side nach Harlem gefahren, dann quer und schließlich südwärts nach Midtown.

Von hier würden sie zu der Wohnung gehen, von der Daniel ihr erzählt hatte – die seine Firma, The Norwalk Fund, für Klienten von außerhalb unterhielt. Sie stand im Moment leer, und sie konnten sich dort verstecken.

Daniel sah sich jetzt vorsichtig um. »Keine Polizei, kein Joseph und auch niemand sonst hinter uns her … oder hinter der Liste.«

Gabriela war ernst. »Das viele Blut, Daniel. Hast du es gesehen?«

Natürlich hatte er es gesehen. Er drückte ihre Hand kräftiger. Der Druck schien eine Bedeutung zu haben. Aber welche? Sie konnte es nicht sagen.

»Schau!«

Auch er bemerkte den blau-weißen Streifenwagen, der mit hektisch blinkenden Scheinwerfern auf sie zugerast kam. Gabriela streifte den Rucksack von der Schulter, und sie wichen zu einer Ladenfront hin aus, sodass ein Strom von Fußgängern zwischen ihnen und der Straße lag.

Der Streifenwagen raste jedoch schnell an ihnen vorbei in Richtung des Zwischenfalls.

Das Blut …

Daniel lenkte sie nach Osten. »Die Wohnung ist in dieser Richtung. Nicht weit, etwa acht bis zehn Straßen entfernt.«

Doch bevor sie losgingen, fasste ihn Gabriela am Arm und sagte: »Warte. Lass uns die Mützen loswerden und uns eine bessere Tarnung besorgen.« Sie tippte an die dunkle Baseballkappe, die sie trug. »Es wird mehr brauchen, um sie zu täuschen.« Dann wies sie mit einem Kopfnicken zu einem Kleidungsdiscounter ein Stück weiter vorn in der Straße. »Lass uns einkaufen gehen.«

Fünf Minuten später waren sie wieder draußen und trugen Jeans – seine blau, ihre schwarz –, Sweatshirts und Windjacken, ebenfalls dunkel. Manhattan-Tarnung. Auf seinem Oberteil stand NYU, ihres war frei von Schrift oder Bildern. Die Sachen, die sie zuvor getragen hatten, steckten in Einkaufstüten.

Gabriela verzog das Gesicht, hustete und hielt sich den Brustkasten. Dann wischte sie einen Tropfen Blut von der Lippe.

»Mac!«

»Schon gut«, wehrte sie ab. »Damit komme ich klar.«

Sie gingen weiter.

Ihr Handy bimmelte, sie hatte eine SMS bekommen. Sie sah auf das Display. Ein Lächeln trat auf ihr Gesicht, wenn auch ein leicht schmerzverzerrtes.

»Die Komplikation.«

»Was schreibt er?«

»Er hat sein Geschenk erhalten.« Gabriela beschloss, ihm den Rest von Frank Walshs SMS nicht zu erzählen.

Sie waren an der Ecke, als eine dunkle Limousine vorbeisauste – es handelte sich eindeutig um ein ziviles Polizeifahrzeug. Anders als der Streifenwagen eben verlangsamte sie beim Näherkommen, ehe sie wieder beschleunigte und um die Ecke verschwand.

Keine weiteren Polizeifahrzeuge oder uniformierte Beamte waren in der Gegend zu sehen. »Ich glaube, die Luft ist rein«, sagte Daniel.

Er stopfte die Einkaufstüte mit seinem grauen Canali-Anzug und dem Hemd, die er in dem Laden ausgezogen hatte, in seinen Rucksack. Gabriela untersuchte den Inhalt ihrer Tüte und bemerkte Blutspritzer an ihrem Pullover und der Jacke. »Die schmeiße ich weg. Mist. Ich habe diesen Pulli geliebt.«

Sie ging die Taschen durch und behielt nur das Geld; alles andere – Quittungen, blutige Papiertaschentücher und einen BIC-Kugelschreiber – ließ sie in der Tüte. Sie sah sich um und entdeckte einen randvollen Wagen der städtischen Müllabfuhr auf dem Weg zur Verbrennungsanlage in der 14th Street am Hudson River.

Als der Fahrer an einer Ampel wartete, schleuderte sie die Einkaufstüte auf den Wagen.

Dann fasste sie Daniels Arm, und sie schlängelten sich zügig durch die Herden von Fußgängern, die an diesem böigen Sonntagnachmittag die Straßen füllten.

Kapitel 29

Sonntag, 13.40 Uhr
Dreißig Minuten früher

Frank Walsh stand in der winzigen Küche seines düsteren Apartments im Greenwich Village und dachte an den Mord vom Morgen.

Es war nicht leicht gewesen.

Mit einem Messer war es nie leicht.

Das Problem war, grob gesprochen, dass man jemanden nicht mit einem Messer*stich* töten konnte. Ein Hieb war nötig, man musste auf den Hals losgehen, auf die Beine mit den Oberschenkelarterien. Die Leiste war ebenfalls gut. Aber Erstechen? Das dauerte ewig.

Und dazu kam: Wenn die Person, gegen die man kämpfte, sich gut verteidigte, wie es bei dem Opfer heute Morgen der Fall gewesen war, musste man hellwach bleiben, man musste sich bewegen, man musste schnell sein und improvisieren. Bei einem Messerkampf wechselte der Vorteil binnen Sekunden.

Frank nahm seine griechische Fischermütze ab und kratzte sich das widerspenstige rote Haar und die Kopfhaut darunter, während er vor dem offenen Küchenschrank stand. Mit der linken Hand drückte er geistesabwesend eine Speckrolle um seinen Bauch zusammen. Er entschied sich gegen die Kartoffelchips.

Er versuchte, über weitere Optionen bezüglich seiner Ernährung nachzudenken, aber er war zu sehr abgelenkt.

Gabby ging ihm durch den Kopf. Wie so oft.

Dann wanderten seine Gedanken zurück zu dem Kampf am

Morgen. Er dachte an die animalische Lust, die reine Befriedigung – ein Psychiater würde wahrscheinlich sagen, sie waren eine Reaktion auf die Schikanen und Hänseleien, denen er als Teenager ausgesetzt war. Er empfand auch Stolz auf sein Geschick mit der Klinge.

Er wünschte, er könnte Gabby von der Auseinandersetzung erzählen, aber er wusste, manche Dinge hielt er besser vor ihr geheim. Er fühlte ein Kribbeln im Bauch, als er sie sich vorstellte und an das Geschenk dachte, das er gerade bekommen hatte. Er fragte sich, was sie in diesem Augenblick trug.

Dann wandte er seine Aufmerksamkeit wieder der Mahlzeit zu. Seine Küche war der Nabel der Wohnung. Die Schränke waren weiß, und an den Griffen gab es tatsächlich Sperrriegel, als wäre der Raum eine Kombüse auf einem Schiff, das regelmäßig durch Stürme fuhr. Wenn die Türen nicht gesichert wären, würden Doritos, Thunfischpaste, Nudeln und Käse in den Wogen durch die Küche segeln.

Chips? Keine Chips?

Keine Chips, entschied er. Und starrte weiter in den Schrank.

Er holte tief Luft und merkte, dass etwas komisch roch. Kein verdorbenes Essen. Aber was? Er sah sich um. Bemerkte den alten, abgenutzten Tisch mit den zusammengelegten Post-its unter einem Bein, damit er nicht wackelte. Seine Mütze lag darauf. Roch das Ding angegammelt? Er schnupperte daran. Ja, das war es.

Trugen griechische Fischer wirklich solche Mützen?

Er würde sie wohl waschen müssen. Aber würde das vielleicht seine Glückssträhne beenden? Er hatte die Mütze heute Morgen bei dem Kampf getragen. Er steckte sie in eine Tüte, bis er sich entschieden hatte.

Zurück zu den *Titanic*-Schränken und dem Kühlschrank.

Keine Chips, aber auch nicht die Sellerienummer. Sellerie ist böse.

Einen Apfel.

Frank griff sich einen glänzend roten, riesigen McIntosh und – nun doch – eine Tüte Kartoffelchips und ging mit federnden Schritten zu dem überladenen Schreibtisch in der Ecke seines Schlafzimmers. Gerade als er sich in den Plüschsessel setzte, dachte er: Verdammt. Hab das Getränk vergessen. Das Getränk. Er ging in die Küche zurück und nahm eine Cola light von dem Stuhl neben dem Tisch, auf dem sich Zeitschriften und Bücher türmten.

Sein Blick fiel auf das Geschenk, das ihm Gabby geschickt hatte. Sein Herz kam ins Stolpern. Mann, er war im siebten Himmel.

Gabby …

Wie viel haben wir verloren, dachte er und quetschte seinen Bauch. Drei Kilo im letzten Monat. Wenn er sich *nach* dem Pinkeln wog.

Er mampfte und trank und wünschte, die Cola wäre kalt. Hätte sie in den Kühlschrank stellen sollen. Warum vergesse ich immer alles? Frank Walsh wusste, dass es ihm schwerfiel, sich zu konzentrieren, aber er war auch stolz darauf, dass er zum Ausgleich so viele andere Talente besaß.

Wie mit seinen Messern.

Er betrachtete seine Sammlung hochwertiger Waffen, die zwei Regalfächer einnahm.

Wann würde das gebogene *Kukri* kommen? Er dachte an die wunderschöne Klinge des klassischen nepalesischen Armeemessers, dessen Bild er auf eBay gesehen hatte.

Dann kehrte er in die Realität zurück.

Die ganzen verdammten Post-its, die ich immer kaufe. Ich

muss daran denken, sie nicht nur zum Stabilisieren von Tischbeinen zu benutzen.

Schreib: *Cola in den Kühlschrank.*

Wie schwer konnte das sein?

Er machte langsamer mit den Chips. Lass dir Zeit. Schreib das ebenfalls auf. Iss erst ein neues, wenn du das vorherige zerkaut und geschluckt hast. Er bemerkte, dass die Cola – weil sie so verdammt warm war – auf den Samsung-Monitor gespritzt war, als er die Dose geöffnet hatte. Er wischte das Glas mit einem alten T-Shirt ab; es roch nach dem Windex, das er neben dem Computer aufbewahrte. Er würde es bald waschen müssen. Es muffelte ebenfalls. Wie die möglicherweise griechische Fischermütze.

Schreib es auf.

Er würde es aufschreiben.

Frank schrieb es nicht auf und wandte sich wieder dem Computer zu; er konnte nicht aufhören, an den Messerkampf zu denken.

Ach, es war wundervoll gewesen. Choreografie. Tanz. Schönheit.

Wie sein Messer herabstieß und auf halbem Weg stoppte, als sein Opfer eine Verteidigungshaltung einnahm – was Frank vorausgesehen hatte.

Und dann war er herumgewirbelt und hatte die stählerne Klinge über den Hals des Mannes gezogen.

Blut schoss und spritzte und tanzte in den Himmel.

Dann war er schnell – man zögerte nie – nach rechts gesprungen und hatte einen weiteren Hieb auf der anderen Halsseite gesetzt.

Und die sterbenden Augen starrten einen Moment lang ins Leere. Dann schlossen sie sich langsam, während sich die Blutlache ausbreitete.

Halt, dachte Frank Walsh. War das sein Telefon? Er griff danach.

Nein.

Er hatte gehofft, Gabby würde anrufen.

Nun, er *wusste* natürlich, sie würde anrufen. Er hatte gemeint, jetzt. In diesem Augenblick. Er starrte auf das Telefon und wollte es zwingen zu läuten. Es läutete nicht.

Er dachte an den kommenden Dienstag.

Ein kurzer Fantasiefilm lief vor seinen Augen ab: Arthur, der Portier, würde über die Sprechanlage sagen: »Hier ist Besuch für Sie. Ihr Name ist Gabriela.«

Frank Walsh würde lächeln. »Schicken Sie sie herauf.«

Und er würde in seiner schwarzen Jeans und seinem schwarzen Hemd auf sie warten – seinem besten Look, seinem schlanken Look –, die Zähne geputzt, Haarspray im Haar und Deo am Körper. Seine Fischermütze würde weggepackt sein, wenn er sie nicht vorher gewaschen hatte, was wahrscheinlich nicht geschehen würde.

Er würde das Geschenk hervorholen, das sie heute an ihn hatte liefern lassen.

Ihre wunderschönen Augen würden ihn durchdringend anblicken. Um ihre Augenwinkel würden vergnügte, kokette Fältchen spielen. Sie würde sagen: »Ich habe noch nie dein Schlafzimmer gesehen, Frank.«

Er betrachtete den Zettel, der dem Geschenk beilag.

Lieber Frank, da ich gerade an Dich denke …

O Mann …

Dann revidierte Frank die Fantasie. In einer leicht gewagteren Version saßen sie auf der Couch, ihre Knie berührten sich, und sie sahen einen alten Film im Kabelfernsehen, anstatt auf das Filmfestival zu gehen. Das Geschenk – er ertappte sich dabei, dass er tatsächlich den Karton streichelte – würde in dieser Fantasie ebenfalls eine Rolle spielen. Eine zentrale Rolle.

Sie würden natürlich etwas aus der *Noir*-Ecke aussuchen. *Asphalt Jungle* vielleicht oder *Pulp Fiction*. Es würde sein, wie wenn Travolta und Uma Thurman tanzten. Er *liebte* diesen Film (obwohl er sich immer fragte: Wenn Travolta so ein brillanter Killer war, wieso zum Teufel lässt er dann seine Maschinenpistole *vor* dem Klo stehen, als er scheißen geht, wo Bruce Willis sie findet?).

Sie konnten sich das ansehen oder *Reservoir Dogs* oder *Inglorious Basterds*.

Oder, scheiß drauf, sie würden sich irgendwas ansehen, was Gabby sehen wollte.

Sie würden reden, sie würden ficken. Er stellte sich vor, wie sie schrie vor Lust, vielleicht ein wenig vor Schmerz.

Und dann würden sie noch mehr reden. Sie würde alles über ihn erfahren, sie würde den wahren Franklin Walsh kennenlernen.

Er ließ sich auf das ausgeleierte Bett fallen und schickte ihr eine SMS. Er dankte ihr für das Geschenk und dann – er konnte nicht widerstehen – beschrieb er, was er sich für ihr Treffen am kommenden Dienstag vorgestellt hatte. Er schloss ein paar Vorschläge hinsichtlich der richtigen Kleidung ein.

Alles sehr geschmackvoll, fand er.

Dann ging er in Gedanken wieder den Messerkampf durch. Einmal, zweimal, immer wieder. Das Blut, die Schreie, den zuckenden Körper.

Hauptsächlich das Blut.

Kapitel 28

Sonntag, 13.00 Uhr
Vierzig Minuten früher

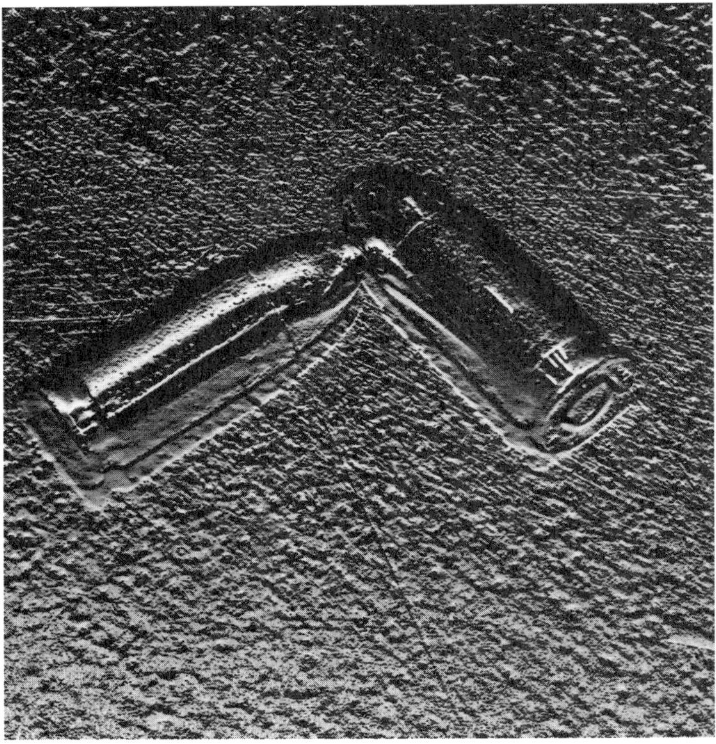

Mit seinem rhythmischen, entschlossenen Schritt ging Joseph Astor durch die labyrinthartigen Straßen dieses komischen Viertels, die Augen ständig in Bewegung wie ein Tourist.

Er hatte den langen schwarzen Trenchcoat gegen eine schwarze Cargohose, ein T-Shirt und eine Lederjacke eingetauscht. Er war auf dem Weg zurück zu der Wohnung, in der er im Verlauf des Morgens schon gewesen war, allerdings auf einer anderen Route. Dieser Teil der Stadt war verwirrend. Avenues liefen in alle Richtungen. Sein GPS-App half, aber er bewegte sich natürlich nicht auf dem direktesten Weg. Er ließ sich Zeit, ging manchmal ein Stück zurück und lief durch Gassen und über leere Grundstücke. Das verwirrte das Smartphone-App-Girl Siri, aber die Routenwahl »Vermeiden von Orten, wo ein Arschloch darauf wartet, mir eine Kugel in den Kopf zu schießen« war im Programm nicht vorgesehen.

Die Luft war kühl, und Wolken sammelten sich am Horizont und legten lange Schattenbänder über die Gehsteige, Häuser und Straßen. Das frühere Sonnenlicht war Geschichte. Das war sehr schade, denn ob man es glauben mochte oder nicht, bei hellem Sonnenlicht waren Zeugenaussagen weniger zuverlässig, als wenn es bewölkt war. Grelles Licht konnte auf wundersame Weise verdunkeln. Auch sahen *Opfer* einen selbst – oder die Waffe – möglicherweise nicht, wenn man sich näherte.

Er blickte sich wieder um. Die Wohnhäuser waren klein,

viele aus rotem Ziegel oder schmutzig braunem Stein, der einmal weiß oder hellgrau gewesen war. Viel Ruß und Dreck. Er kam an einem Buchladen für das schwul-lesbisch-transsexuelle Volk vorbei, an einem Waschsalon, an Wohnungen mit kunstvollen schmiedeeisernen Sicherheitsgittern. Man konnte direkt in die winzigen Wohnzimmer auf Straßenniveau sehen, in denen höchstens vier, fünf Leute Platz fanden. Wer lebte so?

Jede Menge Leute, überlegte Joseph, nach der Anzahl der Zellen zu urteilen, an denen er vorbeikam.

Manhattan …

In Gedanken ging Joseph noch einmal das komplexe Projekt durch, das er an diesem Wochenende inszenierte. Viele Bestandteile, viele Herausforderungen, viele Risiken. Aber, überlegte er in seiner nachdenklichen Stimmung, Menschen waren auf der Welt, um tätig zu sein. Es spielte keine Rolle, wie schwierig die Aufgabe war, wie schmutzig man sich die Hände dabei machte – in jeder Bedeutung des Ausdrucks. Es spielte keine Rolle, ob man Dichter war oder Zimmermann, Wissenschaftler oder was immer. Gott hat uns geschaffen, damit wir unsere Ärsche bewegen, in die Welt hinausgehen und etwas mit unserer Zeit anfangen.

Und Joseph war nie glücklicher als dann, wenn er arbeitete.

Selbst wenn der Job ein Mord war, wie er ihn in wenigen Minuten begehen würde.

Das lautlose GPS schickte ihn um die Ecke, und er blieb stehen. Dort war das braune Ziegelgebäude, in dem sein Opfer wohnte.

Beim Gedanken daran, wie sich der Abend entwickeln würde, stellte sich Joseph wieder Gabriela vor, ihr schönes, herzförmiges Gesicht, ihre attraktive Figur, alles konterkariert von der schneidenden Stimme. Er dachte auch an den Mann bei ihr, Daniel Reardon. Er hatte einen cleveren Eindruck gemacht, und sein Blick hatte Selbstvertrauen ausgestrahlt, das nur leicht schwand, als Joseph den Griff seiner Pistole sehen ließ.

Er dachte auch an die Oktoberliste.

Ein komplizierter Abend lag vor ihm. Aber nichts, womit er nicht fertigwurde.

Nun, da keine Polizei in Sicht war, schlenderte er lässig an der Eingangstür des Wohnhauses vorbei und warf einen Blick hinein. Ja, der Portier, den er zuvor gesehen hatte, war immer noch im Dienst. Joseph war ein wenig gereizt, die Anwesenheit des Alten komplizierte die Sache, aber egal. Mit genügend Entschlossenheit und Findigkeit ließ sich alles lösen. Und Joseph war mit beiden gut ausgestattet. Er ging um das Gebäude herum und zählte Fenster; den Grundriss des Gebäudes hatte er von den Diagrammen der New Yorker Baubehörde im Kopf. Ja, seine Zielperson war zu Hause. Er konnte Bewegung sehen, flackerndes Licht von einem Fernseher oder Computermonitor. Für einen kurzen Moment breitete sich ein Lichtschein in der Küche aus, wahrscheinlich eine Kühlschranktür.

Das erinnerte ihn daran, dass er gern einen kräftigen Schluck von seinem Spezialgebräu getrunken hätte. Aber später. Er war jetzt beschäftigt.

Arbeit wartete auf ihn.

Joseph ging zum Lieferanteneingang. Der war natürlich verschlossen. Nachdem er sich davon überzeugt hatte, dass man ihn von keinem der Fenster sehen konnte, holte er einen Schraubenzieher aus der Tasche und begann die Tür aufzuhebeln. In neunzig Prozent der Fälle brauchte man nicht mehr; Werkzeuge zum Schlösserknacken machten meist mehr Probleme, als dass sie von Nutzen waren.

Er überprüfte seine Pistole noch einmal, dann konzentrierte er sich wieder auf die Tür. Was ihn ärgerte, war, dass seine Zielperson, Gabrielas Freund Frank Walsh, im sechsten Stock wohnte. So viele Stufen hinaufzusteigen war das Letzte, wonach ihm jetzt der Sinn stand.

Kapitel 27

Sonntag, 11.50 Uhr
Eine Stunde und zehn Minuten früher

»Ich sehe ihn nicht.«

Daniel Reardon sprach von dem Mann, der ihm und Gabriela nach dem Chaos auf der Madison Avenue gefolgt war – dem Mann in dem verknitterten grauen Anzug und dem leuchtend gelben Hemd, dem Mann mit den Augen eines Jagdhunds.

»Wer zum Teufel ist er?«, sagte Gabriela. »Ich glaube nicht, dass er ein Polizist ist.«

»Nein. Dann hätte er Verstärkung angefordert. Wenn er Polizist wäre, wären inzwischen tausend Streifenwagen hier.«

Sie bewegten sich schnell auf der Second Avenue nach Süden. Der Wind war jetzt frisch, Wolken ballten sich tief am Himmel. Die Querstraßen waren noch solche mit höheren Nummern – weniger Läden, mehr Wohnhäuser –, deshalb waren die Gehsteige nicht so voller Menschen, wie sie es weiter in Richtung Midtown gewesen wären. Sie blickten sich noch einmal um. »Vielleicht war es reiner Zufall, dass wir ihn ein paar Mal gesehen haben.«

»Glaubst du das wirklich?«, fragte Daniel.

»Nein«, stieß sie atemlos hervor. »Aber, offen gestanden, weiß ich überhaupt nicht mehr, was ich glauben soll.« Sie hielt sich die Seite und blieb stehen.

»Tut es noch weh?«

»O ja.« Sie wischte sich einen Tropfen Blut von der Wange.

»Arzt?«

»Nein. Möglicherweise hat die Polizei die Notaufnahmen informiert. Lass uns einfach weitergehen.«

»Wenn du dir eine Rippe gebrochen hast und sie sich in die Lunge gebohrt hat«, sagte er besorgt, »hast du aber ein echtes Problem.«

»Ich werde damit leben müssen«, gab sie unwirsch zurück und fügte in sanfterem Ton hinzu: »Bis wir Sarah haben. Bis dahin werde ich damit leben.«

Sie gingen weiter und entfernten sich so rasch wie möglich vom Ort des Zwischenfalls vorhin. »Was könnte er wollen?«, fragte Daniel. »Dieser Mann?«

»Der im gelben Hemd?«

»Ja.«

Gabriela zuckte mit den Achseln, als würde die Antwort auf der Hand liegen. »Wenn es *kein* Zufall ist, dann will er die Oktoberliste. Was sonst? Joseph ist bestimmt nicht der Einzige, der hinter ihr her ist.«

Daniel schwieg und hielt den Kopf geneigt. Nachdem er ein weiteres Mal den Gehsteig hinter ihnen mit den Augen abgesucht hatte, sagte er: »Es gibt noch eine andere Möglichkeit.«

»Und welche?«

»Er arbeitet für Charles Prescott.«

Sie runzelte die Stirn. »Er arbeitet für meinen Boss? Wie meinst du das?«

»Dein Boss hat den Kerl geschickt, um dich aufzuspüren«, erklärte Daniel. »Er soll herausfinden, was du möglicherweise an Beweisen oder Informationen gegen ihn in der Hand hast. Er soll dir ausreden, zur Polizei zu gehen und auszusagen.«

Gabriela schüttelte den Kopf. »Charles würde mich einfach anrufen und mit mir reden.«

»Der Charles Prescott, für den du gearbeitet hast, würde das vielleicht tun«, erwiderte Daniel. »Der Prescott, den du zu kennen glaubtest. Aber das ist nicht der echte Prescott. Traust du ihm nach allem, was du über ihn erfahren hast, nicht zu, dass er jemand anderen die Drecksarbeit für sich machen lässt?«

»Drecksarbeit?« Sie umklammerte seinen Arm. »Du glaubst doch nicht, dass er mir etwas antun würde?« Sie betonte das Verb, als wollte sie einen schlimmeren Ausdruck vermeiden.

»Es ist jedenfalls eine Möglichkeit, Mac«, sagte Daniel leise. »Wir müssen sie in Betracht ziehen. Du bist die perfekte Zeugin. Du kannst Prescott mit Orten in Verbindung bringen, mit denen er nicht in Verbindung gebracht werden will. Du kennst seine Freundin. Du kannst über alles Mögliche aussagen. Und jetzt hast du auch noch die Oktoberliste gefunden.«

»Nein«, sagte Gabriela wieder, doch diesmal klang es, als glaubte sie selbst nicht mehr, dass Charles Prescott unfähig sei, ihr etwas anzutun. Gabriela drehte sich um und blickte den breiten Gehweg entlang. »Wo ist der Typ im gelben Hemd? Wo ist er nur?« Ihre Stimme überschlug sich vor Panik.

»Alles in Ordnung. Wir haben ihn in der Menge abgehängt. Ich …«

»Nein! Da ist er!«

Daniel riss den Kopf herum. »Stimmt.« Der Mann war einen Block zurück und folgte ihnen in gleichmäßigem Tempo.

»Was sollen wir tun? Wenn er uns aufhält, ist Sarah verloren. Das kann ich nicht zulassen.« Sie sah Daniel aus rot geränderten Augen an.

»Geh einfach weiter. Schneller.«

Doch nur zwei Straßen weiter blieb sie abrupt stehen und beugte stöhnend den Rücken. Ihre Knie gaben nach, und nur Daniels starker Arm verhinderte, dass sie zu Boden ging. »Es tut weh, Daniel. Meine Brust tut weh … Ich muss eine Pause machen. Nur eine Minute.« Sie sah sich um. »Da. Dort wird er uns nicht sehen.«

Daniel half ihr aus der Menschenmenge zu der schattigen Stelle zwischen zwei geparkten Lieferfahrzeugen, die sie angezeigt hatte. Der Verkehr sauste geräuschvoll vorbei. Daniel blickte in die Richtung zurück, wo sie den Mann zuletzt gesehen hatten. »Ich sehe ihn nicht.«

Gabriela lehnte sich an die Motorhaube eines Mercedes Sprinters und hielt sich die Brust.

Ein weiterer Blick zurück. »Nichts«, versicherte Daniel. »Auch keine Polizei. Wir warten eine Minute, dann gehen wir weiter. Wir gehen zu der Wohnung. Dort kannst du dich ausruhen. Und feststellen, wie schwer du verletzt bist.«

»Er ist wahrscheinlich in eine Seitenstraße abgebogen, meinst du nicht? Wir haben ihn ausgetrickst.«

»Möglich«, sagte Daniel.

»Okay«, flüsterte Gabriela. »Dann lass uns gehen. Ich brauche Ruhe. Ich muss nachdenken.«

»Einen Block entfernt ist eine Station der Lexington Line. Denkst du, du schaffst es bis dahin?«

»Bestimmt. Es geht schon besser.«

Sie wandten sich dem Gehsteig zu.

»Warten Sie!«, rief eine Männerstimme. »Ich möchte mit Ihnen reden!«

Sie fuhren herum. Der Mann im gelben Hemd war von der Fahrbahnseite her in der Lücke zwischen den Lieferfahrzeugen aufgetaucht. Auf seinem feisten Gesicht glänzte Schweiß. Er trat schnell auf sie zu, fing zu reden an und hob die Hände in doppeldeutiger Weise – es konnte ein Gruß sein, aber auch eine Drohung bedeuten.

Dann griff er in seine Brusttasche.

Gabriela reagierte schnell. Sie löste sich von Daniel, legte dem Mann beide Hände auf die Brust und stieß ihn zurück.

Noch während er auf die Fahrbahn taumelte, sagte sie zu Daniel: »Lauf, schnell!«

Sie hatten sich noch kaum in Bewegung gesetzt, als Bremsen kreischten und ein großer Transporter den Mann mit über sechzig Stundenkilometern erfasste. Er wurde unter die Räder gezogen, und ein widerliches Geräusch, als würde ein Karton zerknüllt, erfüllte die Luft. Es ging zu schnell, als dass der Fahrer hupen oder der Mann auch nur einen Schrei ausstoßen konnte.

Gabriela schrie auf und starrte auf die zerschmetterte Gestalt. »Großer Gott, nein! Nein, nein!« Eine riesige Lache dunkelroten Bluts breitete sich hinter dem Lkw aus, der seinerseits beim Versuch, dem Mann auszuweichen, in ein Taxi gekracht war. »Nein.«

Rufe, Schreie, Menschen, die in Richtung des zermalmten Körpers liefen. Handys, die gezückt wurden, um einen Notruf zu machen … und Fotos.

Daniel Reardon nahm Gabrielas Arm. »Mac! Wir müssen weg hier. Sofort!«

»Ich … das wollte ich nicht! Ich habe nur reagiert.« Sie starrte zitternd auf das Opfer.

»Hör mir zu!« Daniel fasste sie am Kinn und drehte ihr Gesicht in seine Richtung. Er achtete nicht darauf, dass sie vor Schmerz zusammenzuckte. »Wir müssen weg.«

»Aber …«

»Er war eine Bedrohung. Er *muss* eine gewesen sein. Andernfalls wäre er uns nicht gefolgt. Du hattest keine Wahl. Es hat ausgesehen, als wollte er dich angreifen. Er hat in seine Tasche gegriffen. Vielleicht hatte er eine Waffe!«

»Das weißt du nicht! Schau, er bewegt sich. Sein Fuß, er hat sich bewegt!«

Sie sah auf das Blut und unterdrückte einen Schrei.

Daniels starker Arm legte sich wie ein Schraubstock um ihre Schultern, und er führte sie fort. Halb stolperte sie, halb trabte sie neben ihm her. Es war, als wüsste sie nicht mehr, wie man geht.

Seine Stimme war ebenfalls von Panik gefärbt. »Ich weiß, du bist außer dir. Ich weiß, du leidest, aber wir müssen machen, dass wir wegkommen, Mac.«

»Ich …«, fing sie an und zitterte. »Ich glaube nicht …«

Aber Daniel unterbrach sie. »Es geht nur um deine Tochter. Denk dran, was du immer sagst. ›Konzentriere dich‹. Dann konzentriere dich verdammt noch mal auf deine Tochter.«

»Meine …«

»Sarah.« Er sprach den Namen entschlossen aus. »Es tut mir leid, Mac. Es ist wirklich ein Jammer, dass das passiert ist; aber es ist passiert, und wir werden Sarah nicht helfen können, wenn du ins Gefängnis wanderst. Später wird Zeit sein, sich damit auseinanderzusetzen.«

Gabriela nickte, ihr Gesicht war eine bleiche Maske.

»Lauf weiter.«

Sie folgte ihm wie ein Kleinkind, das noch nicht ganz sicher auf den Beinen war.

Plötzlich blieb er abrupt stehen. »Nein, warte, wir gehen einen anderen Weg. Wir gehen um den Block herum zur U-Bahn-Station.«

»Wieso, was ist los?«

»Da vorn an der Ecke ist eine Politesse.«

»Eine Politesse?«, fragte sie. »Na und?«

Daniel beugte sich zu ihr hinab und flüsterte: »Gabriela, vom Hundefänger bis zum FBI sucht jetzt alles in New York nach dir, was eine Uniform trägt.«

Kapitel 26

Sonntag, 11.35 Uhr
Fünfzehn Minuten früher

QUIKRETE
40

Denk nach, lass dir etwas einfallen, sagte sich Hal Dixon. Du arbeitest hier an vorderster Front. Improvisiere.

Er sah sich in der Straße um und entdeckte jemanden, der möglicherweise helfen konnte.

Dixon marschierte auf den Hot-Dog-Verkäufer zu, der den Rauch der Kohlen für die Maroni und Brezeln in seinem Stand mit der Hand beiseitefuchtelte.

Bei dem Geruch bekam Dixon Hunger, aber er war in einer Mission unterwegs und ignorierte das Gefühl.

»Bitte, ich muss Sie etwas fragen«, sagte er zu dem dürren Verkäufer, der Jeans und ein T-Shirt der Mets trug. »Ein Paar ist hier vorbeigekommen, ein Mann und eine Frau. Vor einigen Minuten erst.«

Der Mann warf einen Blick auf Dixons verknitterten grauen Anzug und sein leuchtend gelbes Hemd und kam möglicherweise zu einem Schluss hinsichtlich der Farbkombination. Dann blickte er wieder in Dixons verschwitztes Gesicht. »Mann und Frau?«

Dixon beschrieb die beiden.

Der Verkäufer wurde augenblicklich nervös. »Ich hab nichts gesehen. Gar nichts.«

»Es ist gut. Ich bin Diakon«, versuchte ihn Dixon zu beruhigen.

»Äh …?«

»In einer Kirche, einer presbyterianischen Kirche«, sagte der verknitterte Mann atemlos. »In New Jersey. Diakon.«

»Hm?«, sagte der Hot-Dog-Mann, der Muslim zu sein schien und wahrscheinlich keine Ahnung hatte, was ein Diakon war, aber möglicherweise Religiosität hoch achtete.

»Religion. Ich bin ein religiöser Mensch.«

»Ein Priester?«, fragte der Mann, der jetzt verwirrt war. Er betrachtete erneut Dixons alten Anzug und das gelbe Hemd.

»Nein, ich bin nur religiös. Ein Diakon ist ein Laie.«

»Ah.« Der Mann sah sich nach jemandem um, dem er einen Hot Dog verkaufen konnte.

Ein Fehler. »Ich bin *wie* ein Priester.«

»Aha.«

»Eine Privatperson, die dem Priester hilft. Als würde ich dem Imam helfen.«

»Imam?«

»Schauen Sie.« Dixon griff in seine Brusttasche und zog eine kleine, schwarz gebundene Bibel hervor.

»Ah«, sagte der Mann mit einiger Verehrung.

»Ich war gerade auf der Madison Avenue.« Er gestikulierte in die ungefähre Richtung, obwohl der Verkäufer sicherlich wusste, wo die Madison Avenue war.

»Ja.«

»Und was passiert ist, war, dass ich gesehen habe, wie diese Frau ein Verbrechen begangen hat, ein schlimmes Verbrechen. Die Frau, die ich gerade beschrieben habe.«

»Ein Verbrechen?«

»Richtig.«

Der Verkäufer berührte seine Brust mit den Fingerspitzen, vielleicht eine Art Gebet. Dixon bemerkte, dass seine Finger schmutzig waren. Er beschloss, nie wieder einen Hot Dog von einem Straßenstand zu kaufen. »Die vielen Sirenen?«, fragte der Mann. »Sind die deshalb?«

»Ja, die ganzen Sirenen. Viele Sirenen.«

Dixon zog eine Serviette aus dem Spender, dann gleich noch zwei und wischte sich das Gesicht ab.

»Wollen Sie Wasser, Hochwürden? Sagt man so zu Ihnen?«

»Nein, ich bin kein Geistlicher«, sagte Dixon. »Ich brauche kein Wasser. Diakon. Das ist *wie* ein Priester.«

»Okay, aber wenn Sie doch etwas wollen, sagen Sie es einfach. Oder eine Limonade.«

»Was ich brauche, ist Folgendes ...«

»Sie haben kein Handy und wollen sich meins ausleihen?«

»Nein, nein. Ich muss herausfinden, wo sie hingegangen sind – diese Frau und der Mann, vermutlich ein Freund von ihr. Ich will mit ihnen reden, ihnen helfen, sich zu stellen.«

Der Verkäufer blinzelte und wedelte wieder den Rauch fort.

»Sie sollte sich der Polizei ergeben«, wiederholte Dixon. »Ich helfe ihr dabei. Aber sie muss es sofort tun. Wenn sie fliehen, wird die Polizei es für ein Schuldeingeständnis halten und vielleicht auf sie schießen. Die beiden sind in Panik. Ich weiß es.«

»Sie sind ... Wie heißen diese Leute in Ihrer Bibel? Die anderen helfen?«

Was? Ach so. »Samariter«, sagte Dixon und wischte sich wieder den Schweiß aus dem Gesicht.

»Ja, das ist es.«

Meine Bibel ...

»Ja, kann sein, dass ich einer bin, ich weiß es nicht. Sie sind hier entlanggekommen.«

Dem Verkäufer war jetzt wohler in seiner Haut. »Ja, ich habe diese Leute gesehen, von denen Sie reden. Vor ein paar Minuten. Ich habe sie gesehen, weil sie sehr schnell gegangen sind. Und sie waren unhöflich.«

Dixons Herz schlug ein wenig schneller. »Wohin sind sie gegangen?«

»Sie sind in diesen Laden dort gegangen. Sehen Sie ihn?«

»An der Ecke.«

»Eins weiter. Der Souvenirladen.«

Es waren vielleicht zwanzig Meter bis dahin.

»Haben Sie die beiden herauskommen sehen?«

»Nein, ich glaube, sie sind immer noch drin. Aber so genau habe ich wirklich nicht aufgepasst. Kann sein, dass sie schon gegangen sind.«

»Danke. Ich glaube, Sie haben gerade Leben gerettet.«

Dixon wollte über die Straße gehen, hielt aber inne. Das Paar schlüpfte aus dem Laden. Sie trugen Mützen, und Dixon glaubte, dass die Frau eine andere Tasche hatte. Aber sie waren es eindeutig. Sie blickten die Straße hinauf und hinunter, sahen Dixon und erstarrten. Dann verschwanden sie in die entgegengesetzte Richtung. Die Frau schien zu hinken.

Dixon ging ihnen nach.

»Seien Sie vorsichtig«, sagte der Verkäufer und brach so abrupt ab, als hätte er »Hochwürden« anfügen wollen, bis ihm eingefallen war, dass Dixon keiner war. »Wenn sie ein Verbrechen begangen haben, werden sie vielleicht nicht verstehen, dass Sie ihnen helfen wollen. Sie sind vielleicht verzweifelt, gefährlich.«

»Ich habe meinen Frieden mit Gott gemacht«, rief Dixon atemlos, während er lostrabte und sich dabei auf die Brust klopfte, um sich zu überzeugen, dass die kleine Bibel fest in der Tasche saß.

Kapitel 25

Sonntag, 11.10 Uhr
Fünfundzwanzig Minuten früher

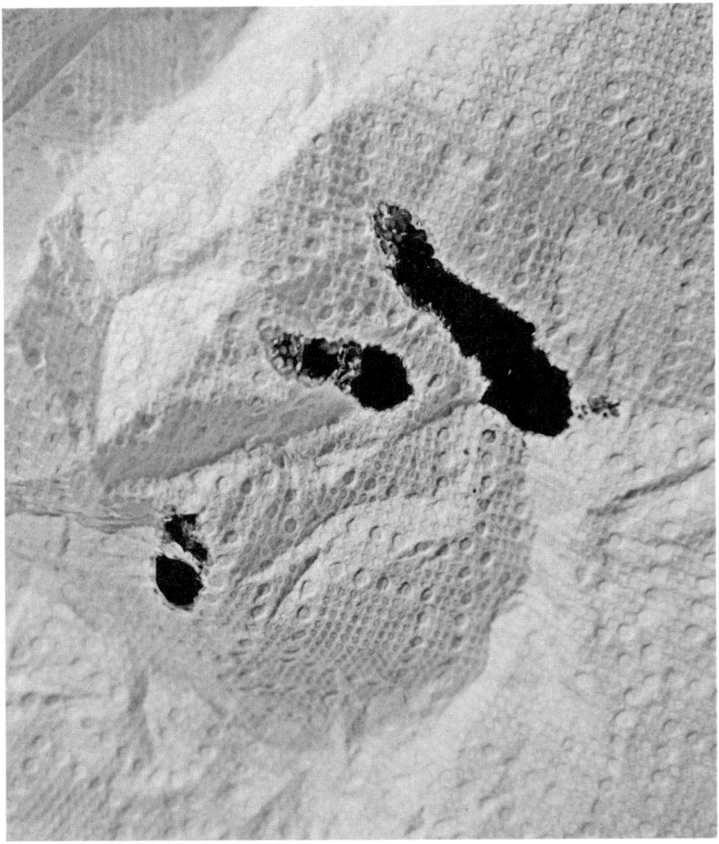

»Die Waffe ist einfach losgegangen«, flüsterte Gabriela mit einer Spur Hysterie in der Stimme. »Ich wollte gar nicht schießen.«

Daniel sagte kein Wort und dirigierte sie rasch den Gehsteig entlang, fort vom Schauplatz der Schießerei.

»Er ist doch nicht tot, oder?«, fragte Gabriela. »Was hast du gesehen, Daniel? Was hast du *gesehen?*«

Noch immer keine Reaktion.

Sirenengeheul erfüllte die Luft, als sie von der Madison Avenue in Richtung Osten eilten. Weiße und blaue Lichter blinkten und spiegelten sich in den Schaufensterscheiben. Sie schienen überall zu sein. Daniel und Gabriela hielten die Köpfe gesenkt. Sie wagten es nicht aufzublicken.

Plötzlich dirigierte Daniel sie in einem scharfen Neunzig-Grad-Winkel zur Seite. Gabriela wäre fast gestolpert, aber er hielt sie mit starker Hand fest.

»Was ist?«, stieß sie hervor.

Ein Wagen kam schlitternd zum Stehen, ein ziviles Polizeifahrzeug. Zwei Detectives in Anzügen sprangen heraus, gingen in ein gut besuchtes Feinkostgeschäft und zeigten ihre Ausweise.

»Glauben die, wir sind da drin?«, fragte Gabriela.

»Geh einfach weiter.«

»Er ist doch nicht tot, oder?«, fragte sie wieder wie von Sinnen. »Er war noch so jung! Bitte, sag es!« Ihr Griff an seinem Arm musste ihm wehtun. Er runzelte die Stirn, und sie ließ ihn wieder los.

»Ich weiß es nicht, Mac. Tut mir leid, aber ich weiß es nicht. Es könnte schon sein.«

Sie entfernten sich so schnell es möglich war, ohne Aufmerksamkeit zu erregen, in östlicher Richtung von dem Laden und dem Polizeifahrzeug. Gabriela warf einen Blick zurück. Von den Detectives war nichts zu sehen.

Für den normalen Betrachter sahen sie wie ein ganz normales Paar aus. Nicht besonders fröhlich, nicht besonders gesprächig. Gehetzt. Eine von Stress, Geldsorgen und Kummer mit Kindern und Sex geprägte Beziehung. Das Leben berufstätiger Menschen in Manhattan. Doch jeder Blick in ihre Richtung erschien ihnen von Argwohn gefärbt.

Niemand zeigte jedoch auf sie, niemand rief etwas, niemand sah so aus, als wolle er ein Handy zücken und die Notrufnummer wählen.

Niemand floh vor der mörderischen Brünetten und dem Schauspieler-Double, das sie begleitete.

»Ich habe nicht nachgedacht, Daniel. Da war die Waffe. Sie war einfach da. Ich habe sie gepackt. Sie ist losgegangen. Ich habe vorher nie auch nur eine berührt. Ich war nur … O Gott, was habe ich getan?«

Ein Blick zurück zeigte ein halbes Dutzend Fußgänger hinter ihnen, aber keine Polizei. Dennoch – Gabriela konzentrierte sich auf einen Mann in einem Anzug, einem verknitterten grauen Anzug aus dünnem Stoff, der so gar nicht zu der kühlen Luft dieses Tages passen wollte. Der Mann ging in ihre Richtung und fiel ihr wegen seines gelben Hemds auf. Sein Gang wirkte entschlossen und zielgerichtet, auch wenn er ihr und Daniel keine besondere Aufmerksamkeit schenkte.

Gabriela stieß Daniel an. »Siehst du diesen Kerl im gelben Hemd? Schau vorsichtig hin.«

»Hab ihn.«

»Ich habe ihn zuvor schon mal gesehen, glaube ich. Auf der Madison.«

»Er ist uns von der Schießerei weg gefolgt?«

»Ich weiß nicht ...« Gabriela zuckte zusammen und blieb abrupt stehen. Sie fasste sich mit der Hand an die Seite.

»Ist es schlimm?«, fragte er und zeigte auf ihre Rippen.

Sie nickte.

»Kannst du gehen?«

»Ja.« Allerdings legte sie die Stirn in Falten, als sie wieder losgingen.

Sie hielten den Kopf gesenkt und sahen nirgendwohin als auf den Gehsteig. Plötzlich fasste Daniel seine Begleiterin am Arm und steuerte sie rasch in einen koreanischen Lebensmittelladen, wo sie die frisch geschnittenen Blumen neben einer Wanne voll Eis mit Orangen- und Mangosaftflaschen betrachteten.

»Was ist?«, flüsterte Gabriela.

»Polizisten.«

Ein Streifenwagen raste vorbei, lautlos, aber mit eingeschaltetem Blaulicht.

Einen Moment später waren sie wieder auf dem Gehweg. Sie wichen Fahrrädern, Joggern und anderen Fußgängern aus. Als sie zu der Hauptstraße kamen, die die nördlichen mit den südlichen Stadtteilen verband, raste gerade ein weiterer Streifenwagen vorbei.

Nach einem Blick zurück sagte Gabriela in drängendem Tonfall: »Ich glaube, ich habe ihn wieder gesehen. Den Typ im gelben Hemd.«

Auch an der nächsten Kreuzung schoss ein Polizeifahrzeug vorbei. Es verlangsamte nicht, aber die Beamten blickten suchend umher. »Wir müssen von der Bildfläche verschwinden«, sagte Daniel. »Es gibt einen Platz, wo wir bleiben können.«

»Wo?«

»Der Norwalk Fund hat eine Wohnung für Klienten von außerhalb.«

»Norwalk … Ach so, deine Firma, oder?«

Er nickte. »Sie steht zurzeit leer. An der First Avenue, auf Höhe der 50er-Straßen.« Er wies auf das Querstraßenschild: *79th*. »Es ist ein langer Weg«, sagte er. »Aber ich traue Taxen nicht. Sie haben dieses neue Videosystem, die Monitore im Wagen. Möglicherweise taucht dein Bild gerade auf.«

»Ich kann gehen, klar.«

Nach fünf Minuten blieb er stehen und sah sie prüfend an. »Du kannst nicht gehen.«

Sie holte Luft und hustete. »Also gut, U-Bahn.« Sie lehnte sich wieder an ihn. »Ist dieser Mann noch hinter uns? Der mit dem gelben Hemd?«

»Ich sehe ihn nicht.«

Er nahm ihren Arm und dirigierte sie in östlicher Richtung.

Sie atmete einige Male tief durch. »Dahinten auf der Madison … Er war nicht tot, als wir gegangen sind. Das hast du doch gesehen, oder? Er wird wahrscheinlich wieder, meinst du nicht? Er war doch noch so jung.«

Daniel Reardon schwieg einen Moment. »Ich weiß es nicht, Gabriela«, sagte er dann. »Kommt drauf an, wo du ihn getroffen hast.«

»Er war verheiratet. Er hat einen Ehering getragen. Vielleicht hat er Kinder.«

»Gabriela …«

»Ich *wollte* es nicht. Ich bin in Panik geraten. Ich wollte niemandem etwas tun. Aber sie wollten mich aufhalten, und das durfte ich nicht zulassen. Es war für Sarah … Ich musste etwas tun.«

»Wer angeschossen wird, kann trotzdem überleben.«

»Die Ambulanz war bestimmt gleich da, oder? Wahrscheinlich nach wenigen Minuten.«

An der Kreuzung 74th und Lexington Street drängten sie sich durch die Menge und blieben an der Ampel neben einem Verkaufsstand stehen. »Hot Dogs? Brezeln?«, rief der Verkäufer. Er sah sie neugierig an. Als sie ihn nicht beachteten, wandte er sich einem neuen Kunden zu und fischte ein Würstchen aus dem grauen Würstchenwasser.

Die Ampel schaltete um, und sie überquerten die Straße.

»Die Leute sehen uns an, Daniel«, sagte Gabriela.

»Dich, Mac, nicht uns.«

»Was?«

»Weil du wunderschön bist.«

Sie lächelte matt und sah zu einem Souvenirladen. »Mützen«, sagte sie und deutete zu einem Gestell im Fenster.

»Gut.«

Sie gingen hinein.

Gabriela griff sich die erste, die sie sah. Aber Daniel lächelte und meinte: »Vielleicht lieber nicht.« Die Mütze zeigte ein glitzerndes Lady-Gaga-Logo.

»Oh.« Sie suchte eine schlichte blaue Baseballkappe aus. Daniel nahm eine schwarze.

»Jacken?«

Aber alles, was der Laden verkaufte, waren grellfarbige, mit Pailletten besetzte Sachen mit dem Aufdruck *I ♥ New York,* schlimmer noch als die Glitzermütze. Sie würden warten müssen mit weiterer Verkleidung.

Sie kauften auch neues Gepäck – kleine Rucksäcke, ihrer schwarz, seiner dunkelgrau.

Daniel zahlte bar, und sie setzten die Mützen auf und stopften ihre Sporttaschen in die neuen Rucksäcke.

»Macht nicht viel her als Tarnung, aber besser als nichts.«

An der Tür sah sich Daniel um und hielt Ausschau nach der Polizei, nach dem Mann im gelben Hemd, nach Joseph.

»Nichts.«

»Aber …«

Sie nahm seinen Arm und wurde ernst. »Hör zu, Daniel. Das ist nicht in Ordnung. Es ist Zeit, dass du gehst. Steig jetzt aus. Ich glaube nicht, dass sie dich dahinten überhaupt gesehen haben, als ich geschossen habe. Geh weg von mir. Das alles ist nicht dein Problem.«

Er beugte sich vor und küsste sie auf den Mund. »Okay, erledigt.«

Sie blinzelte überrascht.

»Was meinst du?«

»Schaust du *CSI* im Fernsehen?«

»Früher mal.«

»Tja, jetzt ist meine DNA an dir. Wenn sie dich erwischen, hänge ich auch mit drin.«

Sie lächelte. »Ach, Daniel …«

»Alles wird gut, Mac. Das verspreche ich dir.«

»Mac?« Sie blinzelte wieder, als sie ihn diesen Namen benutzen hörte.

»Du bist mehr eine Mac als eine Gabriela. Und, mal ehrlich: Mit einem Nachnamen wie McKenzie kannst du mir nicht erzählen, dass dich noch nie jemand Mac genannt hat.«

»Stimmt.«

Gabriela erzählte ihm nicht, dass sie und ihr Vater Spitznamen füreinander benutzten, und der, den er seiner Tochter verliehen hatte, war tatsächlich »Mac«.

»Hast du was gegen den Namen?«

Sie lächelte. »Ich liebe ihn.«

»Und ich könnte durchaus dich lieben«, flüsterte Daniel.

Sie erstarrte bei dem Wort, dann entkrampfte sie sich und drückte sich an ihn, und für einen flüchtigen Moment verschwanden die Schrecken dieses Wochenendes.

Kapitel 24

Sonntag, 10.00 Uhr
Eine Stunde und zehn Minuten früher

Daniel und Gabriela hatten ausgecheckt und saßen an einem wackligen Tisch in einem Café auf der Upper East Side.

Sie nickte in Richtung des Hotels zurück, wo sie die Nacht verbracht hatten. »Gehst du mit deinen Frauen immer in solche Absteigen?«

»Nur mit solchen, von denen ich glaube, dass sie damit umgehen können. Du hast den Test bestanden.«

Sie lächelte gequält und wandte sich wieder ihrer Aufgabe zu. Dutzende von Dokumenten lagen vor den beiden, Geschäftsunterlagen, Briefe, Ausdrucke von E-Mails.

Sie sah die letzten Papiere in dem Stapel durch und lehnte sich zurück. »Wie es aussieht, hat mein Boss nahezu eine Million an sogenannten ›verschiedenen Vermögenswerten‹. Aber es gibt keinen Hinweis darauf, wo sie sein könnten. Es ist so unfair! Zu wissen, irgendwo da draußen ist Geld, genug für das Lösegeld, aber nicht zu wissen, wo es ist. Wie zum Teufel soll ich das verdammte Lösegeld für Joseph auftreiben?«

Gabrielas Kaffee stand unberührt vor ihr. Daniel trank Tee. Zwei Beutel hingen in der Tasse und färbten das Wasser rötlich braun. Nicht viele Leute tranken Tee, überlegte sie. Ihre Mutter hatte Tee getrunken. In den letzten sechs Jahren hatte die Frau allerdings nur auf den kalt werdenden English Breakfast Tea in der Tasse auf ihrem Tisch in der betreuten Wohnanlage gestarrt.

Denk nicht dran. Konzentrier dich. Das ist wichtig hier, lebenswichtig.

Gabriela stellte fest, dass sie schwitzte. Sie wischte sich die Handflächen an der Jeans ab. Die Windjacke hatte sie abgestreift, aber es war heiß im Lokal, und der hellgrüne Wollpullover, den sie selbst gestrickt hatte, war warm. Sie dachte daran, wie sie die Wolle ausgewählt und im Internet nach einem schönen Muster für den Kragen und die Ärmel gesucht hatte.

Sie trank Kaffee und zupfte an einem Toast herum, auf den sie keinen Appetit hatte. Dann gestikulierte sie mit beiden Händen verzweifelt in Richtung der Dokumente und murmelte: »Wie gehen wir jetzt weiter vor? Bankschließfächer?«

»Die wird die Polizei alle gefunden und dichtgemacht haben.«

Sie schwiegen, während im Café der Milchschäumer zischte, Musikberieselung erklang und ein paar Gespräche und viele klappernde Tastaturen zu hören waren. Beim Blick aus dem Fenster bemerkte Gabriela die Silhouette der Queensboro Bridge an der 59th Street, die sich nackt vor einem gleichgültigen Himmel abhob.

Gabrielas Kaffee schmeckte bitter. Es störte sie nicht. Das bittere Aroma machte sie hellwach.

»Wie sieht es mit Familienbesitz aus?«, fragte Daniel.

»Was meinst du damit?«

»Die Eltern von deinem Boss … Geschwister … Gibt es irgendetwas, das unter einem anderen Namen als Prescott in ihrem Besitz ist?«

»Ja, ja«, sagte Gabriela rasch. »Da gibt es etwas!« Sie riss die Augen auf. »Das könnte es sein. Als Charles' Vater letztes Jahr gestorben ist, wollten er und seine Geschwister das Haus der Familie zum Verkauf anbieten, aber sie beschlossen, dass es zuerst hergerichtet werden musste. Charles ist alle paar Monate hinaufgefahren, um daran zu arbeiten. Es wird immer noch renoviert.«

»Unter wessen Namen lief es?«

»Es war eine Holding, die von den Anwälten als so etwas Ähnliches wie 109 Bedford Road Trust bezeichnet wurde.«

»Könnte sein, dass die Polizei noch nichts davon gehört hat.«

»Ich habe Bilder davon gesehen«, fuhr Gabriela fort. »Es wäre perfekt, um Geld zu verstecken – es ist alt, zweihundert Jahre. Und es gibt Dutzende von Zimmern und einen riesigen Keller. Wie viel Raum nimmt eine Million Dollar ein?«

Daniel lachte. »Das weiß ich nicht. Meine Klienten arbeiten mit Überweisungen. Aber es ist wahrscheinlich weniger, als man denkt. Wo ist dieses Haus denn?«, fragte er.

»In der Nähe von Ridgefield, Connecticut. Im westlichen Teil des Bundesstaats, nahe der Grenze zu New York.«

»Ich kenne es. Wir könnten hinauffahren und wären bis zum Ablauf der Frist zurück. Wir könnten meinen Wagen nehmen. Er steht in einer Garage ein paar Blocks von hier.« Aber dann runzelte er die Stirn. »Funktioniert das Telefon da oben noch?«, fragte er.

»Ich weiß nicht. Wieso?«

»Besser, du rufst vorher an.«

»Wieso? Glaubst du, Charles versteckt sich dort? Die Polizei hat seine Spur bis in die Karibik verfolgt.«

»Nein«, sagte Daniel. »Ich fürchte, die Polizei könnte dort sein.«

»Ach so, natürlich.« Sie griff nach ihrem Handy.

Aber Daniel stoppte sie und deutete auf das Münztelefon an der Rückwand des Lokals.

»Du glaubst, sie verfolgen die Anrufe zurück?«, fragte sie.

»Mittlerweile kann ich mir alles vorstellen.«

Gabriela stand auf und ging zu dem Telefon, nahm den Hörer ab und warf ein paar Münzen ein. Zwei Minuten später war sie wieder am Tisch und schob den Stuhl neben Daniel zurück.

In ihrem Blick lag Bedauern. »Gute Entscheidung, Daniel.«

»Wer hat sich gemeldet?«, fragte er, da er ahnte, was sie meinte.

»Ein Detective Holloway, Connecticut State Police. Ich habe gesagt, ich hätte mich verwählt, und aufgelegt.« Gabriela seufzte, sie schien in sich zusammenzusinken. Daniel war nicht viel größer als sie, ein paar Zentimeter vielleicht, aber in diesem Augenblick wirkte sie so geschrumpft, dass er sie weit zu überragen schien. Sie ließ den Kopf hängen. »Das war unsere letzte Chance … Ach, Sarah …«, murmelte sie. »Was soll ich nur tun, Daniel? Wenn wir das Geld nicht auftreiben …«

Aber dann verstummte sie und legte den Kopf schief. »Warte mal, warte …« Sie wühlte in den Dokumenten vor ihr.

»Was ist? Du siehst aus wie ein Wolf, kurz bevor er ein Schaf reißt.«

Ihre dunklen Fingernägel unterstrichen einige Einträge in einem geschäftlichen Formblatt. »Das sind Konten von steuerlich nicht erstattungsfähigen Ausgaben, die Charles hatte. Private Konten. Ich habe sie bisher nie beachtet, weil sie nichts mit dem Unternehmen zu tun hatten.« Gabriela las das Papier noch einmal durch und zeigte auf etliche Einträge. »Er hat letztes Jahr an die hunderttausend Dollar bei Juwelieren und in Kaufhäusern ausgegeben. Einige der Sachen hat er an eine Adresse in der Madison Avenue liefern lassen, an eine Frau namens Sonia Dietrich.«

»Wer ist sie?«

»Ich habe noch nie von ihr gehört. Ich weiß, dass Charles mit einigen Frauen ausgegangen ist, aber er hat nie gesagt, mit wem er sich trifft. Keine Frau ist jemals im Geschäft vorbeigekommen.« Erneut sah sie die Kontoauszüge und Ausgabebelege durch. »Himmel, er hat ihr nicht nur Geschenke gemacht. Er hat auch Dutzende von Schecks auf sie ausgeschrieben. Über etwas mehr als hunderttausend Dollar.«

»Und ihr vielleicht auch Bargeld gegeben.«

»Gut möglich«, sagte Gabriela aufgeregt. »Sie könnte die fehlende Million haben.«

»Denkst du, sie hat das Land mit ihm verlassen?«, fragte Daniel.

»Nachdem Charles mit Haftbefehl gesucht wird, ist er wahrscheinlich der letzte Mensch, mit dem sie gesehen werden will. Frauen wie sie haben einen sechsten Sinn für so etwas. Überlebensinstinkt, du verstehst?«

Daniel hatte einen gewissen Tonfall bemerkt. »Frauen *wie sie*? Ich dachte, du kennst sie nicht.«

»Intuition«, sagte sie trocken.

»Wie sollen wir vorgehen?«, fragte er.

»Ich könnte anrufen und ihr sagen …« Sie war unschlüssig. »Nein, was hältst du davon: Ich könnte ihr erzählen, die Polizei sucht nach Leuten, die mit Charles in Verbindung stehen. Er hat mich gebeten, alles an mich zu nehmen, was er bei ihr gelassen hat, damit sie unbelastet bleibt.«

»Einschließlich einer großen Tasche mit Hundertdollarscheinen? Ich glaube nicht, dass das funktioniert.«

»Nein, vermutlich nicht. Wie wär's dann damit: Ich sage, wenn ich das Geld nicht bekomme, gehe ich zur Polizei und melde, dass sie gestohlenes Geld für ihn versteckt hat. Ich kriege die fünfhunderttausend, und sie geht dafür nicht ins Gefängnis.«

»Das gefällt mir schon viel besser.«

Daniel stopfte eine zerknüllte Serviette in seine Tasse. »Und wenn sie nicht zu Hause ist?«, fragte er.

Gabriela dachte kurz nach. »Dann eben Plan B.«

»Und der wäre?«

»Ich breche in ihre Scheißwohnung ein und stelle sie auf den Kopf.«

Sie standen an der Ecke 88th Street und Madison Avenue, und Gabriela zeigte auf einen Eingang zwei Gebäude entfernt. »Da ist es. Dort wohnt sie, seine Freundin, Geliebte, Komplizin, oder was immer Ms. Dietrich sein mag.«

»War nicht ›Nutte‹ die letzte Stellenbeschreibung?«, erinnerte sie Daniel flüsternd.

Gabriela wühlte in den Unterlagen in ihrer Handtasche. Dann wählte sie eine Nummer und hielt das Handy an ihr Ohr. Nach einigen Sekunden nahm sie es wieder weg. »Anrufbeantworter«, erklärte sie. »Ich würde sagen, wir gehen davon aus, dass sie nicht zu Hause ist.«

»Du meinst statt anzunehmen, dass sie nicht rangeht, weil sie damit beschäftigt ist, ihre Flinte zu reinigen?« Er sah jungenhaft aus, charmant … und wirkte seinerseits ein wenig verzaubert, als er ihr forschend ins Gesicht sah.

»Okay. Wir ziehen die Alternative durch.«

Plan B …

»Warte eine Minute hier«, sagte sie, betrat die Eingangshalle des eleganten Backsteinbaus und suchte die Briefkästen ab. Dann kehrte sie zu Daniel zurück. »Meine Herren, sie hat den gesamten ersten Stock.« Sie sahen zu den entsprechenden Fenstern hinauf, hinter denen es dunkel war. Niemand schien sich in der Wohnung aufzuhalten.

»Komm«, sagte sie.

Sie gingen in die Gasse neben dem Gebäude. Alle Fenster im Erdgeschoss waren aufwendig vergittert. Die Fenster im Stockwerk darüber jedoch waren nicht geschützt, und eins stand ein Stück offen.

»Hilf mir.«

Sie rollten einen Müllcontainer darunter.

Dann marschierte Gabriela wieder auf die Straße hinaus. Daniel folgte ihr. Sie sah sich um, auf dem Gehsteig war nicht viel Verkehr. »Die Gasse ist schmal«, sagte sie. »Es gibt keinen Grund, warum jemand hineinschauen und mich sehen sollte.«

»Du willst wirklich einbrechen?«

»O ja. Und ob ich das will.«

Sie bemerkte einen geschlossenen Antiquitätenladen an der Ecke. Zwei mächtige chinesische Löwen davor waren mit starken Ketten gesichert. Wer um alles in der Welt sollte die stehlen?, dachte sie. Wie sollte man eine vierhundert Kilo schwere, hässliche Skulptur verhökern?

»Du wartest hier und – was weiß ich? – tust, als würdest du telefonieren. Wenn du jemanden kommen siehst, rufst du.«

Er gab ihr rasch einen Kuss, dann zog er sich mit seinem Handy ein Stück zurück.

Gabriela war im Begriff, die Gasse wieder zu betreten, als plötzlich Lichter blinkten und ein ziviles Polizeifahrzeug, gefolgt von einem weißen Streifenwagen des NYPD, vor dem Gebäude hielt.

Daniel wollte losrennen, aber Gabriela machte ihm unauffällig ein Zeichen zu bleiben, wo er war.

Die beiden Detectives, die das Paar am Vortag angehalten hatten, stiegen aus dem zivilen Fahrzeug. Ein uniformierter Beamter, jung und blond, kam aus dem Streifenwagen.

Keiner von ihnen nahm Notiz von Daniel.

Kepler winkte Gabriela zu sich. »Kommen Sie mal hier rüber, Ms. McKenzie.«

Sie rührte sich nicht.

»Bitte. Auf der Stelle.«

Sie zögerte, dann ging sie zu ihnen.

»Sagen Sie uns, was Sie hier tun«, forderte Surani höflich, aber mit Nachdruck.

»Das ist meine Sache.«

»Dann erklären Sie uns doch, was für eine Sache das ist und was diese Gasse damit zu tun hat.«

»Ich habe nichts Verbotenes getan«, gab sie zurück.

»Nein? Sie haben nicht – und ich spekuliere jetzt nur – überlegt, eventuell in eine bestimmte Wohnung einzubrechen?« Das kam natürlich von Kepler, und seine Stimme triefte vor Sarkasmus.

»Das ist lächerlich. Eine Freundin meines Bosses wohnt hier.«

»›Freundin‹?«, fragte Kepler höhnisch.

»Wir wissen Bescheid über Ms. Dietrich«, sagte Surani.

»Ich habe jedes Recht, mit ihr zu reden«, brauste Gabriela auf.

»Worüber?«, fragte Kepler.

»Und ich habe jedes Recht, Ihnen das nicht auf die Nase zu binden.«

Ihr Blick ging zu dem Antiquitätenladen, zu den riesigen Löwen. Daniel stand hinter ein paar Schaulustigen, sieben, acht Meter entfernt. Er war so nahe, dass er das Gespräch mitbekam – sie sah es ihm an –, aber nicht so nahe, dass die Polizisten ihn bemerkten. Gabrielas gerunzelte Stirn verriet ihm, dass er bleiben sollte, wo er war.

»Was genau hatten Sie vor? Wollten Sie Ms. Dietrich durchs Fenster etwas zuflüstern?« Kepler betrachtete den Müllcontainer. »Wie bei Romeo und Julia?«

»Was tun *Sie* eigentlich hier?«, fragte Gabriela.

Kepler lachte. »Sie blasen sich ganz schön auf – für eine Einbrecherin. Aber um Ihre Frage zu beantworten: Da Sie nicht kooperieren und da Charles Prescott immer noch wegen zwei Dutzend Straftatbeständen gesucht wird, gehen wir anderen Spuren in dem Fall nach. Eine davon hat uns hierhergeführt. Sagen Sie uns, was Sie über Ms. Dietrich wissen.«

»Nichts. Ich habe mir Sorgen wegen Charles gemacht. Ich wollte nur fragen, ob sie etwas von ihm gehört hat, ob sie weiß, wie es ihm geht.«

»Ich frage Sie noch einmal: Durch das Fenster?« Kepler ignorierte ihren finsteren Blick. »Es gibt auch diese Dinger namens Telefon, wissen Sie?«, setzte er hinzu. »Aber über all das können wir während Ihrer U-Haft reden.«

»Wie bitte?«

»Wir haben das Büro Ihres Chefs noch einmal durchsucht. Wir haben das Inventarverzeichnis überprüft und festgestellt, dass einige Dinge fehlen. Gabriela McKenzie, Sie sind wegen Behinderung der Justiz verhaftet.« Er hörte sich an, als hätte er sich schon eine Weile darauf gefreut, diese Worte aussprechen zu dürfen.

»Nein!«, entfuhr es ihr.

Als könnte er einfach nicht widerstehen, fügte Kepler an: »Und wir schieben einen versuchten Einbruch gleich noch hinterher, verdammt.« Er warf einen Blick in die Gasse. »Ein Müllcontainer. Also wirklich.«

»Sie verstehen nicht. Meine …« Sie sprach den Satz nicht zu Ende.

»Ihre was?«, fragte Surani.

»Bitte. Ich kann es mir im Moment nicht leisten, ins Gefängnis zu gehen.«

Kepler lachte. »Tut mir leid, wenn es Ihnen ungelegen kommt.« Er wandte sich ab, um etwas in sein Notizbuch zu schreiben, und machte dem jungen Beamten ein Zeichen. Dessen Namensschild wies ihn als *Patrolman Chapman* aus.

Der junge Mann trat auf sie zu. »Stellen Sie Ihre Tasche ab, drehen Sie sich um und legen Sie die Hände auf den Rücken.«

»Bitte!«

»Sofort! Umdrehen.« Der Beamte griff nach seinen Handschellen, und als er dabei den Blick zu seinem Gürtel senkte, sprang Gabriela vor und riss ihm die Automatikpistole aus dem Holster.

Die Zuschauer stießen einen kollektiven Schreckensschrei aus und liefen auseinander.

»Gabriela!«, rief Kepler. Er trat rasch vor und fasste sie am Arm. Sie rangen miteinander, und Gabriela ging zu Boden. Sie schlug hart auf einer Körperseite auf und schrie vor Schmerz. Aber sie konnte sich losreißen und schwenkte die Waffe in Richtung seines Kopfes. Er zuckte zusammen, duckte sich und wedelte mit den Händen vor dem Gesicht herum, als wollte er etwaige Kugeln abwehren.

»Zurück jetzt!«, schrie Gabriela und zielte auf die Detectives. »Alle beide. Werft eure Waffen weg! Sofort! Unter die Autos hier!«

»Tun Sie das nicht!«, rief Surani verzweifelt. »Sie …«

Aber sie betrachtete ihn nur mit einem kalten Blick. Und sie warfen die Waffen fort, wie sie befohlen hatte.

Während sie für einen Moment den Pistolen nachsah, als befürchtete sie, eine könnte losgehen, sprang der uniformierte Beamte vor und versuchte, sie anzugreifen. Gabriela wich zurück und geriet ins Straucheln, und während sie noch um ihr Gleichgewicht kämpfte, löste sich ein Schuss aus ihrer Waffe.

Der junge Polizist blinzelte, fasste sich an die Brust und sank auf den Gehsteig. »O Scheiße.«

Gabriela hielt den Atem an.

Surani achtete weder auf sie noch auf die Pistole, die sie immer noch in der Hand hielt. Er rannte zu dem gefallenen Beamten, der mit den Armen um sich schlug und mit den Füßen trat. Der Detective beugte sich über ihn und rief über die Schulter zu seinem Kollegen: »Gib es durch!«

»Sie gottverdammtes Miststück!«, knurrte Kepler. »Erschießen Sie mich, wenn Sie wollen, aber ich fordere Hilfe für ihn an.« Er griff nach seinem Funkgerät.

Gabriela wich weinend zurück. Dann drehte sie sich um und rannte los. An der Ecke warf sie die Pistole in einen Gully. Sie kam an Daniel vorbei, der genauso schockiert aussah wie sie, und sie spurteten gemeinsam weiter. Nach einem kurzen Stück wurde er jedoch langsamer und bedeutete auch ihr, nicht mehr zu rennen. »Geh einfach nur. Halt den Kopf gesenkt und geh.«

»Ich …«

»Geh. Langsam. Einfach gehen.«

Gabriela nickte, sie holte einige Male tief Luft und nahm seinen Arm.

Sie gingen in östlicher Richtung.

Bald, nur Sekunden später, drang das Jaulen von Sirenen aus einem Dutzend Richtungen gleichzeitig durch die kühle Nachmittagsluft.

Kapitel 23

Sonntag, 9.45 Uhr
Fünfzehn Minuten früher

NY
POLICE
DEPARTMENT
CITY OF NEW YORK
PD

»Okay«, sagte Kepler und blickte vom Telefon auf. »Die Adresse ist Madison 88.«

»Und was soll dort sein?«, fragte Surani.

»Charles Prescotts Freundin.« Er sah auf ein Blatt Papier hinunter. »Sonia Dietrich.«

»Das ist alles verdammt kompliziert«, meckerte Surani.

»Du fluchst in letzter Zeit eine Menge«, sagte Kepler. »Sieht dir gar nicht ähnlich.«

»Nicht ähnlich? Weil Menschen südasiatischer Herkunft – Inder für dich – nicht fluchen? Leute, die in Call Centern arbeiten, fluchen nicht?« Surani zog das Sakko aus und hängte es über die Stuhllehne.

Kepler wunderte sich ständig, wie sein Partner so schlank und doch so muskulös sein konnte. Der Mann spielte an den meisten Wochenenden Fußball. Manchmal Kricket, ein Spiel, das Kepler schlicht unbegreiflich war.

Er sollte die Sache mit dem Golfspielen wirklich ernsthaft anpacken, dachte Kepler und wedelte mit der Hand, um anzuzeigen, dass der Wortwechsel für ihn beendet war.

Eine Gestalt erschien in der Tür des Einsatzraums.

»Ah, unser Rekrut mit den drei Namen«, sagte Kepler mit einem Blick auf das Namensschild.

»Fred Stanford Chapman meldet sich zum Dienst«, sagte der junge blonde Beamte. Sein Tonfall ließ darauf schließen, dass er ein wenig eingebildet war, fand Kepler.

»Und falls es Sie interessiert, ich fluche verdammt noch mal ständig«, fügte der Junge hinzu, der das Gespräch der beiden offenbar mitbekommen hatte. »Fluchen ist ohnehin nicht mehr Fluchen. Es ist anders.«

Eingebildet …

Kepler warf ihm einen Blick zu, der ausdrückte, dass er das Ganze nicht lustig fand und dass der Junge lieber aufpassen sollte. Blondie hielt den Mund und beschloss daraufhin, nicht zu sagen, was er hatte sagen wollen.

»Also gut, Fred Stanford Chapman …«

»Nennen Sie mich ruhig Stosh, das ist mein …«, fing der Rekrut an.

Aber Kepler unterbrach ihn. »Nein, du bist eindeutig ein Fred Stanford Chapman«, sagte er, als würde er einen Ehrentitel verleihen.

»Eindeutig«, sagte Surani.

»So, jetzt hör zu.« Kepler informierte den Streifenbeamten über die Operation Charles Prescott, und auch wenn er um die Augen herum weiter ein bisschen besserwisserisch blieb, schien der Junge alles zu kapieren und machte sogar ein paar gute Vorschläge.

Dann sagte Kepler: »So, und jetzt genehmigen wir uns erst einmal ein Frühstück. Aber ein ordentliches.«

»Und teures«, ergänzte Surani.

»Wir stellen es der Abteilung Streifendienst in Rechnung«, sagte Kepler. »Unser Wikingerkrieger hier wird den Beleg unterschreiben.«

Der Junge schwieg. Er dachte zweifellos, dass sie doch wohl auch bei Überwachungseinsätzen ihr Essen selbst kaufen mussten. »Ich?«

»Dieser Fall ist so beschissen – entschuldige, Gandhi«, sagte

Kepler mit einem Blick auf Surani, der ihm einmal mehr den Mittelfinger zeigte, »dass wir auch ein paar Bloody Marys brauchen werden. Ach was, Champagner.«

»Champagner?« Der junge Beamte starb tausend Tode.

Kepler wartete volle zehn Sekunden. »Wir verarschen dich, Fred Stanford Chapman«, verkündete er dann.

»Ja, klar.« Und er gab sich Mühe, so dreinzuschauen, als hätte er es die ganze Zeit gewusst.

»Wir haben Zeit für einen Kaffee, weiter nichts. Wir fahren … Wie war die Adresse gleich noch?«

»Madison Ecke 88.« Für den Neuling im Team fügte er an: »Dort wohnt angeblich Prescotts Konkubine.«

»Eine Konkubine«, sagte der junge Polizist, »ist eine Frau, die in einer eheähnlichen Beziehung lebt, aber ihren Liebhaber nicht heiraten kann, meist wegen eines Standesunterschieds. Es gibt im Grunde keine Konkubinen in Amerika, weil der Klassenunterschied weniger ein Problem ist.«

Beide Detectives starrten ihn an.

Der Junge errötete. »Ich meine ja nur.«

»Großer Gott«, murmelte Kepler. »Jetzt spendierst du aber definitiv den Kaffee.«

Surani, der mehr oder weniger die Stimme der Vernunft verkörperte, sagte: »Lasst uns gehen.«

Die Detectives warteten jedoch und sahen weiter den Streifenbeamten an.

»Was ist?« Der Junge krächzte beinahe.

Surani runzelte die Stirn. »Hast du nicht zugehört?«

»Was meinen Sie?«

»Bei dem Briefing, jetzt eben.«

»Doch, natürlich.« Aber er wirkte unsicher, als hätte er vielleicht doch nicht so aufmerksam zugehört.

»Hast du das hier etwa vergessen?«, fragte Kepler und deutete auf eine kugelsichere Weste, die auf einem Tisch unweit der Tür lag.

»Die lasse ich weg«, sagte der junge Beamte. »Ich schwitze immer wie ein Schwein in den Dingern. Außerdem, was soll bei dem Einsatz schon schiefgehen?«

Kapitel 22

Sonntag, 9.30 Uhr
Fünfzehn Minuten früher

Sie saßen zusammen auf dem Rand des ungemachten Betts, die Laken waren warm und konzentrisch ineinander verdreht wie Hurrikanwolken auf einer Satellitenaufnahme.

Ihre Beine berührten sich.

»Wir sollten bald auschecken«, sagte Daniel Reardon. Er blickte auf die Lexington Avenue hinaus, als hätten Joseph oder eine Bande anderer Killer, die unbedingt die Oktoberliste haben wollten, draußen Stellung bezogen. Seine Tasche war gepackt.

»In Ordnung«, sagte Gabriela zerstreut. Sie stand auf, begann ihre Sachen einzusammeln und stopfte sie in die Sporttasche. Die Tasche war dunkelblau mit einem Nike-Logo auf der Seite. Benutzte Nike dieses Logo eigentlich noch?, überlegte sie. Und den Slogan:

Just do it …

Von den Akten abgesehen, hatte sie sehr wenig mitgebracht und war bald fertig. Sie nahm wahr, dass Daniel sie eingehend musterte. Blue Jeans und ein grüner Pullover mit V-Ausschnitt über einem cremefarbenen Seidenbody. Eine hellgraue Windjacke von L. L. Bean. Auch Daniel war anders angezogen, wenngleich er wie am Vortag einen Anzug trug. Einen dunkelgrauen, italienischen, perfekt gebügelt. Er hatte keine Krawatte umgebunden, eine Art Zugeständnis an das Wochenende. Von dem Stoff ging ein scharfer Geruch aus, Chemikalien aus der Reinigung, aber Gabriela nahm einen Unterton von Aftershave, Körperlotion und Moschus wahr. Schuhpolitur ebenfalls.

Er war anspruchsvoll, was seine Schuhe anging. Die Kombination war aus irgendeinem Grund extrem erregend.

Ja, sie sollten wirklich auschecken, überlegte Gabriela. Aber sie wollte es nicht. Sie wollte hierbleiben. Nahe bei ihm.

Sehr nahe.

Es war absurd unter den gegebenen Umständen. Doch für den Augenblick nahm das Gefühl der Nähe und die Möglichkeit einer tieferen, sengend heißen Verbindung sie vollständig in Beschlag.

Und genau in diesem Augenblick zog er sie an sich, seine rechte Hand legte sich leicht wie ein Seidentuch um ihren Hals. Sie widerstand, aber nur für einen ganz kurzen Moment. Lippen, die sich öffneten, der Geschmack des anderen, Wärme, die sich von Haut zu Haut übertrug. Je mehr sie sich hingab, desto härter wurde sein Griff.

Und sie spürte, wie sich etwas unwiderstehlich in ihr löste.

Eine weitere Umarmung, ein Gefühl, das bereits an Schmerz grenzte. Dann wich er zurück. »Es tut mir leid. Das hätte ich nicht tun sollen.« Allerdings wirkte er kein bisschen zerknirscht.

Obwohl sie den Namen Sarah buchstäblich in ihrem Kopf aufleuchten sah, sagte Gabriela leise: »Doch, hättest du.« Und sie küsste ihn noch einmal.

»Lass uns frühstücken und weiter unsere Hausaufgaben machen.« Ein Blick auf die Dokumente. »Wir müssen eine halbe Million finden.«

Sie nickte, war jedoch weiter versucht, ihn neben sich auf das Bett zu ziehen. Sie konnte sich mühelos vorstellen, was folgen würde. Daniel war sinnlich, mit einem straffen Körper, so viel hatte sie bereits gesehen und gespürt. Ein fester, unnachgiebiger Griff. Lippen, die genau die richtige Mischung aus fest und weich waren. Er hatte sicher eine verspielte Zunge und würde sie häufig einsetzen; er war ein Mann, der Geschmack ebenso sehr genoss wie Berührung. Er würde sie auf das Bett drücken, sie regelrecht festnageln, was sie merkwürdigerweise genoss, obwohl sie sonst davon besessen war, alles unter Kontrolle zu haben – das war etwas, woraus sie nie schlau wurde –, und dann würde er sie verschlingen, eine Hand auf ihrer Hüfte, eine an ihrer Brust. Er würde erbarmungslos sein, besitzergreifend, dominant.

Und die Wärme und die Lust würden nicht aufhören und immer weiter anwachsen, bis es am Ende sehr schnell für sie gehen würde.

Himmel, wie sie das wollte!

Viele Beziehungen mit unpassenden Männern lagen hinter ihr.

Unpassenden und schlimmer.

Doch so versucht sie auch war, sie verdrängte die Fantasie und ignorierte die warmen Laken, seine Gerüche, die Erinnerung an seine Hände und seinen Mund.

Prioritäten.

Ziele.

Der Name »Sarah«.

Kapitel 21

Sonntag, 8.30 Uhr
Eine Stunde früher

Er hatte das Gefühl, dass ihn jemand beobachtete.

Frank Walsh war auf dem Weg zu seiner Wohnung im West Village, und er nahm einen großen Mann in den Vierzigern wahr, der einen dunklen Mantel trug und dessen blondes Lockenhaar unter einer Baseballmütze hervorschaute. Der Mann ging auf der anderen Seite der Hudson Street in die gleiche Richtung. Aber es war sonderbar, wie dieser Mann ging. Jeder andere hätte auf seine Füße hinuntergeschaut oder geradeaus, vielleicht auch in die Schaufenster links von ihm. Dieser Mann jedoch warf ziemlich häufig einen Blick auf den spärlichen Sonntagmorgenverkehr. Als befürchtete er, dass ihm ein Auto folgte.

Was genau befürchtete er? Dass die Polizei hinter ihm her war? Ein Räuber? Ein Killer?

Oder vermied es Mr. Mantel nur angestrengt, sein eigenes Ziel anzusehen: Franklin Walsh selbst?

Der Dreißigjährige kannte sich aus mit der Verfolgung einer Beute, mit Kampf, mit Angriff. Mit Überleben.

Mit Blut.

Sein Instinkt sagte ihm, dass dieser Typ Ärger bedeutete.

Ein schneller Blick, aber der Mann schien es vorauszusehen und schaute weg. Frank erhaschte nur einen kurzen Blick auf ein rundes Gesicht und dieses gruselige Haar – feste blonde Locken wie eingeölt. Aber sie waren hier im Village und schräges Aussehen war normal.

Dann blieb Mr. Mantel vor einem Schaufenster stehen und schien mit echter Neugier, den Kopf schiefgelegt, hineinzusehen. Vielleicht war es also doch nur irgendein Bewohner des Viertels. Frank befahl sich, nicht paranoid zu sein. Außerdem konnte er schon auf sich aufpassen. Zur Beruhigung legte er die Hand an das Messer in seiner Tasche.

Bald schweiften seine Gedanken fort von dem Blonden. Sie übersprangen sogar, was in einer halben Stunde folgen würde: die Messersache, die schon seit Tagen sein Denken beherrschte.

Und was kam ihm stattdessen in den Sinn? Mist. Der Wochenendbesuch bei seiner Mutter. Sie hatte ihn mit Essen vollgestopft. Sie hatte ihn gezwungen, sie zum Einkaufen in der überfülltesten Mall auf Long Island zu begleiten. Und natürlich hatten sie nicht viel Gesprächsstoff gehabt – das hatten sie nie –, wenngleich es der Frau gelungen war, die Hochzeit von Franks Schwester Barbara mindestens ein halbes Dutzend Mal zur Sprache zu bringen.

Zu diesem Thema gehörte, dass Barbara und ihr Mann »sicherlich im nächsten Jahr oder so ein Baby bekommen werden«.

Das hatte unwillkürlich die unangenehme Vorstellung heraufbeschworen, wie seine Schwester Geschlechtsverkehr hatte, was ihm, zumindest bis zum Dessert, das Abendessen verdarb.

»Brobbie und Steve wollen vier Stück, weißt du? Idealerweise jeweils mit einem Jahr Abstand.«

Worauf wollte seine Mutter hinaus? Glaubte sie, er konnte seinen Zauberstab schwingen (naja, vielleicht nicht die glücklichste Wortwahl) und, schwuppdiwupp, erschien eine Frau, aus der Kinder purzelten? Wusste sie verdammt noch mal nicht, dass er tat, was er konnte? Sein Leben war nicht so wie das aller anderen. Wer zum Beispiel würde seine Besessenheit verstehen?

Die Messer, die Kämpfe, das Blut …

Und dann die praktische Seite. Bei seiner Art Arbeit lernte er nicht viele Frauen kennen.

Abgesehen davon wartete er auf eine ganz bestimmte Person.

Ach, Gabriela …

Dienstag, sicher.

Ihre Worte, unterstrichen von einem Lächeln.

Frank marschierte im Augenblick zügig von der Penn Station am Madison Square Garden nach Hause. Das war ein gutes Stück Weg, und auf dem verbrannte er garantiert hundert Kalorien, vor allem in der kühlen Herbstluft. Er hatte absichtlich die Jacke ausgezogen, damit sein Körper Kalorien verbrannte, um seine Temperatur zu halten – auch wenn ihm der Anblick seiner rundlichen Gestalt in den Schaufenstern nicht gefiel, an denen er vorbeikam. Er hätte nicht dieses Strickhemd anziehen sollen. Es klebte an ihm und ließ alles erkennen.

Na, dann schau nicht hin, sagte er sich.

Aber er tat es trotzdem.

Trotzdem zog er die Jacke nicht an. Bei Kälte verbrannte man bis zu fünfzig Prozent mehr Fett als bei Hitze. In der Arktis konnte man essen, was man wollte, und nahm immer noch ab. Er hatte es recherchiert. Sechstausend Kalorien am Tag. Er sollte ein Jahr dort verbringen.

Frank sah sich wieder um und stellte fest, dass der Mann im Mantel jetzt auf der gleichen Straßenseite wie er selbst war und weiter in Franks Tempo ging.

Verfolgen, angreifen, töten …

Trotzdem, es musste Paranoia sein.

Warum sollte dieser Typ an mir interessiert sein? Und selbst wenn er es war, wie sollte er mich hier auf dem Heimweg von der Penn Station gefunden haben?

Aber natürlich kannte sich Frank gründlich mit Computern aus – mit der guten Seite und der schlechten. Er wusste genau Bescheid über angezapfte Telefone und Data-Mining. Er hatte sein Ticket zurück in die Stadt heute Morgen mit einer Kreditkarte bezahlt. Er hatte seine Mutter angerufen, um ihr zu sagen, dass er den Zug bekommen hatte. Wenn es jemand wollte, konnte er herausfinden, mit welchem Zug Frank fuhr, wann er ankommen würde, selbst wie er aussah – von seinem Führerscheinbild (auch wenn er darauf fünfzehn Kilo leichter als jetzt gewesen war).

Dann bog er um die Ecke in seine Straße im Village und riskierte einen schnellen Blick zurück, die Hand am Messer in seiner Tasche.

Der blond gelockte Typ war weg.

Frank ging weiter und näherte sich seinem achtstöckigen Wohngebäude. An der Tür sah er sich noch einmal um, aber die ruhige, von Bäumen gesäumte Straße war menschenleer.

Er betrat rasch die Eingangshalle und entspannte sich endlich.

»Hallo, Arthur.«

Der Portier war alt, er schlurfte beim Gehen und roch nach Old Spice. »Ein Päckchen für Sie, Mr. Walsh.«

»FedEx?« Er erwartete das Messer, das Kukri. Diese Nepalesen waren nicht annähernd so harmlos, wie alle dachten.

Allzeit fröhliche Sherpas, dass er nicht lachte.

»Nein, es wurde von einem Kurier gebracht. Ein Latino hat es gestern abgeliefert.«

Es war eine Plastiktüte, ihr Inhalt war rechteckig und schwer. Er nahm sie.

»Danke.« Er hatte nicht vorgehabt, Arthur ein Trinkgeld zu geben. Frank war um Weihnachten herum immer großzügig genug. Er schaute in die Tüte, sein Herz schlug heftig, und er lachte, als er den beigelegten Zettel las.

Er gab Arthur fünf Dollar.

Der alte Mann nahm sie, ohne sich zu bedanken, aber er hob die Hand, was Frank als ewige Dankbarkeit deutete.

Frank sperrte die Wohnungstür auf, ging hinein und warf seine Jacke über den Sessel vor dem Breitwandfernseher.

Die Dreizimmerwohnung war dunkel und irrsinnig mit Zeug vollgestopft, aber sie war gemütlich – wenn auch manchmal beengend bis zur Klaustrophobie, je nachdem, in welcher Stimmung er war. Eine Kochnische mit einem kleinen zweiflammigen Gasherd und einem Backofen, der groß genug für ein, zwei Fertiggerichte war. Seine Mikrowelle stand auf einem Tisch, den sie sich mit Büchern und Zeitschriften teilte. Früher hatte man in der Szene der Bohemiens und Künstler hier gedichtet oder gemalt, man hatte Hasch geraucht, mit möglichst vielen Frauen geschlafen und sich bis zur Besinnungslosigkeit betrunken. Kochen war zweitrangig gewesen, wenn nicht gar vollkommen unnötig.

Frank ging ans Fenster und sah auf Westbeth hinaus, die berühmte Künstlergemeinde. Er hatte einen Blick auf genau das Zimmer, in dem sich Diane Arbus 1971 die Pulsadern aufgeschnitten hatte.

Jedenfalls hatte das der Immobilienmakler gesagt, als er spürte, dass er einen Fisch an der Angel hatte. Als würde es diese Absteige attraktiver machen, wenn man auf den Schauplatz blicken konnte, wo sich eine sehr merkwürdige Fotografin umgebracht hatte.

Frank suchte die Straße nach Männern in schwarzen Mänteln ab.

Kein einziger *Matrix*-Killer mit öligen blonden Locken. Er zog den Vorhang zu.

Nun wandte sich Frank wieder der Lieferung zu, die er gerade bekommen hatte, und holte überquellend vor Freude den dunkelgrünen Karton Dom Pérignon heraus.

Er löste den Zettel, der daran klebte.

Lieber Frank, dachte gerade an dich. Die trinken wir bald zusammen! Freue mich schon sehr auf Dienstag. Ich rufe dich an! XOXO Gabriela.

Er fühlte sich, als hätte er gerade die letzte Zahl im Lotto freigerubbelt und eine Million Dollar gewonnen. Er lachte laut auf vor Vergnügen.

Champagner! Und er hatte nicht das Gefühl, dass es einer von der billigen Sorte war.

Er stellte sich Gabbys schlanke Taille vor, ihre hohen, runden Brüste, das dichte, glatte kastanienbraune Haar, das sie die meiste Zeit hochgesteckt oder als Pferdeschwanz zu tragen schien; gelegentlich trug sie es jedoch auch offen, was Frank liebte.

Himmel, war sie hübsch!

Er erinnerte sich, wie er sie beim Sonnenbaden im Central Park in diesem gelben Bikini gesehen hatte. Er glaubte, eine Narbe auf ihrem Bauch gesehen zu haben, und fragte sich, ob sie von einem Kaiserschnitt oder einem Unfall kam.

Er überlegte, wie er es herausfinden konnte.

Frag sie, Blödmann.

Das Kaffeetrinken mit ihr am Freitag war toll gewesen. Er musste eine Art Test bestanden haben, denn – sieh dir das hier an! Er betrachtete den grünen Karton wieder. Las den Zettel noch einmal. Und noch einmal.

Mann, Dom Pérignon. Er gab es in Google ein.

Ach du Scheiße! Hundertfünfzig Dollar!

Frank begann von Gabbys bevorstehendem Besuch am Dienstag zu fantasieren. Er würde die Bude picobello in Schuss haben.

Gesaugt, gelüftet; er schnupperte, und etwas roch seltsam.

Das Bett frisch bezogen …

Frank sah auf die Uhr. Tja, er würde später über das Rendezvous nachdenken müssen. Jetzt war es Zeit für den Kampf.

Zeit für Tod, Zeit für Blut.

Seine Handflächen begannen zu schwitzen.

In seinem muffligen Schlafzimmer leerte Frank Walsh den Inhalt seiner Taschen auf die Kommode: dreiundvierzig Dollar in zerknüllten Scheinen, Münzen, Quittungen, die Hüllen von zwei verschiedenen Schokoriegeln und das Messer, das er immer bei sich trug, ein Zwei-Zoll-Schweizer-Armeemesser mit Lupe, Zahnstocher und Schere.

Er öffnete den Kleiderschrank. Darin befanden sich Dutzende von Schuhen, ein Anzug, vier Militärjacken und eine Hutablage mit einer einzigen Kopfbedeckung, einer griechischen Fischermütze. Diese nahm er und zog sie über sein widerspenstiges Haar. Er setzte sich in seinen quietschenden Schreibtischsessel, fuhr seinen Computer hoch und streifte die Schuhe von den Füßen. Dann kniff er die Augen zusammen und fuhr die Lautstärke per Scrollbalken mit der Maus hoch; Musik trillerte los, außerirdische Musik aus einer anderen Dimension.

Das vertraute Logo füllte den Schirm, es tröstete ihn, es war wie wenn man beim Heimkommen das Ortseinfahrtsschild seiner Heimatstadt sah.

Die Clans von Gravias Major
Die Nummer eins unter den Internet-Rollenspielen

Frank klickte auf *Spiel fortsetzen* und erweckte seinen Avatar zum Leben, einen schlanken, gut aussehenden Krieger, der seinem Besitzer nur in puncto Haarfarbe ähnelte. Er dirigierte die Figur zur Waffenkammer, um das Daratiner-Messer aus seinem Arsenal auszuwählen. Dann flog Frank seinen Avatar mittels eines geflügelten Pferds in den Prospecia-Wald, wo er einen von einem jungen Spieler aus Taiwan bemannten Avatar treffen und gegen ihn kämpfen würde.

Sie hatten diesen Kampf Mann gegen Mann angesetzt, um einen Streit zwischen ihren jeweiligen Clans zu entscheiden, wie es die Regeln des Spiels gestatteten.

Augenblicke später traf er im Richtkreis ein, der bereits von mehreren Dutzend Avatars beider Clans umringt war. Die Personen hinter diesen Geschöpfen – die Frank nicht persönlich kannte und von denen er mit keinem auch nur gesprochen hatte – ließen ihre Krieger und Zauberer applaudieren, anfeuern und auf und nieder springen. Die andere Seite tat natürlich dasselbe und unterstützte *ihren* Krieger.

Bald erschien der gegnerische Avatar, ein bizarr aussehendes Geschöpf mit einem Greifarm als Schwanz. Er ließ den Blick über den Kampfring schweifen und stieg über die Absperrung.

Frank wies seinen Avatar an, das Gleiche zu tun. Die beiden animierten Gestalten standen einander gegenüber.

Frank dachte einen kurzen Moment an Mr. Mantel, aber die Erinnerung erlosch sofort. Er musste einen Messerkampf gewinnen. Er ließ seinen Avatar in die Hocke gehen und rückte, die fiese Klinge in der ausgestreckten Hand, auf seinen Gegner vor, der eine Verteidigungshaltung einnahm, während sein Schlangengesicht sein Gegenüber musterte.

Frank täuschte seitlich an und sprang dann vor, das Messer wie einen Flugzeugpropeller schwingend, und er blieb bei seiner Strategie – er tat für sich so, als müsste er Gabby davor retten, von der Kreatur vergewaltigt zu werden.

Blut floss und grässliche Schreie ertönten aus den Bose-Lautsprechern, die ein Monatsgehalt gekostet hatten.

Frank rückte wieder vor.

Verfolgen, angreifen, töten …

III

Kapitel 20

Samstag, 22.00 Uhr
Zehn Stunden und dreißig Minuten früher

»Hal. Tut mir leid, dass ich dir den Samstagabend verderbe.«

»Für *dich* hab ich immer Zeit, Pete.«

Die beiden Männer schüttelten einander kräftig die Hände. Beide Handgelenke waren zufällig von einem Goldkettchen umschlossen. Das eine geschmackvoll, das andere nicht.

»Nun, setz dich«, sagte Peter Karpankow und wies auf einen Stuhl auf der anderen Seite des kunstvoll gearbeiteten, aber abgenutzten antiquarischen Tisches, der ihm als Schreibtisch diente. Dunkles Mahagoni. »Setz dich. Willst du etwas trinken? Whiskey? Ist das dein Getränk? Oder etwas anderes?«

»Nö, danke.« Hal Dixon, leicht untersetzte Figur, leicht zerknitterter Anzug, aber das Hemd wie frisch gebügelt, selbst jetzt in dieser Abendstunde.

Sie befanden sich im obersten, dem zweiten Stock des sehr alten Gebäudes an der Tenth Avenue, das Karpankows Firma beherbergte.

Der Russe schenkte sich Wodka ein und trank ihn warm. Er zog die Augenbrauen in die Höhe. »Bestimmt nicht?«

»Nein, ehrlich, Pete. Du hast schon recht, ich mag Whiskey, aber heute lieber nichts für mich. Meine Frau riecht ihn in meinem Atem, wenn ich nach Hause komme, und dann ist der Teufel los. Ich darf *mit* ihr etwas trinken, aber nicht *vor* ihr. Du weißt, wie es ist.«

»Ach ja, die Frauen ...« Der schlanke Mann kicherte. Er sah Wladimir Putin so ähnlich, dass Dixon sich schon gefragt hatte, ob er irgendwie mit dem russischen Präsidenten verwandt war. Er sprach akzentfrei, aber manchmal bildete man sich ein, einen zu hören.

Aus der Ecke ertönte ein Knurren, und Karpankows großer Hund, dessen Rasse Dixon nicht kannte, streckte sich und musterte den Besucher gemächlich. Nicht direkt feindlich, nicht direkt freundlich. Dann ließ er sich wieder auf sein Kissen fallen und seufzte. Das Ding musste mindestens siebzig Kilo wiegen. Der Hund richtete die braunen Augen auf Dixon und ließ sie dort. Das schwarzgraue Fell war möglicherweise von Natur aus so aufgerichtet, vielleicht aber auch gesträubt.

Als wollte er gleich angreifen.

»Er ist ein braver Junge«, sagte Karpankow in zärtlichem Ton.

»Ein großer«, sagte Dixon.

»Bei dir läuft alles gut, höre ich.« Karpankow sah beeindruckt aus. »Das neue Projekt mit dem Einkaufszentrum.«

»Sicher«, sagte Dixon, ohne den Blick von den Augen des Russen zu nehmen. »Wir verdienen uns dumm und dämlich, auch wenn ich keine Ahnung habe, was der Ausdruck verdammt noch mal bedeuten soll.«

Der Russe blinzelte. Dann lachte er. »Ha, das stimmt. Hab ich noch nie drüber nachgedacht. Dumm und dämlich. Die Leute achten nicht darauf, was sie sagen. Klischees, Denkfaulheit. Macht einen manchmal ganz krank.«

»Krank, ja.«

Der Blick von Karpankows Büro ging auf den Hudson River hinaus. Jetzt, nachts, war das Wasser nur ein schwarzes Band. Was wogte und floss, waren Lichter, gelbe, rote, grüne, weiße. Sie strömten langsam nach Norden, und sie strömten langsam nach Süden.

Karpankow löste sich von dem Anblick und sah Dixon an, der so lange er konnte in die Augen des Mannes schaute.

Sehr merkwürdige Pupillen, dachte er und wandte den Blick ab. Nicht fünfzig Schattierungen von Grau, sondern zwei.

»Ich denke, es ist höchste Zeit, dass wir über dieses Projekt in Newark reden«, sagte der Russe. »Wir beide.«

Dixons Eingeweide kribbelten vor freudiger Erregung. »Das wird der Hammer, Pete«, sagte er begeistert. »Achtstellig, locker.« Dann zu sich selbst: Ruhig, verdammt. Du sprudelst los wie eine Zwölfjährige über Justin Bieber.

»Acht, ja, das denken wir auch.«

»Damit bist du in trockenen Tüchern«, sagte Dixon.

Das sollte ein Witz sein, weil zu dem Projekt Mietverträge mit einem großen Textilreinigungsunternehmen gehörten. Dixon brannte darauf mitzumachen.

Karpankow schien das Wortspiel jedoch nicht zu kapieren.

Dixon machte ein gleichmütiges Gesicht – das musste man, wenn man mit Leuten wie Karpankow zu tun hatte –, aber seine Freude wuchs mit jeder Sekunde. Er hoffte seit einem Jahr, dass Karpankow ihn in ein Projekt holte, in irgendeins, aber Newark – großer Gott! Das war wie die Schlossallee beim Monopoly-Spiel.

»Aber du musst mir einen Gefallen tun, Hal.«

Für ein Stück von Newark würde er Karpankow auf jeden Fall helfen. Was immer es sein mochte. Er setzte sich vor und runzelte erwartungsfroh die Stirn.

»Was du willst.«

Doch es dauerte noch etwas, ehe er Einzelheiten erfuhr, sowohl was das Zuckerbrot als auch was die Peitsche anging.

Karpankows Telefon läutete, und er sagte höflich: »Entschuldigung.«

»Nur zu.« Dixon sah zu dem Hund, der Hund sah zurück. Dixon schaute zuerst weg.

Er hob abwechselnd seine Schultern, um das graue Sakko zurechtzurücken. Es war eng, und der Stoff war dünne Wolle, zu dünn für den kühlen Tag. Er hatte es in dem Augenblick gemerkt, als er zur Tür hinausging, wollte aber nicht kehrtmachen, um sich einen Mantel zu holen. Die Frau. Sein Hemd war ein pastellfarbener Blauton, der von manchen Leuten wahrscheinlich als zu grell empfunden wurde. Dixon kümmerte es nicht. Er trug leuchtend bunte Hemden, das war sein Markenzeichen. Gestern pink, heute blau. Morgen würde er ein gelbes tragen, das kanariengelbe. Es war sein Lieblingshemd, und er trug es immer an Sonntagen.

Der Russe beendete sein Gespräch. Danach veränderte sich die Stimmung unverkennbar, wie es immer in Gesprächen zwischen Männern geschah, wenn es Zeit war für ernsthafte Verhandlungen. Karpankow legte die Finger aneinander, als hätte er die Freundlichkeiten hiermit beerdigt und würde einen Erdhügel über ihrem Grab errichten. »Also, ich habe Kenntnis von etwas.«

»Okay.«

Karpankow sagte das oft. Dass er Kenntnis von etwas hatte.

»Hast du je von der Oktoberliste gehört?«

»Ist mir nicht bekannt, nein. Was ist das?«

»Ich weiß es nicht genau. Was ich weiß, ist: Es handelt sich um eine Liste mit Namen von Leuten, die mächtig sind. Und gefährlich. Etwa dreißig, vielleicht ein paar mehr. Ich habe gehört, mit ein paar davon habe ich in der Vergangenheit eventuell Geschäfte gemacht.«

»Oktoberliste. Warum heißt sie so?«

Ein Achselzucken. »Niemand, mit dem ich gesprochen habe,

weiß es. Ein Rätsel. Es könnte bedeuten, dass im Oktober die Hölle losbricht.«

»Also nächsten Monat.«

»Nächsten Monat. Oder es ist vielleicht so, dass *letzten* Oktober irgendeine große Sache passiert ist, die Folgen haben wird. Wie auch immer, Hal, ich will diese Liste haben. Ich brauche sie. Aber ich kann es nicht meine Leute tun lassen – weil es möglicherweise eben eine Verbindung zu mir gibt. Diese Leute, mit denen ich gearbeitet habe. Zu dir gibt es keine Verbindung.«

Weil ich bloß ein kleiner Fisch bin, dachte Dixon. Aber das störte ihn nicht. Er nickte eifrig wie ein Hund. Wie ein normaler Hund, nicht wie dieser verdammte Riesenköter in der Ecke.

»Also, die Sache ist die«, fuhr der Russe fort. »Ich habe von Henry gehört ... Du kennst Henry, meinen Mittelsmann?«

»Ich kenne ihn, ja. Guter Mann.«

»Ja, das ist er. Er hat erfahren, dass eine Frau in der Stadt lebt, die die Liste hat oder weiß, wo sie ist. Du besorgst die Liste von ihr, dann machen wir beide halbe-halbe bei dem Newark-Projekt.

»Fünfzig Prozent?«, entfuhr es Dixon. »Das ist sehr großzügig, Pete.«

Der Mann tat die Dankbarkeit mit einer Handbewegung ab. »Der Name dieser Frau ist Gabriela McKenzie. Sie war die Büroleiterin von dem Arschloch, das die Liste hatte – er selbst hat sich abgesetzt.«

»Hast du ihre Adresse?«

»Upper West Side, aber dort ist sie nicht.« Karpankow legte die Fingerspitzen wieder zu einem Zelt aneinander und beugte sich vor. »Sie und ein Kerl, mit dem sie beisammen ist, sind untergetaucht, aber meine Quellen sagen, sie sind irgendwo in der Stadt. Sein Name ist Reardon. Meine Leute denken, sie finden den Aufenthaltsort der beiden noch heute Nacht oder morgen heraus und sagen mir Bescheid.« Er senkte die Stimme noch weiter und legte die Hände flach auf den Tisch. »Hal, ich habe gehört, du bist die erste Adresse, wenn es darum geht, was auf der Straße los ist. Du weißt, was ich meine. An der vordersten Front.«

»Ich geb mir Mühe«, sagte Dixon bescheiden. »Ich kenne mich aus.«

Karpankow räusperte sich. Sein Blick ging zu einem Modellauto auf seinem Schreibtisch. »Und du würdest tun, was zu tun ist, um diese Liste zu bekommen, ja? Du hast kein Problem damit? Auch nicht damit, dass es sich um eine Frau handelt? Und dass sie unschuldig ist?«

»Nicht das Geringste.« Dixon meinte es so, auch wenn er nicht erkennen ließ, dass ihn die Aufgabe jetzt bereits anmachte.

»Sie wird unberechenbar sein.«

»So sind Mädchen eben manchmal. Besonders zu bestimmten Zeiten im Monat.«

Karpankow lächelte. »Ich meine, sei vorsichtig. Ich bin nicht der Einzige, der die Liste haben will. Andere sind ebenfalls hinter ihr her.«

»Kein Problem. Sag mir, wo ich sie finde, und ich kümmere mich darum.« Dixon dachte stirnrunzelnd nach. »Sie weiß also, dass man nach ihr sucht?«

»Richtig.«

»Weißt du, was immer ziemlich gut funktioniert, vor allem bei der Damenwelt? Ich erzähle ihnen, ich bin eine Art Diakon in einer Kirche. Dann sind sie gleich weniger wachsam. Ich trage sogar eine Bibel bei mir.« Er fischte das schwarze Büchlein aus seiner Brusttasche.

»Sehr schlau, Hal.«

Der Mann strahlte. »Auf diese Weise komme ich ihr nahe genug. Dann hole ich meine Knarre raus und zwing sie in mein Auto. Ich bring sie zu einer der Baustellen und bearbeite sie. Sie wird mir sagen, wo die Liste ist. Und danach? Am Montagmorgen rühren wir im Einkaufszentrum Beton an. Sie werden die Leiche nie finden.«

»Gut.«

»Und der Typ bei ihr? Hat er damit zu tun?«

»Nein, das ist nur irgendein Geschäftsmann, mit dem sie schläft, glaube ich. Er interessiert mich nicht. Aber …« Ein drittes Zeltdach.

»Ich kümmere mich auch um ihn. Wahrscheinlich besser, ihn einfach zu erschießen.«

Beifälliges Nicken von dem Russen. »Ich rufe dich an, sobald meine Leute sie entdeckt haben.«

Die Männer standen auf und schüttelten einander wieder die Hände, dieses Mal sogar noch kräftiger, und die Goldkettchen klirrten. Als er sah, wie Dixon die Hand seines Herrn so leidenschaftlich packte, stand der Hund auf. Dixon ließ sofort los und trat einen Schritt zurück.

»Keine Sorge«, sagte Karpankow. »Er mag dich.«

Ja, dachte Dixon, als Hauptgang. Er lächelte den Hund an, der sich damit begnügte, reglos dazustehen und ihn anzustarren.

Fünf Minuten später war Dixon draußen auf der kühlen, windgepeitschten Straße und zog seinen leichten Anzug zu, so gut es ging. Seine Nervosität legte sich, nun, da er den Unterweltkönig Peter Karpankow und seinen Godzilla hinter sich gelassen hatte. Während er beschwingt die Straße entlanglief, überlegte er, wem er die Oktoberliste verkaufen konnte, nachdem er sich eine Kopie davon gemacht hatte.

Kapitel 19

Samstag, 20.30 Uhr
Eine Stunde und dreißig Minuten früher

PRIVACY PLEASE
NE PAS DÉRANGER S.V.P.
WIR BITTEN, NICHT ZU STÖREN
POR FAVOR, NO MOLESTAR
SI PREGA DI NON DISTURBARE

»Schrecklich«, flüsterte Gabriela und presste die Kiefer aufeinander.

Sie zitterte am ganzen Leib, hatte die Augen geschlossen und atmete schwer. »Wie konnte er das tun?« Sie lehnte sich auf dem Rücksitz des Taxis an Daniel, und er legte den Arm um ihre Schultern. Sie wischte sich über die Augen. »Wie kann jemand etwas so Abscheuliches tun?« Gabriela sah zu der Plastiktüte der Apothekenkette zu ihren Füßen hinunter und schmiegte sich noch näher an ihn. Er verstärkte seinen Griff. Er war stark. Die hübschen Anzüge, die er trug, mit ihrem festen, doch leicht fallenden Stoff verhüllten seinen Körperbau, aber eine Berührung seines Arms ließ keinen Zweifel daran, dass er bei guter Kondition war.

Sie dachte wieder daran, wie sie ihn gestern, Freitag, kennengelernt hatte.

Und was vorgefallen war.

Sie spürte ein leises Rumoren in ihrem Innern bei der Erinnerung an Daniels unmittelbare Nähe, wie er ihr die Feuchtigkeit von der Stirn gewischt hatte – und dann mit demselben Taschentuch von seiner.

War es erst vierundzwanzig Stunden her? Es kam ihr wie eine Ewigkeit vor.

Wieder dieses warme Kribbeln. Doch sie schob den Gedanken beiseite. Jetzt war schwerlich die Zeit dafür.

Sarah …

Eine halbe Stunde zuvor hatte ihr Taxi vor seinem Loft in TriBeCa gehalten, und er hatte eine Sporttasche mit Toilettenartikeln und Kleidung zum Wechseln geholt. Sie waren nun auf dem Weg zu ihrer Wohnung, damit sie dasselbe tun und vor allem die Aktenordner mitnehmen konnte.

»Die Dokumente enthalten vielleicht gar nichts, was uns hilft, aber sie sind alles, was wir haben, um Sarahs Leben zu retten. Ich klammere mich an diesem Punkt an jeden Strohhalm.«

Nun war es Daniels Blick, der auf der Plastiktüte ruhte, die wie ein winziger kleiner Körper zerknüllt im Fußraum lag. Trotz allem, was sie durchgemacht hatten, war er die Ruhe selbst geblieben – bis er in dieser widerlichen Gasse gesehen hatte, was aus der Tüte gekullert war. Er war zurückgefahren, seine Reaktion war heftiger ausgefallen als ihre.

»Großer Gott …«, hatte er gezischt.

Der Schock war vorbei, aber an seine Stelle war ein Übermaß an Zorn getreten und vielleicht ein Entschluss.

»Warum wolltest du es behalten?«, fragte sie.

In der Gasse hatte Gabriela die Tüte sofort weggeworfen, als wäre sie über und über voll Säure. Aber Daniel hatte sie mit Hilfe seines eleganten seidenen Taschentuchs aufgehoben – samt ihrem Inhalt.

»Beweismittel«, sagte er jetzt und wies mit einem Kopfnicken zu der Tür. »Es wird DNA daran sein, vielleicht sogar Josephs Fingerabdrücke … falls er nachlässig geworden ist.«

»Natürlich. Daran hatte ich nicht gedacht. Ich habe nur emotional reagiert.«

»Nur zu verständlich unter diesen Umständen.«

Sie fuhren schweigend weiter. Als das Taxi den Central Park durchquerte und sich Gabrielas Wohnung näherte, warf sie einen Blick zum Fahrer, ob er lauschte, aber er sprach in einer nahöstlichen Sprache am Handy und schien ganz in sein Gespräch versunken zu sein. »Die Polizei wird das Gebäude beobachten. Joseph möglicherweise auch.«

Sie dirigierte das Taxi in die Straße hinter dem Gebäude und ließ es in einer Seitenstraße halten. »Ich bin in ein paar Minuten wieder da«, erklärte sie dem Fahrer.

Der Taxameter lief, und so war es dem Mann vollkommen egal, was seine Fahrgäste trieben, welche geheimen Missionen bevorstanden. Er nahm sein im Stakkato geführtes Gespräch wieder auf.

Gabriela schlüpfte aus dem Taxi und ging nahe an den Hauswänden entlang, als wären Spione hinter ihr her, zum Lieferanteneingang ihres Gebäudes. Das Tor zur Laderampe war nicht verschlossen, die Tür zum Keller dagegen schon. Mit ihrem Haustürschlüssel kam sie jedoch hinein.

Minuten später war sie in ihrer Wohnung, wo sie kein Licht machte. Tastend suchte sie Kleidung zusammen und stopfte sie mit den Geschäftsunterlagen, die sie brauchte, in ihre Nylonsporttasche, ehe sie vorsichtig zur Wohnungstür hinauslugte, um zu sehen, ob Nachbarn oder gar Polizeibeamte im Flur lauerten. Aber da war niemand.

Sie schloss die Tür hinter sich ab.

Draußen schlüpfte sie dann rasch auf den Rücksitz des Taxis, und sie setzten die Fahrt fort.

Daniel drückte ihr Knie.

Nach mehreren Blocks seufzte sie. »Sarah«, sagte sie in klagendem Ton. »Was sie jetzt wohl tut, was ihr durch den Kopf geht?«

»Denk nicht darüber nach«, flüsterte Daniel. Wärme hüllte sie ein, als er ihr den Arm wieder um die Schultern legte.

Das Taxi schlich durch den zähen Samstagabendverkehr in

Midtown, der sich um das Lincoln-Center herum staute, bis sie zehn Minuten später vor dem Waldorf Astoria hielten. Daniel bezahlte den Fahrer, dann standen sie auf dem Gehsteig der Park Avenue. Die Plastiktüte mit ihrem perversen Inhalt stopfte Daniel mit Hilfe einer Serviette in seine Sporttasche.

»Sei vorsichtig«, sagte Gabriela wie benommen. »Das Blut.«

Als sie die Hotelhalle betraten, blieb sie stehen und blinzelte. »Mein Gott, ist das schön.«

»Du warst noch nie im Waldorf Astoria?«

»Nicht gerade meine Preisklasse.«

»Im Allgemeinen treffe ich in diesem Hotel nur Klienten, aber ich habe auch schon einige Male hier übernachtet. Etwa, wenn ich Handwerker in meinem Townhouse habe. Das ist altes New York hier, und genau das gefällt mir daran.«

Gabriela ließ den Blick über das viele Holz, die mächtige Uhr in der Mitte der Lobby, die hohe Decke wandern.

»Komm«, sagte Daniel, »Sightseeing machen wir später.«

Sie checkten ein – zwei Zimmer, die Daniel mit seiner Kreditkarte bezahlte; er befürchtete, die Polizei oder jemand, der hinter der Oktoberliste her war, könnte Gabriela aufspüren, falls sie ihre benutzte.

Sie stiegen aus dem Aufzug. Ihre Zimmer lagen nicht nebeneinander, aber auf demselben Stockwerk, nicht weit voneinander entfernt. Als sie durch den Flur gingen, spürte Gabriela die Saat der Anziehung wieder aufgehen – stärker noch als am Abend zuvor in der Bar, wo sie sich kennengelernt hatten.

Ja, dachte sie ständig, Sarah. Aber der Name verhinderte nicht, dass sich bei einem Blick auf Daniel Gefühle in ihr regten. Andererseits: Wie kannst du auch nur daran *denken*, mit ihm zu schlafen?

Vielleicht weil du seit zu vielen Jahren einsam bist, konterte eine Stimme in ihrem Kopf.

Und weil Daniel Reardon ein bisschen – vielleicht sogar sehr – so ist wie du?

Doch sie ermahnte sich: Bleib konzentriert.

Sarah, Sarah, Sarah …

»Lass uns etwas essen gehen«, sagte Daniel. »Oder zumindest etwas trinken.«

»Ja, ich glaube, ich könnte etwas vertragen.«

Ihr gemeinsames Frühstück am Morgen war nur mehr eine verschwommene Erinnerung.

Nachdem sie die Taschen in ihren jeweiligen Zimmern abgestellt hatten, trafen sie sich unten in der diskreten, eleganten Bar in der Eingangshalle. Sie setzten sich nebeneinander auf eine Bank, ihre Knie berührten sich. Die Bedienung, eine Frau mit einem strengen Haarknoten, begrüßte sie und stellte sich als Liz vor. Sie fragte, ob sie geschäftlich in der Stadt seien oder Urlaub machten. Gabriela ließ Daniel antworten.

»Wir schauen uns nur die Sehenswürdigkeiten an«, sagte er.

»Tut mir leid, dass das Wetter nicht schöner ist. Letzte Woche war es noch warm.«

Sie bestellten Käse, Pastete und Brot, dazu eine Flasche Brunello.

Während sie den schweren toskanischen Wein tranken, unterhielten sie sich über alles Mögliche – über alles außer der Oktoberliste und der Entführung, von der Plastiktüte ganz zu schweigen. Gabriela hatte mit *Prescott Investments – Offene Posten* beschriftete Ordner aus ihrer Wohnung mit an den Tisch gebracht. Doch sie ließ sie ungeöffnet liegen, als fürchtete sie, die Antwort auf die Frage, wie ein entführtes Kind zu retten war, könnte nicht in ihnen zu finden sein.

Irgendwann holte sie ihr Smartphone heraus und sah die Nachrichten durch. »Eine SMS von Rafael. Er ist wohlbehalten rausgekommen und hat die Sendung abgeliefert. So weit, so gut.«

Daniel quittierte diese gute Nachricht mit einem Kopfnicken, dann zog er sein Sakko aus, und sie erhaschte einen Blick auf eine Narbe in dem V, wo sein Hemd offen stand. Sie verlief von der Brust bis zur Schulter. Er bemerkte ihren Blick und zog das Hemd befangen wieder zu.

»Darf ich fragen, was passiert ist?«

Er schien mit sich selbst im Widerstreit zu sein.

»Tut mir leid, ich wollte nicht neugierig sein.«

»Nein, ich erzähle es dir. Vor ein paar Jahren bin ich mit den Kindern nach New Hampshire hinaufgefahren, und ich war wirklich müde. Ich hätte es nicht erzwingen sollen. Ich bin eingenickt und von der Straße abgekommen.«

»Großer Gott.«

»Der Wagen ist eine Böschung hinuntergerast und in einem Fluss gelandet. Die Türen klemmten. Das Auto begann sich mit Wasser zu füllen.«

»Daniel, nein!«

»Mann, war das kalt! Es war Herbst, wir wollten das Laub anschauen.«

»Was ist passiert?«, flüsterte Gabriela.

»Wir wären alle ertrunken, aber ein Einheimischer ist vorbeigekommen – er sah aus, als käme er direkt aus dem Film *Beim Sterben ist jeder der Erste*. Ein richtiger Hinterwäldler. Er fuhr mit seinem Pick-up die Böschung hinunter ans Ufer, schnappte sich eine Axt und sprang hinter uns her in den Fluss, obwohl das Wasser nur ein paar Grad über null gehabt haben muss. Er schwamm zum Auto, schlug das Heckfenster ein und holte uns heraus. Nachdem ich die Jungs hinausgeschoben hatte, schnitt ich mich an einem Stück Metall auf.«

»Wie schrecklich.«

Daniel lachte kurz. »Und weißt du was? Sobald wir alle am Ufer waren, winkte der Mann zum Abschied und fuhr davon. Wollte kein Geld nehmen, verriet mir nicht einmal seinen Namen. Er handelte einfach, als würde jeder Mensch riskieren zu erfrieren, um andere zu retten. Als wäre es das Normalste auf der Welt.«

»Tut es noch weh?« Sie nickte in Richtung seiner Brust.

»Nein, nein, das ist fünf Jahre her. Bei feuchtem Wetter spüre ich es manchmal, weiter nichts.« Er wurde still. »Ich habe mich sehr dumm verhalten und beinahe meine Söhne umgebracht. Es war, als hätte mir dieser Mann eine zweite Chance gegeben, die ich eigentlich nicht verdient hatte. Aber ich habe sie bekommen, weil er da war.«

Gabriela drückte seinen Arm. Sie hätte ihn sehr gern geküsst, hielt sich aber mühsam zurück. Sie schwiegen beide und widmeten sich ihrem Wein.

Daniel unterschrieb die Rechnung, dann teilten sie auf Gabrielas Vorschlag hin die Akten auf. Die restlichen Stunden, bis die Müdigkeit sie übermannte, würden sie damit verbringen, nach Hinweisen auf Geld zu suchen, das Prescott möglicherweise versteckt hatte. Sie gingen zu den Aufzügen. Oben brachte er sie an ihre Zimmertür.

Sie umarmte ihn. »Daniel, ich …«

»Du weißt nicht, wie du mir danken sollst?«

Zur Antwort klammerte sie sich stärker an ihn und gab dem Bedürfnis zu weinen nach.

»Alles wird gut«, sagte er. »Wir finden deine Tochter wohlbehalten.«

Gabriela wischte sich über die Augen und trat tief atmend einen Schritt zurück. Beherrschte sich.

Einige Sekunden vergingen. Sie rührten sich beide nicht, lauschten den Stimmen und dem Lachen, das von einem Raum ein paar Türen entfernt kam, von einem Fernseher, in dem ein Actionfilm lief.

Sie machte die Zimmertür auf, ging hinein und drehte sich zu ihm um. Daniel kam näher.

Würde er sie küssen?, fragte sie sich.

Und sie fragte sich außerdem, wie sie reagieren würde.

Stattdessen aber nahm er sie auf höchst keusche Weise in den Arm, murmelte »Gute Nacht« und trat in den Flur zurück. Die Tür fiel zu, und sie war allein.

Kapitel 18

Samstag, 17.55 Uhr
Zwei Stunden und fünfunddreißig Minuten früher

99 46 000998

Sie gingen eine Straße auf der East Side in nördlicher Richtung entlang, wichen Müll, Touristen und frühen Restaurantbesuchern aus, Leuten, die zur Nachtschicht unterwegs waren und die Hunde spazieren führten, obdachlosen Männern und Frauen … oder vielleicht auch nur Viertelbewohnern, die aussahen wie Obdachlose, weil sie schmuddelig waren und nicht auf ihr Äußeres achteten.

Ihr Ziel, das sich als schwierig herausstellte, war es, ein Taxi zu finden, das sie zu Gabrielas Genossenschaftswohnung brachte. »Was die Arschlöcher dahinten getan haben, wirft uns eine Stunde zurück!«, murmelte Gabriela wütend. »Und die Frist endet in wenigen Minuten!«

»Wenigstens bist du nicht im Gefängnis«, sagte er.

Sie antwortete nicht auf diese lauwarme Ermutigung. »Himmel, Daniel, es ist hoffnungslos. Ich wusste, wir würden das Geld nicht rechtzeitig auftreiben, aber wir hätten vor Ablauf der Frist zumindest eine konkrete Spur finden können. Etwas, um Joseph zu beruhigen, um ihm klarzumachen, dass wir das Geld bald haben würden. Aber jetzt … Verdammt.« Verzweiflung entstellte ihre Stimme. Sie stieß den Kopf ruckartig in Richtung Südosten, wo sie eben hergekommen waren. »Das sind verfluchte Sadisten, die beiden.«

»Und wo zum Teufel sind die ganzen Taxis?«, murmelte Daniel.

Mehrere rauschten vorbei, entweder besetzt oder nicht im

Einsatz. Daniel schwenkte seine Geldbörse vor einem der Letzteren, aber der Fahrer fuhr einfach weiter.

Sie bogen in eine Straße, die schmutziger und dunkler war und stechender roch als die im Touristenviertel, weil sie hofften, dort leichter ein Taxi zu finden. Sie kamen an Läden vorbei, in denen verstaubte DVDs, Kurzwaren, gebrauchte Bücher oder Werkzeuge hinter verschmierten Scheiben lagen, an einem traurigen Pornoladen mit gallegrüner Neonbeleuchtung. An chinesischen und mexikanischen Take-aways, die unmöglich eine Kontrolle des städtischen Gesundheitsamts bestanden haben konnten. Vor mehreren dieser Etablissements saßen schmale Männer mit dunkler Gesichtshaut, die rauchten und sich flüsternd unterhielten oder Telefonate führten.

Gabrielas Handy läutete. Sie sah auf die Uhr. »Die Frist ist um.« Sie blieben stehen und zogen sich an eine Hauswand zurück, damit niemand ihr Gespräch mithören konnte.

Sie holte tief Luft, nahm das Gespräch an und aktivierte für Daniel den Lautsprecher.

»Joseph?«

»Ah, Gabriela. Ich habe gerade auf das Telefon geblickt. Gestarrt, sozusagen. Es hat nämlich nicht geläutet.«

»Es ist eben erst sechs. Ich wollte Sie anrufen. Ich schwöre es! Hören Sie …«

»Sie haben mein Geld?«

»Ich habe die Oktoberliste!«

»So, haben Sie die?« Der höhnische Ton wieder. »Ein Grund zum Feiern! Wie sieht sie aus? Ist sie dick, ist sie dünn, ist sie auf Bastelpapier gedruckt?«

»Sagen Sie«, platzte Gabriela heraus, »wie geht es meiner Tochter? Sagen Sie es mir!«

»Sie ist ein bisschen … beunruhigt.« Als würde Joseph schmollen.

»Was? Wie meinen Sie das?«

»Ich habe ihr erzählt, dass ich keine guten Neuigkeiten von Ihnen gehört habe. Und dass das vielleicht keine gute Neuigkeit für sie ist.«

»Das haben Sie ihr gesagt?«, flüsterte Gabriela.

»Na, was glauben Sie wohl? Wäre es in meinem Interesse, Ihre Tochter noch mehr in Panik zu versetzen? Also ehrlich, mit Ihnen kann man nicht einmal einen kleinen Scherz machen. Sie müssen ein bisschen lockerer werden. Okay, das Geld, haben Sie es?«, fragte er in plötzlich blasiertem Tonfall.

»Ich habe die *Liste.*«

»So viel habe ich mitbekommen. Aber daraus, dass Sie das so betonen, folgere ich, dass Sie das Geld *nicht* haben. Und nachdem Sie der Aufforderung, die Liste zu beschreiben, ausgewichen sind, bin ich diesbezüglich ebenfalls ein wenig skeptisch.«

»Nein, nein! Ich schwöre es.«

»Ist Ihnen schon einmal aufgefallen«, fragte Joseph, »dass Leute, wenn sie Dinge wie ›ich schwöre‹ oder ›Sie müssen mir glauben‹ sagen, ausnahmslos lügen?«

»Ich lüge nicht! Ich habe sie. Sie wird an einem sicheren Ort aufbewahrt. Ich wollte nicht damit durch die Stadt laufen.«

»Dazu besteht eigentlich kein Grund. Proportional gesehen gibt es in New York weniger Raubüberfälle als in Portland, Maine. Also gut. Sie haben die Liste gefunden. *Wunderbar!*«, sagte er auf Deutsch. »Kommen wir zu dem Geld zurück.«

»Ich renne schon den ganzen Tag durch die Stadt und versuche zu tun, was Sie verlangt haben«, schrie Gabriela. »Bitte, ich brauche mehr Zeit. Es dauert länger, als ich dachte. Es tut mir leid.«

»Sie werden von heftigen Schuldgefühlen geplagt, was?«

Daniel war starr vor Zorn. Sein Gesicht verfinsterte sich. Aber er blieb stumm.

»Bitte, es war ein Albtraum«, flüsterte sie in das Handy. »Überall ist Polizei! Ich kann mich ja wohl kaum in den Garten hinter Prescotts Haus schleichen und nach einem Schatz zu graben anfangen, oder?« Die Stimme versagte ihr. Dann murmelte sie aufgebracht: »Sagen Sie mir, wie es meiner Tochter geht.«

»Sie lebt.«

»Sie *lebt*? Aber geht es ihr gut?«

»So einigermaßen.«

»Sie muss schreckliche Angst haben.«

»Und ich fürchte mich vor großen Höhen. Schlangen sind auch nicht so mein Ding. Aber wir kommen zurecht. Also, *money makes the world go round*. Das war unsere Abmachung. Sie haben sie gebrochen.« Er schien wieder zu schmollen.

»Ich besorge Ihnen Ihr Geld«, brauste sie auf. »Ich brauche nur mehr Zeit! Ich tue, was ich kann.«

»Mehr Zeit, mehr Zeit«, sang er höhnisch.

»Nur ein bisschen.«

»Wissen Sie, es könnte ja sein, dass Sie das Geld gefunden haben, und Sie halten mich nur hin, bis Ihnen eine Möglichkeit eingefallen ist, wie Sie es behalten *und* Ihre Tochter zurückbekommen können.«

»Nein! Warum sollte ich das tun?«

»Weil Sie keinen Job mehr haben, schon vergessen?«

Sie fing zu zittern an. Daniel legte den Arm um sie.

»Sie waren Charles Prescotts Büroleiterin«, sagte Joseph.

»Ja«, flüsterte sie.

»Dann kennen Sie sich in geschäftlichen Dingen aus?«

Sie zögerte. »Ich weiß nicht, was Sie meinen.«

»Sie kennen sich in geschäftlichen Dingen aus«, wiederholte er bockig.

»Ich … ich weiß das eine oder andere. Worauf wollen Sie hinaus?«

»Wissen Sie, was Bußgelder sind?« Josephs Stimme war vollkommen ausdruckslos. Der schmierige Ton war verschwunden. »Wenn Sie zum Beispiel Ihre Steuern nicht rechtzeitig bezahlen, gibt es ein Bußgeld. Nun, Sie haben *mich* nicht rechtzeitig bezahlt. Sie haben die Frist überschritten.«

»Ich habe es versucht.«

»Versuchen ist ein Unwort. Entweder man tut etwas, oder man tut es nicht. Also, neue Frist. Morgen, 18 Uhr …«

»Danke! Ich …«

»Ich bin noch nicht fertig. Morgen, 18 Uhr – Sie liefern die Oktoberliste ab. Und dazu jetzt *fünfhunderttausend* Dollar.«

»Nein! Das können Sie nicht tun.«

»Sagen Sie das zur Finanzbehörde auch? ›Es tut mir so leid. Ich *kann* nicht bezahlen, was Sie haben wollen. Und Bußgeld kommt für mich nicht in Frage‹?« Die trunkene Freude war zurück, sein Lachen klang fast wie ein Kichern.

»Warum nicht gleich eine Million, verdammt?«, tobte sie. »Oder zehn Millionen?« Daniel drückte ihren Arm. »Ich tue, was ich kann«, sagte sie zu Joseph.

»Ach, das ist genau wie mit dem ›versuchen‹«, antwortete er. »Entweder Sie halten Ihren Teil unserer Abmachung ein, oder Sie halten ihn nicht ein.«

»Es gibt keine Abmachung zwischen uns! Sie erpressen mich! Sie haben meine …«

»Hallo! Hatten wir nicht schon eine Unterhaltung über Filmdialoge? Also, ich war gerade bei den Konsequenzen: Erstens das Bußgeld, die Hunderttausend zusätzlich. Und zweitens müssen Sie auf eine Schnitzeljagd gehen.«

»Eine was?«

»Eine Schnitzeljagd.«

»Ich verstehe nicht«, sagte Gabriela mit erstickter Stimme.

»Was gibt es da nicht zu verstehen? Die Aufgabe ist nicht schwer. Sie werden höchstens eine halbe Stunde brauchen, um Ihren Gewinn zu finden.«

»Sie sind verrückt!«

»Nun, das ist alles relativ, nicht wahr? Fahren Sie zum Times Square. Hinter einem Müllcontainer in der Gasse an der 48th Street und Seventh Avenue. Westlich der Kreuzung.«

»Was ist da?«, fragte sie mit hoher, zittriger Stimme.

Doch statt eine Antwort zu geben, legte Joseph auf.

Sie brauchten kein Taxi.

Das Ziel, zu dem Joseph sie losgeschickt hatte, war nur etwa vier Blocks entfernt. Sie stürmten auf den Times Square, eine verwirrende Welt aus funkelnden Lichtern, riesigen, hochauflösenden Videoschirmen, sich überlagernder, pulsierender Musik, von Straßenverkäufern, Musikanten, ungeduldigen Verkehrsteilnehmern und Touristen, Touristen, Touristen … Die Menschen drängten sich hier und lärmten in Vorfreude auf Theaterstücke und Konzerte, Kino- und Restaurantbesuche.

Nach zehn Minuten hatten sie die von Joseph beschriebene Kreuzung erreicht. »Da!«, rief Gabriela. »Da ist die Mülltonne.« Und lief los.

»Warte«, sagte Daniel.

»Nein«, erwiderte sie entschlossen.

Er versuchte sie aufzuhalten. Aber sie riss sich los, fiel auf die

Knie und begann hinter dem verbeulten dunkelgrünen Abfallbehälter zu suchen.

Sie fischte die Plastiktüte einer Apothekenkette heraus, sah hinein und würgte. »Es ist Sarahs Sweatshirt!« Das rosa Kleidungsstück war straff zusammengeknüllt. Sie wollte es herausheben und erstarrte. »Blut, Daniel!« Die größtenteils schon eingetrockneten rotbraunen Streifen waren eindeutig. Etwas Primitives haftete ihnen an wie Farbe in den Gesichtern von Eingeborenenkriegern.

Gabriela hob das Sweatshirt vorsichtig heraus; es wurde von einem Haarband zusammengehalten. Sie streifte es ab, das Kleidungsstück entrollte sich, und etwas purzelte aus seinen innersten Falten auf den schmutzigen Boden der Gasse.

Es war rosa wie Haut und rot wie Blut und hatte die Größe und Form eines kleinen Fingers.

Daniel fing Gabriela auf, kurz bevor ihr Kopf auf das Pflaster krachte.

Kapitel 17

Samstag, 17.30 Uhr
Fünfundzwanzig Minuten früher

Gut ist nur, was meinem Interesse dient …

Joseph Astor sagte sich diesen Spruch vor, während er seine Einkaufstasche zu einem Lagerhaus im äußersten Westen Manhattans auf Höhe der 40er-Straßen trug. Der Verkehr in den Straßen war laut, auf dem Hudson war er leise.

Seine massige Gestalt fegte über den Gehsteig, und die Leute warfen einen Blick auf ihn, seine toten Augen und sein gelocktes Blondhaar, und gingen ihm aus dem Weg. Joseph beachtete sie nicht mehr, sobald er festgestellt hatte, dass keiner von ihnen Polizist war oder sonst eine Gefahr darstellte.

Mit einem beeindruckenden Blick auf den Flugzeugträger *Intrepid* vor ihm bog Joseph in eine Seitenstraße ein und näherte sich dem ebenerdigen Lagerhaus. Er öffnete das schwere Vorhängeschloss, stemmte die Tür auf und schlug sie hinter sich wieder zu. Dann machte er Licht. Die Lagerhalle war größtenteils leer, allerdings waren zwei Lieferwagen darin abgestellt, einer vollkommen unbrauchbar, und in einer Ecke stapelten sich Kisten, deren teils ausgelaufener Inhalt zu einer unerfreulichen Masse auf dem Boden verschmolzen war. Die Halle wurde kaum benutzt und war typisch für wahrscheinlich Tausende ähnliche Gebäude im Großraum New York. Kleine, solide Bauten, die immer einen Anstrich und eine Ausräucherung nötig hatten, entweder fensterlos oder mit derart verschmutzten Glasscheiben, dass sie praktisch blind waren. Die meisten dieser Gebäude dienten legalen Zwecken. Aber manche wurden von Männern, *vorwiegend* Männern, benutzt, die einen sicheren Unterschlupf brauchten, der ihnen, unbemerkt von Öffentlichkeit und Polizei, gewisse Aktivitäten ermöglichte. Langfristige Mietverträge, im Voraus bezahlt von erfundenen Unternehmen.

Heute Nacht würde er dieses Lagerhaus zum letzten Mal benutzen; er würde es für immer aufgeben und für den Rest des Jobs in das andere, ähnliche in SoHo umziehen. Er hätte diesen *Job* im Übrigen auch »die Gabriela-Sache« oder »die Prescott-Sache« nennen können, aber stattdessen hatte er sich mit perversem Humor angewöhnt, sie »Sarahs Sommercamp« zu nennen.

Er zog seine Jacke aus, ließ die beigen Stoffhandschuhe aber an – immer die Handschuhe. Er ging zu einer Werkbank in der Ecke der Halle. In deren Mitte lagen eine Windjacke, die er Gabriela im Lauf des Tages gezeigt hatte, und ein rosa Sweatshirt, auf dessen Brust *Sarah* gestickt war. Aus einem Haufen alter Werkzeuge rechts davon holte er eine große Schere, wie man sie benutzt, um Zweige oder Blumenstängel abzuzwicken. Die Schneide war rostig, aber noch scharf genug.

Gut ist nur …

Dann holte er aus der Einkaufstasche die Fiberglas-Hand einer Kleiderpuppe. Er hatte den Plastikfortsatz am Nachmittag von einer Laderampe im Fashion District gestohlen, nachdem er Reardon und Gabriela bis in die Nähe des Gebäudes mit dem Schild *Prescott Investments* über dem Eingang verfolgt hatte.

Er packte die Schere mit festem Griff und schnitt den kleinen Finger der Puppe am zweiten Knöchel ab. Dann legte er ihn in die Mitte des Sweatshirts und nahm den letzten Gegenstand aus der Einkaufstasche, ein in dickes Zellophan gewickeltes Stück Rinderlende. Er schnitt ein Loch in die Hülle und ließ das Blut auf den Plastikfinger und das Sweatshirt tropfen. Es gab mehr Flüssigkeit als erwartet, das Ergebnis war entsprechend blutig.

Ausgezeichnet.

Er rollte das Sweatshirt zusammen und wickelte ein Haarband darum.

Als er sah, wie sich das Rinderblut ausbreitete, dachte er: Wie hübsch, wie köstlich … Er merkte sich vor, es Gabriela später zu erzählen. In der Zwischenzeit machte er eine Flasche seines absoluten Lieblingsgetränks auf, seines Spezialgebräus. Nichts anderes pflegte er zu trinken. Kräftigend, tröstlich. Er trank in tiefen Zügen.

Eine Flasche am Tag …

Nachdem er sauber gemacht und das Steak in den Kühlschrank einer kleinen Kochnische gelegt hatte, packte er sein Werk in die Plastiktasche einer Apothekenkette.

Er kehrte zu dem Tisch zurück, setzte sich und trank seinen Hawaiian Punch – das originale Aroma, rot.

Joseph überlegte, was die Reaktion auf seine Mahnung in der Tüte sein würde.

Noch ein Blick auf die Uhr. Die Frist lief bald ab. Er dachte an Gabriela, die Oktoberliste und Daniel Reardon. Joseph war ihm erst vor sechs Stunden zum ersten Mal begegnet, auf der Straße mit Gabriela, aber er verabscheute ihn bereits heftig.

Dann wanderten seine Gedanken zu Gabrielas Freund Frank Walsh, den er nicht kannte, sondern dem er nur gefolgt war; und natürlich hatte er ihn im Netz ausgespäht. Joseph erledigte immer seine Hausaufgaben, ehe er loszog und sein Handwerk ausübte.

Frank Walsh, der Pummel. Frank Walsh, der Nerd.

Joseph hegte keine besondere Abneigung gegen Mr. Walsh. Er hielt ihn für einen dummen, naiven Menschen. Armselig.

Es war eine Schande, dachte er, dass der Mann seine letzte Nacht auf Erden mit seiner Mutter verbringen würde, statt zu vögeln. Zumindest, dachte Joseph, während er sein süßes Getränk schlürfte, ging er davon aus, dass er es nicht tat. Igitt.

Die Septemberkühle kroch in das Lagerhaus, und obwohl er jede Menge natürliche Isolationsschicht am Leib hatte, fröstelte Joseph. Er konnte es kaum erwarten, diesen Teil der Geschichte hinter sich zu bringen und nach Queens heimzufahren, wo mehrere neue Netflix-Filme in ihren kleinen roten Hüllen auf ihn warteten. Die meisten Leute würden wahrscheinlich überrascht sein, dass ein Mann wie er, der in seinem Leben zweiundzwanzig Menschen – Männer, Frauen und, wenn auch nur versehentlich oder weil es sich nicht vermeiden ließ, Kinder – getötet hatte, gern Filme sah. Aber warum nicht? Auch Killer waren Menschen. Tatsächlich hatte er einige Dinge über sein Arbeitsfeld aus Kinofilmen und dem Fernsehen gelernt.

Rififi am Karfreitag, *Leon, der Profi*, *Tödliche Versprechen* und andere. *Die Sopranos* weniger. Er schätzte zwar die schauspielerische Leistung, aber er verstand nicht, warum man Tony und seine Truppe – die alle nicht besonders clever waren – nicht schon zur Mitte der ersten Staffel verhaftet und ins Kittchen geworfen hatte.

Glück vermutlich.

Nein, Drehbuchautoren.

Er schlug den Kragen seiner Jacke hoch und stellte sich vergnügt vor, wie er nach Hause kommen und sich allein – na gut, mit seinem Maine-Coon-Kater Antonioni – vor den Fernseher setzen würde, um sich die neuesten DVDs anzuschauen. Er überlegte, ob er das Steak zum Abendessen mitnehmen sollte.

Nein, er würde sich lieber ein kalorienarmes Fertiggericht warm machen.

Joseph schaute auf die Uhr. Er nahm die Apothekentasche, verließ das Lagerhaus und schloss die Tür hinter sich ab.

Kapitel 16

Samstag, 16.50 Uhr
Vierzig Minuten früher

oger smith hotel
reade

»Ich hätte wirklich nicht gedacht, dass wir sie finden«, sagte Gabriela atemlos. »Die Oktoberliste.«

Sie waren auf der Third Avenue und entfernten sich rasch von dem Bürogebäude.

»Ich bin gar nicht dazu gekommen, einen Blick darauf zu werfen«, sagte Daniel Reardon. »Was hast du festgestellt?«

»Ich habe nur die erste Seite zu Gesicht bekommen. Namen, Orte und Zahlen. Vielleicht Konten, vielleicht Dollarsummen. Ich weiß nicht, was sie bedeuten. Und ich kannte niemanden, der da genannt wurde.«

Sie setzten ihren Weg einige Minuten schweigend fort, ehe Daniel fragte: »Hast du irgendetwas hinsichtlich ›Oktober‹ in der Liste gesehen?«

»Nein.«

»Ich frage mich, was es zu bedeuten hat. Ein Anagramm, ein Name?«

»Möglich«, sagte Gabriela. »Es bedeutet, etwas wird nächsten Monat passieren. Etwas sehr Schlimmes.« Sie seufzte, als fühlte sie sich nur umso schuldiger, weil sie die Liste nicht bei der Polizei ablieferte.

»Wie lange noch, bis Josephs Frist abgelaufen ist?«, fragte sie.

Nach einem Moment antwortete Daniel: »Etwa eine Stunde und zehn Minuten.«

»Nein! *So* spät ist es schon?« Gabriela zog ihre Jacke zu. Der Wind war frisch und herbstlich kühl. »Wir werden das Geld unmöglich rechtzeitig auftreiben können. Wir haben keinerlei Spur.«

Daniel stimmte zu. »Ich sehe nicht, wie wir das schaffen sollten.«

»Aber wir haben die Liste!«

Er zögerte, dann sagte er: »Das ist nicht das, was er bis 18 Uhr haben wollte. Er wollte das Geld.«

»Aber die Liste ist ihm das Wichtigste. Hattest du nicht auch diesen Eindruck? Wenn er vernünftig ist, wird er sie nehmen und Sarah gehen lassen.«

»Es tut mir leid, Gabriela, aber ich fürchte, er ist kein sehr vernünftiger Mensch.«

Sie sah ihn an. »Aber die Liste ist alles, was wir haben!« Ihre Stimme klang hysterisch.

»Dennoch«, ließ er nicht locker, »müssen wir versuchen, sein Geld zu finden. Oder zumindest eine Vorstellung davon bekommen, wo es sein könnte, damit wir ihm sagen können, wir sind nahe dran. Vielleicht können wir uns mehr Zeit erkaufen, wenn wir zumindest etwas Konkretes für ihn haben.«

Gabriela ließ die Schultern hängen und wies mit einem Kopfnicken zu dem Gebäude hinter ihnen. »Wenn im Büro keine Hinweise darauf zu finden sind, dann wüsste ich nicht …« Sie hörte abrupt zu sprechen auf.

»Was ist?«

Sie runzelte die Stirn. »Gestern Abend, als ich dich getroffen habe, weißt du noch?«

Er lächelte. »O ja, ich erinnere mich.«

»Ich war früh von der Arbeit aufgebrochen, weil ich noch zu dieser Besprechung wegen der Lagerhausvermietung am Bankers' Square gegangen bin. Der eilige Job, weißt du noch? Ich hatte ein paar Akten bei mir.«

»Stimmt. Ich habe dich für eine ziemliche Workaholic gehalten. Was enthalten sie?«

»Offene Posten für unseren Steuerberater. Manche geschäftlich, andere von Charles' Privatkonten. Wenn ich etwas in ihnen finde, können wir Joseph wenigstens erzählen, dass wir eine Spur haben.«

»Dann lass uns schnell zu dir fahren. Wir haben nicht mehr viel Zeit.«

Sie eilten zum Straßenrand, um ein Taxi anzuhalten.

Daniel winkte gerade einem, als eine Stimme hinter ihnen bellte: »Halt, hiergeblieben!«

Sie blieben stehen, wechselten einen überraschten Blick und drehten sich um.

Gabriela blinzelte und sah die beiden Detectives mit unverhohlener Wut an. »Nein, wir können nicht warten«, flüsterte sie Daniel zu. »Wir müssen sofort zu meiner Wohnung fahren!«

Sie drehte sich zu den Polizisten um. »Detective Kepler und …« Sie sah den anderen, kleineren mit der grauen Gesichtsfarbe an.

»Surani.«

Kepler machte dem Taxi ein Zeichen weiterzufahren.

»Nein!«, schrie Gabriela.

Der Fahrer zögerte, doch dann gab er als Reaktion auf den zornigen Blick des Detectives Gas, um sich einen anderen Fahrgast zu suchen.

»Haben Sie etwas von Ihrem Boss gehört?«, fragte Surani.

»Nein. Ich habe noch immer keine Ahnung, wo er sein könnte. Wenn ich etwas wüsste, hätte ich Sie angerufen.«

»So, hätten Sie das?«, fragte Kepler. »Sie waren nicht zu beschäftigt?«

»Was soll das heißen?« Ihre Stimme war schneidend.

»In Ihrer Wohnung herumhängen, fernsehen«, gab der Detective zurück. »Wer weiß, was Sie alles getrieben haben.«

»Wie haben Sie mich hier gefunden?«, fragte sie. »Sind Sie mir gefolgt?«

»Wir waren bei Prescott Investments. Eine Frau, die auf Ihre Beschreibung passte, wurde gesehen, als sie sich von dem Gebäude entfernte. Da dachten wir, wir machen einen kleinen Spaziergang in dieser schönen Gegend und schauen mal, ob Sie sich zufällig hier herumtreiben. Nachdem Sie eine Straftat begangen haben.«

»Es gab gerade eine Meldung, dass möglicherweise in Prescotts Büro eingebrochen wurde«, erklärte der entspanntere der beiden, Surani.

»Was?«, fragte sie und runzelte die Stirn.

Kepler betrachtete sie aufmerksam und mit zynischer Miene. »Waren Sie das?«

»Ich …«

»Lügen Sie nicht.«

»Nein«, sagte Daniel mit fester Stimme.

Gabriela drehte sich zu Daniel um, der einen Schritt auf den Polizeibeamten zu machte. »Gabriela wollte einige persönliche Dinge holen, aber als wir sahen, dass die Polizei das Büro versiegelt hat, sind wir wieder gegangen.«

»Ach ja?«, sagte Kepler.

»Das stimmt.« Gabriela sah sich um, als wäre Joseph in der Nähe und würde das Gespräch ungerührt belauschen.

Ach ja, und übrigens: Man wird Sie beobachten. Jede Minute …

»Hören Sie, wir müssen gehen. Wir haben keine Zeit, uns hier mit Ihnen zu unterhalten.«

Kepler ignorierte ihre Proteste. »Vor dem Gebäude war ein

Polizist postiert«, fuhr er fort. »Warum hat er Sie nicht hineingehen sehen?«

»Das weiß ich nicht«, antwortete Gabriela. »Fragen Sie ihn selbst, wenn er das Haus bewachen sollte.«

»Wonach zum Teufel haben Sie gesucht?«, fuhr Kepler sie an.

»Nach ein paar persönlichen Dingen, Sie haben es gehört. Ein Scheckbuch, ein paar Bankauszüge von mir. Nichts, was Sie interessieren würde. Nichts, was mit Charles zu tun hat.«

»Und Sie haben das Polizeisiegel nicht aufgebrochen?«

»Natürlich nicht.«

»Das ist eine Straftat, das wissen Sie«, sagte Surani.

»Das habe ich angenommen. Und deshalb sind wir wieder gegangen.«

»Ich lasse gerade feststellen, ob etwas aus dem Büro verschwunden ist«, sagte Kepler mit drohendem Unterton.

»Das ist eine schwere Zeit für Gabriela«, sagte Daniel. »Können Sie sie nicht einfach in Ruhe lassen?«

Kepler übte offenbar gerade, wie man Menschen ignoriert. Er musterte Daniel von Kopf bis Fuß mit Verachtung, wie es schien, dann holte er sein Handy heraus und führte mehrere Gespräche.

Surani stand weniger feindselig daneben, aber wachsam, als würde er nicht lange fackeln, falls sie zu entkommen versuchten.

Gabriela sah auf die Uhr. Auch Daniel warf einen Blick darauf. »Die Zeit«, flüsterte sie. »Die Frist … Wir müssen diese Akten aus meiner Wohnung holen!«

Die Minuten verrannen.

Sie sah auf die Uhr.

Noch fünfundvierzig Minuten bis zum Ablauf der Frist.

»Wir müssen jetzt wirklich gehen!«

Kepler legte auf. »Ein Glück, dass wir Ihnen über den Weg gelaufen sind«, sagte er, klang aber keineswegs sonderlich glücklich. Er wies mit einem Kopfnicken auf sein Handy. »Das FBI hat gerade noch etwas in Erfahrung gebracht. Diese Klienten, von denen ich Ihnen vorhin erzählt habe … Eine Reihe von ihnen sind im Finanzdienstleistungsbereich tätig, in den USA, Europa, Fernost. Brasilien ebenfalls. Viele Aktien- und Anleihehändler. Doch zumindest einer war ein bekannter Waffenhändler, der auf Sprengstoffe und chemische Waffen spezialisiert ist. Er ist der Einzige, den wir identifizieren konnten. Gunther. Wahrscheinlich dieser Europäer in St. Thomas, den Sie erwähnt haben. Danke dafür übrigens. Den Vornamen weiß ich nicht. Stammt ursprünglich aus Frankfurt. Wir glauben, dass er irgendwo auf der Upper East Side ein sicheres Haus hat. Klingelt bei dem Namen etwas?«

»Nein. Charles hatte nie einen Klienten namens Gunther.«

»Doch, den hatte er sehr wohl«, sagte Kepler verärgert. »Das habe ich Ihnen doch gerade erzählt.«

»Aber ich habe wirklich nie von ihm gehört.«

Plötzlich sah Kepler auf ihre Handtasche hinunter, wo die Ecke eines Kuverts herausragte. »Was ist das?«

Sie wich ein wenig zurück. »Nichts.«

»Nichts? Ich wette, es ist mehr als nichts.«

»Nur persönliche Dinge.«

»Was?«

»Darauf antworte ich nicht. Wenn Sie die Sachen haben wollen, besorgen Sie sich verdammt noch mal eine richterliche Befugnis.«

Kepler sah Surani an. »Was haben wir bei der Detective-Ausbildung gelernt?«

»Welchen Teil meinst du?«, fragte sein Partner.

»Den, wo es um den Verdacht auf eine Straftat geht – sagen wir Einbruch.«

»Ach so, Einbruch in ein Bürogebäude?«

»Ja, genau. Da heißt es doch, dass wir einen Verdächtigen ohne richterliche Anordnung durchsuchen dürfen, oder? Die Verfassung räumt uns dieses Recht ein.«

»Sie *ermutigt* uns sogar dazu«, sagte Surani.

»Muss man sie nicht einfach lieben, unsere Verfassung?«, strahlte Kepler, riss Gabriela die Tasche aus der Hand und zog das Kuvert heraus.

Kapitel 15

Samstag, 15.15 Uhr Eine Stunde und fünfunddreißig Minuten früher

Schweigend und vorsichtig ging das Paar weiter die feuchte, von Bäumen gesäumte Straße in Midtown entlang. Vorsichtig aus Notwendigkeit: Sie wussten, dass die Polizei das Büro von Prescott beobachten würde.

Gabriela spähte zu den Autos, die die Straße entlangflitzten. Dunkle Autos, helle Autos, Taxis, Limousinen, Lieferfahrzeuge. Wie Fußgänger gehörten Fahrzeuge zur gewohnten Szenerie Manhattans. Aber sie bemerkte nichts Außergewöhnliches, niemand schenkte ihnen besondere Aufmerksamkeit.

Obwohl sie den zivilen Wagen der Polizei am Straßenrand sahen, blieben sie unter einem Ginkgo stehen, der von einem niedrigen schmiedeeisernen Zaun umgeben war, damit Hunde den Stamm nicht markierten. »Da ist es«, flüsterte sie und zeigte auf ein sechsstöckiges Bürogebäude etwa zwanzig Meter östlich von ihnen, auf derselben Straßenseite, auf der sie standen. Ein Schild neben der Eingangstür listete ein halbes Dutzend Mieter auf – Therapeuten, ein Chiropraktiker, ein Grafikdesignbüro.

Ganz oben: *Prescott Investments, LLC.*

»Wie geht es dir?«, fragte Daniel.

»Ich komme schon klar«, tat sie die Frage ab.

Gabriela erinnerte sich, dass der Professor sie in ihrer Teenagerzeit oft getröstet hatte, indem er dieselbe oder eine ähnliche Frage stellte: »Alles in Ordnung?«, »Geht's dir gut?« Er hatte immer bei ihr gesessen und sie aufmerksam betrachtet. Sie konnte Tabak und Aftershave riechen. Zunächst antwortete sie dann immer, dass es ihr gut ginge, aber er lächelte nur und ließ nicht locker. Und irgendwann kam dann heraus, dass sie wegen eines Zwischenfalls in der Schule traurig war oder darüber, dass man sie auf dem Heimweg ausgelacht hatte (schon mit dreizehn war sie groß und dürr wie eine Bohnenstange gewesen), oder einfach nur, weil es ein kalter und bedeckter Tag war.

Gabriela hatte ihr ganzes Leben lang Probleme mit ihrer Gemütsverfassung gehabt.

Meist gelang es dem Professor, die Traurigkeit wegzuzaubern, zumindest für den Augenblick.

Sie schob die Erinnerung beiseite. Mühsam.

»Dort ist sie«, sagte Gabriela und nickte in Richtung ihrer attraktiven spanischstämmigen Kollegin Elena Rodriguez auf der anderen Straßenseite. Die Frau ging mit grimmiger Miene und gesenktem Kopf aus der entgegengesetzten Richtung auf das Gebäude zu.

Elena Rodriguez blickte auf, sah die beiden und begann die Straße zu überqueren. Ihr Blick ging zu dem zivilen Polizeifahrzeug vor dem Bürogebäude, das nur mit einem einzelnen Beamten besetzt war. Sie zögerte mitten auf der Straße, als versuchte sie, ungesehen zu bleiben, und trat einen Schritt zurück. Als ein Lieferwagen vorbeigefahren war, eilte sie hinter ihm über die Fahrbahn – und lief direkt in ein Taxi aus der Gegenrichtung. Es gab einen grässlichen Schrei, kreischende Bremsen, die wie der Schrei eines Raubvogels klangen, und dann einen dumpfen Aufschlag. Daniel und Gabriela war die Sicht versperrt, aber im nächsten Moment sahen sie Elena sich überschlagend auf dem Gehsteig landen.

»Großer Gott«, flüsterte Daniel.

Sofort sprang der Polizist in dem parkenden Auto heraus und

eilte ihr zu Hilfe. Er sah sich einmal um, dann bückte er sich zu der Frau hinunter und griff zu seinem Funkgerät. Der Taxifahrer kam angerannt und gestikulierte hektisch mit den Händen.

»Himmel«, murmelte Daniel. »Denkst du, sie ist okay?«

Gabriela war klar, dass es schlecht aussah, aber sie flüsterte: »Darüber können wir uns jetzt nicht den Kopf zerbrechen. Los, komm.«

Sie packte Daniel am Arm und zog ihn vorwärts. Während sie auf das Gebäude zueilte, zog sie ihre Schlüssel aus der Tasche. Der Polizeibeamte war über Elena gebeugt und sprach in sein Funkgerät, und unterdessen schlüpften sie ungesehen in die Eingangshalle. Keine Minute später standen sie im zweiten Stockwerk vor einer Tür mit dem Messingschild *Prescott Investments LLC*.

Die Tür war mit einem gelben Aufkleber versiegelt. *Crime Scene Do Not Enter.* Darunter stand die Telefonnummer, die man anrufen sollte, falls man Zugang zu dem Büro haben wollte.

Daniel zögerte, aber Gabriela stieß die Tür auf und drängte hinein. Die Notiz des NYPD riss mit lautem Geräusch sauber in der Mitte durch.

Nachdem sie die Tür hinter ihnen zugezogen hatte, blieb sie stehen, blinzelte und sah sich um. »Mein Gott, sie haben alles mitgenommen! Die Computer, Schredder, Festplatten, Aktenschränke. Sie müssen mit Umzugs-Lkws angerückt sein!«

Auch Daniel inspizierte die Räume, dann sah er aus dem Fenster. »Ich kann nicht erkennen, was mit Elena ist. Die Bäume versperren die Sicht. Ich glaube, sie liegt noch immer auf dem Boden.«

»Wir können uns nicht mit ihr befassen. Wir müssen suchen! Das Geld und die Oktoberliste. Wir brauchen sie!«

Sie blickte hektisch zu den wenigen Gegenständen, die noch in den Büroräumen verblieben waren. Einige schlechte Kunstwerke, Fotos, Diplome und Zertifikate an den Wänden. Außerdem Vasen mit Kunstblumen, Bürobedarf, Tassen, Becher, verwelkte Pflanzen, Familienbilder, Weinflaschen, Kaffeedosen und Knabberzeug. Auf zwei Kaffeetischen lagen Fachzeitschriften, neuere Ausgaben der *New York Times* und des *Wall Street Journal*, mehrere Bücher: *Schuldenmärkte in BRIC-Staaten, Rechnungsprüfungsverfahren, Handbuch der partnerschaftlichen Zusammenarbeit in der Öl- und Gasförderung.*

In einer Ecke standen einige Kartons, ohne Deckel, aber voller Papiere.

Gabriela kauerte sich davor und wühlte sie durch.

»Fündig geworden?«, fragte Daniel, der seinerseits Schubladen aufzuziehen begann, die abgesehen von Büromaterial aber alle leer zu sein schienen.

Gabriela sah die Papiere rasch durch. »Nein. Das sind nur Unterlagen, die die Immobilie hier betreffen. Mit Charles' Geschäft haben sie nichts zu tun.«

Sie ging daran, ebenfalls Schubladen zu durchsuchen, und schaute in Schränken nach, während Daniel den Teppichboden an den Ecken ablöste und an die Wände klopfte, offenbar auf der Suche nach Geheimverstecken.

Typisch männliche Vorgehensweise, dachte Gabriela. Und nicht unbedingt die schlechteste.

Sie suchten weiter. Doch zwanzig Minuten später richtete sich Gabriela steifbeinig auf und sah sich um. »Nichts«, sagte sie verzweifelt. Sie schloss die Augen und seufzte. Dann blickte sie zur Uhr an der Wand. »Seine eigene Uhr hat Charles immer zehn Minuten vorgehen lassen, damit er nie zu spät kam, nie einen Termin oder eine Telekonferenz verpasste.« Den Blick weiter auf den Zeitmesser gerichtet, fügte sie hinzu: »Wir haben noch zwei Stunden. Ach, Sarah.« Sie unterdrücke ein Schluchzen. »Was sollen wir tun?«

Daniel spähte wieder vorsichtig aus dem Fenster. »Der Polizist spricht in sein Funkgerät und sieht dabei an dem Gebäude nach oben. Er schaut misstrauisch aus. O verdammt.«

»Was ist?«

»Jemand ist gerade aus dem Gebäude gekommen. Eine Frau. Der Polizist hat sie zu sich gerufen.« Daniel trat rasch vom Fenster zurück. »Er sieht wieder herauf. Ich glaube, er ahnt etwas. Lass uns lieber verschwinden.«

In diesem Augenblick legte Gabriela den Kopf nachdenklich schief. »Öl und Gas.«

»Wie bitte?«

Sie zeigte auf den Kaffeetisch im Empfangsbereich. »Dieses Buch.«

Es war ein Grundlagenwerk, dick und einschüchternd. *Handbuch der partnerschaftlichen Zusammenarbeit in der Öl- und Gasförderung.*

»Mit derartigen Geschäften hatten wir nie etwas zu schaffen«, sagte sie und nahm den Wälzer zur Hand. Blätterte ihn durch. Die ersten hundert Seiten waren dicht bedruckt mit Text über steuerrechtliche Verfahren und Rechnungswesen. In der Mitte des Buches waren jedoch ein Dutzend Seiten eingebunden, die nichts mit Rohstoffpartnerschaften zu tun hatten.

Über der ersten dieser Seiten stand: *Oktoberliste.*

Gabriela lachte. »Jawohl!«

»Er hat sie vor aller Augen versteckt.«

»Gerissen von ihm. Die Liste fügt sich wie die übrigen Seiten ins Buch, sodass sich nichts verdächtig wölbt. Niemandem würde etwas auffallen. Und die Wahrscheinlichkeit, dass jemand dieses Buch hier mitgehen lässt, war nicht sehr hoch.«

Gabriela riss die Liste vorsichtig heraus. »Machen wir eine Kopie.« Sie sah sich um. »Warte. Der Kopierer ist weg. Die Polizei hat ihn mitgenommen. Wozu wohl?«

Daniel zuckte mit den Achseln. »Wegen des Speicherchips vielleicht. Oder wegen Fingerabdrücken. Keine Ahnung.«

Gabriela warf einen Blick aus dem Fenster. »Mist.« Sie trat rasch zur Seite. »Bleib, wo du bist.«

»Was ist? Die Polizei?«

»Nein. Jemand anders. Ich habe einen Mann in der Gasse auf der anderen Straßenseite gesehen, der zum Fenster heraufgeschaut hat. Es könnte Joseph gewesen sein. Ein dunkler Mantel wie seiner. Ich kann es wirklich nicht sagen.«

»Wie sollte er uns hierher gefolgt sein? Und warum sollte er es überhaupt wollen?«

»Er hat gesagt, er würde überprüfen, ob wir zur Polizei gehen.« Gabriela spähte vorsichtig aus dem Fenster. »Ich sehe niemanden. Wahrscheinlich bin ich nur paranoid.«

»Vielleicht auch nicht«, sagte Daniel. »Wir wissen nicht, was die Liste genau enthält, aber mein Gefühl sagt mir, dass Joseph nicht der Einzige ist, der sie haben will.«

Sie blickte noch einmal aus dem Fenster. »Der Polizist spricht in sein Funkgerät. Er weiß, dass sich etwas tut.«

»Wir müssen weg von hier.«

»Das ist das einzige Exemplar der Liste. Wir dürfen es nicht riskieren, dass Joseph, die Polizei oder wer immer sonst noch da draußen ist, sie uns wegnimmt. Sie ist mein einziges Faustpfand, um Sarah wiederzubekommen.«

Sie sah sich rasch im Raum um und entdeckte die Getränkeflaschen auf einem Sideboard. »Geschenke von Klienten«, sagte sie. Sie wies mit einem Kopfnicken auf einen dunkelgrünen Karton Dom Pérignon. »Kannst du den aufmachen?«

Daniel öffnete die Klammer an dem Karton. Gabriela faltete die Seiten der Oktoberliste mehrmals zusammen, hob die Champagnerflasche heraus und legte sie darunter. Dann verschlossen sie den Karton wieder und steckten ihn in eine Plastiktüte. Mit einem schwarzen Filzstift schrieb sie eine Notiz auf ein Post-it und klebte es an die Tüte.

»Was hast du vor?«, fragte Daniel.

»Ich lasse sie an meinen Freund Frank Walsh liefern.«

»Frank Walsh. Mr. Komplikation«, sagte Daniel und lächelte trocken.

»Ja, aber eine vertrauenswürdige Komplikation.« Sie sah zum Fenster. »Was macht der Polizist?«

Daniel spähte hinaus und meldete: »Immer noch am Funkgerät, aber er sieht dabei genau zu diesen Fenstern hier herauf. Er hat definitiv einen Verdacht.«

Gabriela ging zu dem Schreibtisch mit dem Namensschild *E. Rodriguez*. Sie entnahm ihm ein leeres, großes Kuvert und stopfte Papiere aus ihrer Handtasche hinein: Quittungen, Rabattkarten, ein paar Rechnungen. Den Umschlag steckte sie in ihre Tasche und ließ eine Ecke herausschauen.

»Eine Rückversicherung«, sagte sie. »Nur für alle Fälle. Jetzt nichts wie weg hier.«

Daniel trug den Champagner, und Gabriela schloss die Tür hinter ihnen. Im Flur war der Aufzug zu hören, er war in Betrieb. Gabriela wies mit einem Kopfnicken zur Treppe. Sie stiegen in den dritten Stock hinauf, wo ein schlanker Latino einen Mopp über den Boden schob. »Rafael!«

»Gabriela! Ich habe das mit Mr. Prescott gehört. Es ist nicht wahr, oder?«

»Davon bin ich überzeugt. Es muss sich um einen großen Irrtum handeln.«

»Ich bete für ihn. Meine Frau auch.«

»Danke, Rafael. Das ist Daniel.«

Die beiden Männer schüttelten einander die Hand, dann fragte Gabriela: »Könnten Sie mir bitte einen großen Gefallen tun?«

»Sicher. Was brauchen Sie?«

Sie nahm die Tüte mit dem Champagner und gab sie Rafael. »Ich muss jetzt mit Anwälten reden und Unterlagen zusammensuchen. Ich wollte das hier heute zu einem Freund bringen, aber ich schaffe es wohl nicht. Es ist sehr wichtig für ihn. Könnten Sie es bitte bei ihm im Village vorbeibringen?«

»Ja, natürlich, das mache ich.«

»Er wohnt in der Greenwich Street 380. Nicht weit von der Bethune. Sein Name ist Frank Walsh.« Sie schrieb Name und Adresse auf ein Stück Papier und gab es ihm.

»Okay.«

»Sie sind wirklich ein Lebensretter, Rafael.«

Sie wühlte in ihrer Handtasche und gab ihm vier Zwanzigdollarscheine.

»Ach, das ist doch nicht nötig.« Er schüttelte den Kopf.

»Doch, doch. Ich bestehe darauf.«

»Na dann. *Gracias.*« Er steckte das Geld widerwillig ein.

»*Nada*. Wenn er nicht da ist, lassen Sie das Päckchen einfach beim Portier.«

Gabriela und Daniel gingen wieder zur Treppe. Sie fing seinen Blick auf, in dem sie ein hinterlistiges Grinsen entdeckte. »Frank ist nur eine *Art* Freund. Eigentlich.«

»Hey«, sagte er. »Wie könnte ich auf jemanden eifersüchtig sein, den du als ›Komplikation‹ bezeichnest? Wenn du ihn

Loverboy oder Sexbolzen nennen würdest, dann wäre es eine andere Geschichte.«

Sie schlang die Arme um ihn und küsste ihn an den Hals. Dann flohen sie die Treppe hinunter in die Gasse auf der Rückseite des Gebäudes.

Kapitel 14

Samstag, 14.50 Uhr
Fünfundzwanzig Minuten früher

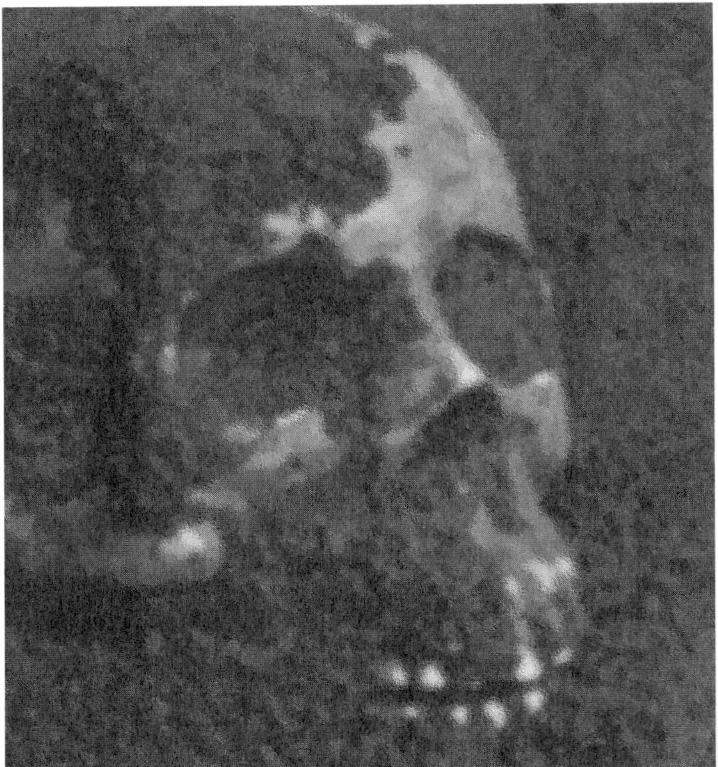

Turtle Bay, der Teil des östlichen Manhattan rund um die Vereinten Nationen, war früher eins der schlimmsten Viertel der Stadt. Ende des 19. Jahrhunderts war die Gegend übersät gewesen mit von niemandem kontrollierten Betrieben – Gerbereien, Schlachthäusern, Brauereien, Kraftwerken und Kohlehöfen –, bei denen die Todes- und Verletztenziffern unter der Belegschaft entsetzlich hoch waren. Dunkle, überbelegte Mietshäuser, in denen es schmutzig war und stank und wo Krankheiten und Gewalt fast genauso grassierten wie beim unangefochtenen Spitzenreiter des Verfalls im New York jener Zeit: Five Points, die Gegend, in der sich heute die City Hall befindet.

Gabriela wusste das, weil die Geschichte New Yorks das Lieblingsthema des Professors war. Er kannte die Stadt so, wie manche Männer die Statistik ihrer Lieblings-Baseballmannschaft kannten.

Der Name »Turtle Bay«, hatte er Gabriela eines Abends vor Jahren erzählt, als sie in seinem behaglichen Arbeitszimmer saßen, rührte daher, dass die Küste des East River in der Nähe einen kleinen Hafen bildete, der Fracht- und Passagierschiffe vor den Tücken des Wasserwegs schützte; dieser war selbst an ruhigen Tagen trügerisch und bei Sturm tödlich. Schildkröten sonnten sich an den schlammigen Ufern, im Schilf und auf Steinen, während sich Reiher und Möwen an Fischen und Fischresten in dem schmalen Streifen seichten Wassers gütlich taten, bevor der Fluss steil zu seinem düsteren Grund abfiel.

»Damals landeten jede Menge Leichen im East River«, erzählte er. »Das tun sie immer noch, aber nicht mehr so viele. Nach einem schweren Regen hat man oft Schädel und Knochen entdeckt. Kinder spielten mit den sterblichen Überresten.«

Der Fluss mochte immer noch das nasse Grab für das eine oder andere Opfer eines Mafiamords sein, aber sonst hatten hundertfünfundzwanzig Jahre alles verändert. Die Gegend war jetzt elegant und ruhig, und der Hafen war vollständig verschwunden – begradigt vom Franklin-Delanoe-Roosevelt-Expressway.

Gabriela stand neben Daniel Reardon im Herzen des Wohngebiets Turtle Bay, nachdem sie sich aus den Schatten – in jeder Beziehung – der Upper West Side davongeschlichen hatten, wo sie die Empfänger so schlimmer Neuigkeiten geworden waren.

Sie spähten in die ruhige Seitenstraße – und entdeckten sofort den zivilen Wagen der Polizei vor dem kleinen Bürogebäude, wo laut Gabriela der Sitz von Prescott Investments war.

»Du hattest recht«, flüsterte sie. »Sie beobachten das Haus. Suchen nach Charles. Und nach mir.«

Der Wagen mit dem Polizisten darin stand in die andere Richtung, aber sie wichen dennoch um die Ecke zurück in die Second Avenue, wo man sie nicht sehen konnte. Das Sonnenlicht, das hier auf sie fiel, richtete wenig gegen die Kühle aus.

»Wie viele Unternehmen sind in dem Gebäude?«, fragte Daniel.

»Etwa ein Dutzend, meist kleinere. Wir sind ebenfalls klein.« In diesem Moment durchzuckte es Gabriela, als sie die Straße hinaufsah. Ihre Augen leuchteten. »Elena.«

Daniel folgte ihrem Blick.

Die schlanke, etwa dreißigjährige Latina in Jeans und Windjacke kam auf sie zu. Ihr Haar war nach hinten gekämmt und sah feucht aus, vielleicht weil Gabrielas Anruf sie erreicht hatte, nachdem sie gerade aus der Dusche gekommen war.

»Ach, Elena!« Gabriela umarmte sie.

»Ist das nicht furchtbar? Ich bin ganz krank!« Ihr Augen waren gerötet, als hätte sie eben erst zu weinen aufgehört.

Gabriela stellte Daniel als »einen Freund« vor.

Elena Rodriguez musterte den gut aussehenden Mann eingehend, schüttelte den Kopf und blinzelte Gabriela von Frau zu Frau zu: *Na, den solltest du dir aber warmhalten!* »Wir arbeiten zusammen, Gabriela und ich.«

»Ja, ich weiß.«

Elena blies die Backen auf und ließ die Luft entweichen. »Ich meine, wir *haben* zusammengearbeitet. Das ist jetzt vorbei.« Sie sah Gabriela an. »Hast du seitdem noch etwas gehört?«

»Nein, nur was mir die Polizei heute Morgen erzählt hat.«

Elenas hübsches Gesicht verdüsterte sich. »Hast du mit denselben Typen gesprochen? Ein gewisser Kepler und ein Inder. Die haben mir überhaupt nicht gefallen, vor allem dieser Kepler nicht.«

»Ja.«

Elena nickte wehmütig in Richtung des Bürogebäudes und sagte mit leiser Stimme: »Hunderte Male bin ich diesen Weg gegangen, und ich war immer so glücklich. Und jetzt …« Sie zuckte mit den Achseln, dann seufzte sie und fragte: »Also, was soll ich machen? Ich tue alles, um zu helfen.«

»Daniel und ich wollen versuchen, etwas im Büro zu finden, das beweist, dass Charles unschuldig ist.«

»Ihr sucht das Arschloch, das ihn hereingelegt hat.«

Gabriela zögerte. »Genau«, sagte sie dann.

Daniel warf ihr einen Blick zu und dachte zweifellos, was für ein schlechtes Gewissen sie wohl hatte, weil sie ihre Kollegin und Freundin anlog.

»Und wir brauchen deine Hilfe.«

»Natürlich.«

»Ich muss dir aber sagen, Elena, es ist ein bisschen ... extrem.«

»Hey, Süße, hab ich nicht gesagt, ich tue alles?«

»Also gut. Du musst dich von einem Auto anfahren lassen.«

»Wie bitte?«

»Ich meine natürlich nicht wirklich anfahren. Nur auf die Straße treten und so *tun,* als wärest du angefahren worden. Wenn ein Auto oder Taxi vorbeikommt, schlag an die Tür oder die Fahrzeugseite und dann lass dich auf den Gehsteig fallen. Der Polizist, der das Gebäude bewacht, wird dir zu Hilfe kommen. Das werden Daniel und ich ausnutzen und schnell hineinschlüpfen. Gib nur nicht deine echte Identität preis. Erfinde etwas, sag, du hast deine Handtasche zu Hause gelassen. Auf diese Weise bekommst du keinen Ärger, wenn sie herausfinden, dass in das Büro eingebrochen wurde.«

Daniel Reardon starrte Gabriela einen Moment lang an, dann lachte er hohl. »Du denkst dir ziemlich gute Pläne aus«, sagte er.

»Ich war eine verdammt gute Büroleiterin«, erwiderte sie.

»Als ich sagte ›alles‹«, murmelte Elena, »dachte ich eher daran, dass ich die ganze Nacht wachbleiben und Akten durchsehen würde, aber wenn es sein muss, sollst du deinen Unfall haben, Süße. Hey, darf ich schreien?«

»So laut du willst.«

Kapitel 13

Samstag, 12.30 Uhr
Zwei Stunden und
zwanzig Minuten früher

»Uh, ah, uh …«

»Großer Gott«, murmelte Detective Brad Kepler. »Das ist ja furchtbar.« Er war wütend. Und er fror außerdem, er war steif, und alles tat ihm weh. Sie hockten auf dem Dach des Gebäudes gegenüber von Gabrielas Genossenschaftswohnung auf der Upper West Side. Beide Männer hatten jeweils einen Knopf eines gemeinsamen Kopfhörers im Ohr.

»Uh«, sagte Surani.

Kepler lachte rau. »Soll das komisch sein?«

Surani verstand nicht.

»Das Geräusch, das du gerade gemacht hast.«

»Das … welches Geräusch?«

»Das ›Uh‹. Du hast gestöhnt. Genau wie *das hier.*« Kepler tippte an den Knopf in seinem Ohr. Dann starrte er wieder auf das offene, aber von einem Vorhang verdeckte Fenster von Gabrielas Schlafzimmer.

»Welches Geräusch?«, wiederholte Surani. »Ich habe gestöhnt?«

»Du hast gestöhnt. Du hast ›uh‹ gesagt.«

»Oh. Und? Was regst du dich so auf?«, fragte Surani und klang sauer, weil man ihm einen Vorwurf gemacht hatte. Kepler kümmerte es nicht. In puncto sauer sein war er heute nicht zu schlagen.

»Da haben wir ihr also eben erklärt, dass ihr Boss das Weite gesucht hat, dass sie alle ihre Ersparnisse verloren und keinen Job mehr hat, und was macht sie?«

Uh, ah, uh …

»Sie fickt ihn. Das ist nicht richtig, das ist einfach nicht richtig.«

»Er sieht ziemlich gut aus, das muss man ihm lassen. Genau wie dieser Schauspieler.«

»Nein, tut er nicht, verdammt.«

»Aber du weißt genau, welchen Schauspieler ich meine, oder? Also sieht er doch so aus. Und *ich* finde, er sieht gut aus.«

Kepler war überzeugt, sein Partner sagte das nur, um ihn noch ein bisschen mehr zu quälen.

Surani zuckte mit den Achseln. »Es geht mich nichts an, was die da drinnen treibt. Und dich genauso wenig. Wir sollen ihr nur folgen, weiter nichts.«

Gabriela und ihr Freund hatten die beiden überrascht, indem sie nicht in den Straßen geblieben, sondern zu ihrer Wohnung gegangen waren. Die Detectives – entschlossen, sie nicht aus den Augen zu verlieren – hatten eilig ihre Überwachung auf einem Nachbargebäude aufgebaut und mussten dabei auf dem kalten, mit Kiesel bedeckten Dach knien oder sitzen. Sie hatten ihr Aufnahmegerät eingeschaltet, das Mikrofon auf ihr Ziel ausgerichtet und gewartet.

Bald hatten sie Stimmen gehört. Ihre elektronische Ausrüstung war vom Feinsten, und sie konnten große Teile der Unterhaltung verstehen.

Das Gespräch hatte sich zunächst hauptsächlich um Prescott und die Firma gedreht und dass es Gabriela immer noch schwerfiel, die furchtbaren Dinge zu glauben, die »diese Arschlöcher« gesagt hatten – womit sie natürlich Kepler und Surani meinte. Sie hatten außerdem die Bemerkung aufgeschnappt, sie sei schockiert und wütend über das, was geschehen war.

Der gesamte Dialog wurde aufgezeichnet. Nichts davon war hilfreich.

Zu sehen war zunächst nicht viel gewesen – Schatten, wehende Vorhänge, Lichtreflexe von glänzenden Oberflächen. Dann, vor etwa zwanzig Minuten, hatten die beiden Polizisten ein Flüstern registriert, und Kepler blinzelte, als er mit dem Fernglas in das Fenster schaute. Er packte Surani an der Schulter und flüsterte: »Du lieber Himmel.«

Beide hielten den Atem an, als sie sahen, wie Gabriela ihren Pullover auszog. Dann ging sie im BH und der engen Stretchhose zum Fenster und zog den Vorhang zu.

Him-mel ...

Eine Zeit lang Stille, dann waren die Geräusche der Lust aus dem Kopfhörer gekommen.

»Uh, ah, uh«, unterbrochen durch ein gelegentliches: »Ja, so, hör nicht auf!«

Und das stets beliebte: »Fick mich!«

»Meine Knie tun weh. Warum müssen sie diese Steine auf Dächern haben?«

»Vielleicht, damit sich kein Regenwasser sammelt.«

»Ach, der Regen geht nicht durch die Kiesel?«

»Du bist viel zu schlecht gelaunt«, sagte Surani. »Oh, schau dir deine Hose an.«

»Was? Oh, Mist.« Auf Keplers Knie waren Flecken, die nach Teer aussahen.

Kepler hörte den Befehl an Gabriela: »Auf alle viere! So willst du es doch, oder?«

Sie antwortete atemlos, jawohl, das sei genau das, was sie wolle.

Und dann fing das *Uh, ah, uh* wieder an.

Surani lachte, was Kepler nur umso wütender machte. Er wollte verdammt noch mal runter von dem Dach.

Dann kam ein ausgedehntes »Uuhh«. Was wohl bedeutete, dass die Party vorbei war, wie Kepler annahm.

»Postkoitale Glückseligkeit«, flüsterte Surani. »Wurde auch langsam Zeit. Ich will nur noch weg hier. Es ist verdammt kalt hier oben.« Er erhob sich aus seiner Hocke.

»Wenn sie geht, solltest du auf jeden Fall bereit sein«, sagte Kepler. »Wir hängen uns wie die Kletten an sie.«

»Ich bin bereit«, sagte Surani. »Sehe ich aus, als wäre ich nicht bereit? Und ist dir kein abgedroschenerer Ausdruck eingefallen, als dass wir uns ›wie die Kletten an sie hängen‹?«

Kepler ignorierte ihn.

Doch die Verfolgung ging noch nicht weiter. Aus Gabrielas Zimmer ertönte Flüstern. Und dann ging alles von vorn los.

Uh, ah, uh …

»Scheiße«, murmelte Surani und setzte sich wieder.

Kepler staunte. Sein Partner fluchte sehr selten. Die Operation Charles Prescott förderte das Schlechteste in allen Leuten zutage.

Kapitel 12

Samstag, 12.00 Uhr
Dreißig Minuten früher

Gabriela presste ein Papiertaschentuch an die Augen, als sie und Daniel wieder draußen auf dem Gehsteig waren und schweigend in Richtung Central Park gingen. Sie musste die harte Nachricht erst mal verdauen, die sie in der Eingangshalle ihres Gebäudes erhalten hatte. Die Septembersonne strahlte kräftig, wenngleich wenig wärmend, wie ein ferner Scheinwerfer. Gelegentlich strich Daniels Arm an ihren, und sie fragte sich, ob er sie tröstend in den Arm nehmen würde.

Er tat es nicht.

»Wir fahren zum Büro«, sagte sie mit Verzweiflung in der Stimme. »Vielleicht ist die Polizei inzwischen dort fertig. Ich kann versuchen, die Oktoberliste zu finden.«

Sie erhaschte einen Blick auf ihr Spiegelbild in einem Fenster. Wie sehr sie doch aussah wie alle anderen, wie normal – braune Stretchhose, enger burgunderroter Pullover, Lederjacke, die Handtasche über der Schulter, die Tiffany-Einkaufstasche in der Hand, ein gut aussehender Mann an ihrer Seite. Auf dem Weg in ein Kino, in einen Fitness-Club oder zum Brunch mit Freunden.

Ganz wie alle anderen.

Und doch ganz anders.

»Dieser Kerl, dieser Joseph«, erwiderte Daniel. »Du meine Güte. Am unheimlichsten war seine Fröhlichkeit, seine Witze. Es ist einfach krank.«

»Ein Teil von mir findet, ich sollte trotzdem zur Polizei gehen«, sagte sie. Dann sah sie ihn an. »Was meinst du?«

Daniel dachte darüber nach. »Ehrlich gesagt, befürchte ich, die Konsequenzen könnten katastrophal sein, wenn er es herausfindet.«

»Aber sie wissen, wie man mit solchen Dingen umgeht«, wandte Gabriela ein. »Sie haben Entführungsspezialisten. Ich bin überzeugt, sie haben welche. Leute, die mit Geiselnehmern verhandeln.«

»Das ist etwas anderes hier. Es ist nicht so, als würde Joseph Geld fordern und dann kannst du dich einverstanden erklären, es zu bezahlen, und die Polizei unterstützt dich dabei. Wenn du zu ihnen gehst – selbst angenommen, dieser Joseph erfährt es nicht –, muss die Oktoberliste zur Sprache kommen. Und die Polizei wird sie haben wollen.«

Gabriela war einen Moment still. »Das ist richtig«, sagte sie dann und wischte sich wieder über die Augen.

»Und wir müssen davon ausgehen, dass Joseph seine Drohung wahr macht. Dass er dich beobachten lässt, um sicherzugehen, dass du nicht zur Polizei gehst.«

»Du hast das nicht verdient, Daniel. Du solltest nichts mit alldem zu tun haben, mit mir. Vor vierundzwanzig Stunden kannte ich dich noch nicht einmal. Du solltest einfach nach Hause fahren und mich vergessen.«

Gabriela spürte, wie er den Kopf drehte.

»Kein Interesse«, sagte er.

»Kein Interesse woran?«

»Dich zu vergessen.« Sie ergriff seinen Arm und legte kurz den Kopf an seinen festen Bizeps. Sie hatte einen Film gesehen, in dem der Schauspieler, dem Daniel ähnelte, zur Begeisterung des weiblichen Publikums sein Hemd ausgezogen hatte. Nicht nur ähnelte er ihm im Gesicht, er war auch genauso gut gebaut.

»Mein Büro ist in Midtown, auf der Ostseite. Lass uns ein

Taxi nehmen. Die Frist … 18 Uhr. Wir müssen so viel erledigen.« Sie drehte sich um und hielt nach einem Taxi Ausschau.

»Warte«, zischte er.

»Was ist?«

»Wir werden verfolgt«, sagte Daniel.

»Bist du dir sicher?« Sie klang zweifelnd. Aber sie blickte sich um und sah einen Van am Randstein halten.

»Ich habe vorher keine Vans gesehen.«

»Wenn es die Polizei ist«, sagte Gabriela, und aus ihrer Stimme klang Panik, »und Joseph sieht sie, wird er denken, dass wir sie gerufen haben! Er wird Sarah töten!«

»Wir wissen nicht, ob es die Polizei ist. Es könnte reiner Zufall sein.«

Doch der Van war kein Zufall. Er war tatsächlich mit Polizisten besetzt. Sie erhielten die Bestätigung, als ein blau-weißer Streifenwagen vom Columbus Circle auf sie zuzufahren begann, ehe er plötzlich bremste und wendete.

»Irgendwer in dem Van hat den Streifenwagen gerade per Funk angewiesen, dass er verdammt noch mal hier verschwinden soll«, sagte Gabriela. »Ja, es ist die Polizei. Sie hoffen, dass ich sie zu Charles führe.«

»Und da, schau«, murmelte Daniel.

Sie folgte seinem Blick zu einem Wagen, bei dem es sich wahrscheinlich um ein ziviles Polizeifahrzeug handelte – eine graue Limousine mit mehreren kleinen Antennen auf dem Dach.

»Verdammt«, entfuhr es Gabriela wütend. »Sie sind überall!«

»Was sollen wir tun?«

Nach kurzer Überlegung sagte sie: »Gehen wir zurück in meine Wohnung. Warte, geh da drüben, am Randstein.«

»Was?«

»Bleib im Sonnenlicht.«

Daniel runzelte unsicher die Stirn, dann lächelte er. »Ach so, du *willst*, dass sie uns sehen.«

»Genau.«

Zehn Minuten später waren sie wieder bei ihrem Wohngebäude. Sie trafen keine unerwünschten Besucher an und fuhren mit dem Aufzug in den zweiten Stock. In ihrer Wohnung, die nach Süden hinausging, stellte sie die Tiffany-Tasche, die er ihr mitgebracht hatte, auf ein antiquarisches Tischchen neben der Tür, ihre Handtasche ebenfalls. Dann streifte sie ihre Jacke ab und hängte sie an einen Haken.

Daniel sah sich um, er nahm die Bücher in Augenschein, die Bilder eines kleinen blonden Mädchens.

»Sarah«, sagte er.

Gabriela nickte nicht einmal. Es war ohnehin keine Frage gewesen.

Daniel betrachtete weitere Bilder, hauptsächlich von Gabriela selbst. Ein paar von ihr mit ihren Eltern. Eines studierte er längere Zeit.

»Du und dein Vater?«

Sie blickte in seine Richtung. »Stimmt.«

»Er ist ein gut aussehender Mann. Leben deine Eltern in New York?«

»Er ist verstorben«, sagte sie. »Mom ist in einem Heim.«

»Das tut mir leid. Was hat er beruflich getan?«

»Er hat für das Energieunternehmen gearbeitet, Con Ed. Manager.«

Das Bild war vor einem Jahrzehnt aufgenommen worden. Es zeigte die zweiundzwanzigjährige Gabriela und ihren Vater, der exakt dreißig Jahre älter war; sie hatten am selben Tag Geburtstag. 10. Mai. Stier. Sie erzählte es Daniel und fügte wehmütig hinzu: »Er sagte immer, Stiere halten Astrologie grundsätzlich für einen Haufen Bullshit.«

Daniel lachte und betrachtete noch einmal das Bild des hochgewachsenen Mannes mit dem gepflegten grau melierten Bart.

Sie erzählte ihm nicht, dass das Bild eine Woche vor seinem Tod entstanden war.

Sie hatten denselben Gesichtsausdruck, gelöst und humorvoll, ungezwungen. Ihre Mutter hatte einen guten Tag gehabt und das Bild spielerisch hinbekommen.

Dann fielen Daniel ein Dutzend gerahmte Kunstfotos auf, alle schwarz-weiß. Er ging hin und betrachtete sie näher. Es waren hauptsächlich Stillleben und Landschaften, aber auch ein paar Porträts.

»Und die sind von dir?«, fragte er.

Sie blickte durch einen Schlitz im Vorhang aus dem Fenster. »Was?«

»Diese Fotos. Sind das deine?«

»Ja.«

»Ich bin beeindruckt.« Er marschierte an den Bildern entlang und studierte jedes einzelne genau.

»Früher habe ich gemalt, aber dann kam ich zu dem Schluss, dass mir Fotografie besser liegt. Es hat etwas Verführerisches, die Realität zu nehmen und sie zu beherrschen.« Ihre Stimme klang enthusiastisch, aber plötzlich war diese Energie verschwunden, und sie verstummte, als sie auf die gerahmte Kreidezeichnung eines Herzens blickte. An den Rand stand fein säuberlich *Ich liebe dich, Mommy* geschrieben.

Nun schlenderte Daniel zum Fenster.

»Ist etwas von der Polizei zu sehen?« Sie wandte sich von dem Kunstwerk ab.

»Noch nicht«, antwortete er und blickte wieder hinaus.

Sie besprachen, was sie als Nächstes tun sollten, wie sie Sarah retten konnten – indem sie irgendwie in das Büro von Prescott Investments gelangten und nach der Oktoberliste und dem Geld suchten.

Gabriela verstummte und ließ sich in einen Sessel sinken. »Es übersteigt meine Kraft«, sagte sie.

»Nichts übersteigt deine Kraft, wenn du es Schritt für Schritt angehst.« Daniel suchte wieder die Straße ab und schnalzte mit der Zunge. »Ja. Da sind sie. Auf der anderen Straßenseite ist ein Kinderspielplatz, dort treibt sich ein Paar herum. Sie halten den Kopf gesenkt. Aber sie haben Bürokleidung an, und von Kindern ist nichts zu sehen. Kann sein, dass sie in Mikrofone in ihren Ärmeln sprechen. Ach, und dann auf dem Dach gegenüber von deinem Gebäude. Sieht so aus, als wären's die beiden von der Straße vorhin.«

»Auf dem Dach?«, fragte sie und runzelte ungläubig die Stirn. »Sie schauen herein?«

»Nein, sie bauen anscheinend nur Ausrüstung auf. Ein Mikrofon – eine Art Satellitenschüssel.«

Gabriela drehte sich um und blickte sich geistesabwesend im Raum um.

»Also gut.«

Daniel sah sie fragend an.

»Sag mir Bescheid, wenn sie fertig sind.«

Sie ging nervös vor dem Fenster auf und ab.

Nur eine Minute später sagte Daniel: »Okay, sie richten ein großes, phallisches Objektiv in unsere Richtung.«

Sie trat nahe an ihn und flüsterte: »Lass uns über Charles und den Fall reden, aber sag nichts über Joseph.«

Er nickte.

Fünf Minuten lang führten sie eine improvisierte, aber glaubwürdige Unterhaltung über Charles Prescotts angebliche Verbrechen und Gabrielas verzweifelte Situation. Irgendwann liefen ihr jedoch echte Tränen über die Wangen, und sie musste innehalten, um sich zu sammeln.

Dann stellte sie sich direkt vor das Fenster und sagte: »Komm her.«

»Was …?«, fragte Daniel.

»Komm her«, wiederholte sie mit Nachdruck.

Daniel runzelte verwundert die Stirn wegen ihres Tonfalls und tat wie befohlen. Während eine kühle, herbstliche Brise ins Zimmer wehte, nahm sie ihn in die Arme und küsste ihn auf den Mund. Zögerlich zuerst, dann kräftiger.

»Erwidere den Kuss«, flüsterte sie.

Er war überrascht, gehorchte jedoch mit einiger Leidenschaft. Sein Griff an ihren Schultern schmerzte beinahe. Sie konnte sein echtes Verlangen fühlen und nahm bei sich selbst ein Aufflackern von Lust wahr.

Dann aber flüsterte sie ihm zu: »Geh jetzt einen Schritt zurück und mustere mich, als würde dir gefallen, was du siehst.« Sie zog ihren weinroten Pullover aus.

»Das muss ich nicht spielen«, formte er mit den Lippen.

Sie ging in ihrem hellblauen BH und der engen Stretchhose ans Fenster, zögerte einen Moment und zog den Vorhang zu. Dann schlüpfte sie wieder in den Pullover.

»Zu schade«, flüsterte er.

Sie legte den Zeigefinger an die Lippen, griff zur Fernbedienung des Fernsehgeräts und suchte – bei abgestelltem Ton – in ihrem Bezahlsender, bis sie einen Film für Erwachsene fand. Zwei Klicks, und der miese Film lief los. Es ging gleich zur Sache, ein junges Paar trieb es an einem Swimmingpool auf einer Liege, die einiges auszuhalten hatte. Sie drehte die Lautstärke auf.

Uh, ah, uh …

Gabriela wies mit einem Kopfnicken zur Tür und angelte ihre Lederjacke von dem Haken in der Diele. Ihr Gesicht verdüsterte sich jedoch, als ihr Blick auf ein Kleidungsstück am Haken daneben fiel: ein Kinderparka mit Kunstfell.

Weitere Tränen flossen.

Daniel legte ihr den Arm um die Schulter und drückte sie aufmunternd. Gabriela setzte eine Sonnenbrille auf. Er tat es ihr gleich, dann traten sie in den Flur hinaus, wo es nach Teppichreiniger roch. Einige Minuten später schlüpften sie aus dem Liefereingang auf der Rückseite des Gebäudes und strebten erneut dem Central Park zu, diesmal unbeobachtet.

Kapitel 11

Samstag, 11.15 Uhr
Fünfundvierzig Minuten früher

»Ich kann es immer noch nicht glauben«, flüsterte Gabriela. »Wenn du ihn kennengelernt hättest – Charles, meine ich –, du würdest es für ausgeschlossen halten, was diese Männer sagen.«

Daniel und sie setzten schweigend ihren Weg in die schattige Upper West Side hinein fort. Sie waren beinahe bei ihrer Wohnung angelangt. Dort, so hatte sie erklärt, würde sie Elena und Charles' Anwalt anrufen und schauen, ob sie herausbekam, was eigentlich passiert war.

»Er war der netteste Mensch der Welt«, erzählte sie. »Als ich geschieden wurde, sagte er, wenn ich etwas bräuchte, müsse ich ihm nur Bescheid geben. Er hat mir einen Scheidungsanwalt besorgt, einen der besten der Stadt. Er hat mir zehntausend für Unkosten geliehen. Nur dass es gar kein Darlehen war. Als ich es ihm zurückzahlen wollte, hat er keinen Cent genommen.« Sie holte ein Papiertaschentuch hervor und presste es sich auf die Augen.

Sie bogen in eine schluchtartige Querstraße ein, um nach Westen zu gehen. Einen Moment später standen sie vor ihrem Gebäude, einem fünfstöckigen Ziegelbau nur wenige Straßen vom Central Park entfernt, zwischen der Columbus Avenue und der Amsterdam Avenue.

Als sie in die Eingangshalle kamen, stand ein Mann bei den Aufzügen und musterte sie von Kopf bis Fuß. »Gabriela McKenzie?«

»Verdammt, noch ein Polizist?«, flüsterte sie Daniel zu.

Dann fiel ihr Blick auf eine Einkaufstasche aus Papier, die er in der Hand hatte.

»Was gibt es?«, fragte sie leise.

»Sie sind doch Gabriela, oder?« Der Mann war eins neunzig groß. Kräftig gebaut, aber nicht fett. Kompakt wie ein Sack Düngemittel. Sein Haar war ein Schopf blonder Ringellöckchen.

»Ja. Verzeihung, wer sind Sie?«

Ein ausgelassen fröhliches Lachen. »Hallo, wie geht's? Wundervoller Morgen, nicht wahr? Fantastisch. Für später sind Wolken und sinkende Temperaturen vorhergesagt, aber genießen wir doch, wie es jetzt ist, nicht?«

Er kam auf sie zu, für einen Mann seiner Größe bewegte er sich geschmeidig. Ein leichtes Grinsen. »Ich bin Joseph.« Er streckte die Hand nicht aus. »Zermartern Sie sich nicht den Kopf. Wir sind uns noch nie begegnet.« Ein Nicken in Richtung Daniel, der in die dunklen Augen des Mannes blickte. Unter dem nicht zugeknöpften schwarzen Mantel trug er einen locker sitzenden braunen Anzug und ein Business-Hemd mit zwei Falten über dem Bauch. Seine Zähne hatten eine leichte Rosafärbung.

»Und Sie …?« Sie ließ die Frage unvollendet und fragte stattdessen: »Woher kennen Sie mich?«

»Oh, ich kenne Sie nicht. Nicht persönlich, meine ich. Leider, muss ich sagen. Na, nicht zum Plaudern aufgelegt heute? Keine Sorge. Ich habe etwas, das Sie interessieren wird.«

»Wovon reden Sie? Lassen Sie uns in Ruhe.«

»Langsam. Sind Sie nicht neugierig, was genau Sie interessieren wird?«

»Nein.«

»Aber hallo. Ich wette, doch. Fünf Dollar. Nehmen Sie die Wette an?«

»Hey, hauen Sie ab, Mister«, sagte Daniel und trat einen Schritt vor.

Joseph hob die Hand, als wollte er einen Schlag abwehren. Er grinste und krümmte sich spielerisch. »Schauen Sie doch nur mal. Bitte, bitte.«

Gabrielas Blick ging rasch zu Daniel, als Joseph in die Einkaufstüte griff und eine Windjacke hervorholte, schwarz und blau wie das Wasser des New Yorker Hafens in der Abenddämmerung. Es war eine Kindergröße. Außerdem zeigte er ihr eine Plastikpuppe, so ähnlich wie Barbie. Aber das Kleid der Puppe fehlte, die beige Plastikhaut leuchtete im Sonnenlicht.

Gabriela schrie.

Joseph legte die Stirn in Falten. »Die Ohren. Die Ohren!« Er klopfte leicht an die seinen. »Das war sehr laut.«

»Woher haben Sie die Sachen?«, tobte Gabriela. »Das ist Sarahs Jacke! Und ihre Puppe!« Sie trat einen Schritt zurück und griff nach ihrem Handy.

»Ach, was das Telefon angeht«, sagte Joseph. »Überlegen Sie doch mal, warum ich möglicherweise nicht will, dass Sie irgendwelche Anrufe machen. Oder überfordert Sie das? Ich wette, nein.«

»Was zum Teufel ist hier los?«, bellte Daniel.

Joseph schwenkte den erhobenen Zeigefinger vor ihm hin und her, sagte aber nichts.

»Woher haben Sie die Sachen?«, wiederholte Gabriela mit belegter Stimme. »Wo ist sie? Wer sind Sie?«

»So viele Fragen, so viele Fragen … Lassen Sie uns eine nach der anderen behandeln. Die Jacke habe ich von Ms. Sarah. Darauf hätten Sie auch von allein kommen können. Und *wo* könnte sie sein? Was denken Sie? Bei Freunden von mir. Was Frage Nummer drei angeht, die stelle ich fürs Erste noch hintenan.«

Gabriela sprang vor und packte ihn am Revers des Mantels. Überrascht von der Attacke taumelte Joseph rückwärts, ein zorniges Stirnrunzeln trat an die Stelle des höhnischen Grinsens. Daniel hielt sie zurück.

Dann kehrte die schmierige Fröhlichkeit in Josephs Gesicht zurück. »Nur die Ruhe! Der kleinen Sarah geht es gut.«

Daniel bewegte sich noch etwas näher. Joseph schlug seinen Mantel zurück und ließ den Griff einer Pistole sehen. »Noch etwas zum Herzeigen. Also immer langsam, Cowboy.«

Daniel riss die Augen auf und wich zurück.

Gabriela stieß einen erschrockenen Schrei aus, als sie die Waffe sah.

Joseph musterte Daniel von Kopf bis Fuß. »Und wer genau bist *du*, Cowboy?«

»Ich bin ein Freund.«

»Ein Freund. Okay. Lass mich deine Brieftasche sehen.«

Daniel zögerte, dann griff er in seine Jackentasche und überreichte dem Mann ein Bündel Scheine. Hunderter und Fünfziger, wahrscheinlich an die tausend Dollar.

»Das bewahrt man *in* einer Brieftasche auf. Aber es ist keine Brieftasche.«

»Nehmen Sie es.«

»Ich will es nicht. Ich will Ihre Brieftasche.«

»Wo ist Sarah?«, schrie Gabriela. »Was haben Sie mit ihr getan?«

Joseph schlug wieder leicht an sein Ohr. »Wir sollten hier nicht allzu viel Aufmerksamkeit auf uns ziehen. Das hier« – er klopfte auf die Pistole – »ist sogar noch lauter als Ihre Hysterie. Also, Cowboy, die Brieftasche.«

Daniel händigte ihm die weiche Lederbörse aus.

»Nein, nein …« Gabriela weinte jetzt.

Während Joseph die Brieftasche durchblätterte, schien er sich verschiedene Fakten einzuprägen. Er zog eine der Visitenkarte heraus und studierte sie. »The Norwalk Fund. Klingt lukrativ.« Er gab alles zurück. »Hier, Cowboy Dan, wohnhaft in der Franklin Street 85. Hübsche Gegend. Das ist alles, was ich für den Augenblick will. Aber sollte ich jemals ein Darlehen brauchen, bin ich froh zu wissen, dass Sie sich soooo bereitwillig von Ihrem Baren trennen.« Er wandte sich an Gabriela. »Nun zu Ms. Sarah. Der Grund, warum sie gerade meine Freunde besucht, ist Ihr Boss. Was Sie sich vielleicht schon gedacht haben. Charles Prescott und sein Verschwinden. Das mir gewaltige Sorgen macht. Ich denke, die Polizei hat Sie davon unterrichtet?«

»Ja, aber was hat …«

Ein Finger an seine Lippen brachte sie zum Schweigen. »Ein Ja genügt vollkommen. Sagen Sie nicht mehr, wenn ich Sie nicht dazu auffordere. Okay?«

Sie nickte. Ihre Fäuste waren geballt.

»Also. Falls die vorzügliche Gendarmerie der Stadt New York Sie wieder anruft, reden Sie nicht mit ihnen. Wenn Ihr Telefon läutet und Sie erkennen den Anrufer nicht, nehmen Sie das Gespräch nicht an. Wenn sie eine Nachricht hinterlassen, rufen Sie nicht zurück. Wenn man Sie auf der Straße anhält und etwas fragt, ob es nach der Uhrzeit ist, wo Sie Ihre Donuts kaufen oder welche Unterhosen Ihr Boss bevorzugt – antworten Sie, Sie reden nur in Beisein Ihres Anwalts. Wenn ich herausfinde, dass Sie mit der Polizei gesprochen haben, werde ich nicht glücklich sein. Und das bedeutet, Ms. Sarah wird ebenfalls nicht glücklich sein.«

»Lassen Sie das! Hören Sie mit diesen verdammten Spielchen auf!« Gabriela schluckte und sah auf die Windjacke und die Puppe. »Woher weiß ich, dass Sie Sarah haben? Vielleicht haben Sie die Sachen ja gestohlen.«

Joseph rollte die blaue Windjacke sorgfältig zusammen, schob sie in die Tasche und legte die Puppe obenauf. »Folgendes ist passiert. Ihr Exmann Timothy hat Ihre Tochter heute Morgen zum Ballettunterricht gebracht. Nicht lange danach ist ein Mitarbeiter von mir, der wie Tims Vater aussieht, in die Tanzschule gekommen und hat sie abgeholt. Sein Name und sein Bild sind dort auf der Liste der Personen registriert, die sie holen dürfen.«

»Woher wussten Sie das?«, flüsterte Gabriela schockiert.

Joseph hatte anscheinend keine Lust zu antworten. »Er sagte, Ihre Pläne hätten sich geändert und er solle Sarah zu Freunden bringen. Sie müssten überraschend verreisen. Unser Grandpa-Double hat sie bei besagten Freunden abgeliefert, das heißt bei *mir*. So ist es gelaufen. Und zwar ziemlich reibungslos, würde ich sagen.«

»Nein! Sie würde nicht mit einem Fremden gehen!«, schrie Gabriela.

»Das letzte Mal hat sie ihren Großvater vor zwei Jahren gesehen. Ts, ts – mit diesen ganzen sozialen Netzen sind die Leute heutzutage ja so nachlässig geworden.«

Sie wischte sich mit den Fingerspitzen über die Augen. »Ich habe nicht viel Geld«, flüsterte sie. »Aber ich gebe Ihnen, was Sie wollen. Ich borge es mir. Ich …«

Joseph musterte Daniel wieder mit seinem amüsierten Blick. »Sie wirken hier ein bisschen angespannt, Cowboy. Es juckt Sie, ich sehe es Ihnen an. Als überlegten Sie, den Helden zu spielen. Wollen Sie einen Kugelschreiber nehmen und mir ins Auge stoßen? Also, zunächst einmal würde ich Sie töten, bevor Sie sich auch nur dreißig Zentimeter in meine Richtung bewegt haben.

Aber selbst wenn Sie es schaffen sollten, mir einen Schlagstock überzuziehen, oder wenn Sie irgendwo eine Panzerfaust am Leib tragen und mich auslöschen würden – was, denken Sie, würde aus unserer Sarah werden? Seien Sie ein bisschen klüger, okay?«

»Die Polizei wird Sie kriegen«, sagte Daniel. »Das FBI. Kidnapping wird von der Bundespolizei verfolgt.«

Joseph seufzte. »Also ehrlich …« Er wandte sich wieder Gabriela zu. Seine Stimme klang jetzt vernünftiger. »Hören Sie, es geht ihr gut. Sie sieht fern. Sie hat ein paar Spielsachen. Sie denkt, sie ist bei Freunden von Ihnen, die sie nicht kennt. Sie glaubt, Sie hätten für ein, zwei Tage verreisen müssen.«

»Wenn Sie ihr etwas zuleide tun …«

»Achtung, Filmdialog … Lassen Sie uns damit keine Zeit verschwenden, okay?«

»Ich will mit ihr reden. Ich will sie sehen.«

»Gleich.«

»Bitte.«

»Gleich.« Joseph sah sich um. Es gab keine Beobachter. »Jetzt hören Sie mir genau zu. Hören Sie zu?«

»Ja, aber …«

»Psst. Ich will nichts weiter, als dass Sie zuhören.«

»Gut.« Sie senkte den Blick.

»Haben Sie heute schon von Charles Prescott gehört?«

»Nein, ich schwöre es. Ich bin gestern früher von der Arbeit gegangen. Ich würde es Ihnen sagen, wenn ich von ihm gehört hätte. Bitte … Was wollen Sie?«

Joseph nickte. Wieder blickte er die Straße in beide Richtungen entlang. Einige Passanten, aber niemand achtete auf die Gruppe. »Es gibt eine Liste. Mit detaillierten Informationen über einige Klienten von Charles. Zweiunddreißig Klienten, um genau zu sein.«

»Zweiunddreißig?«, fragte sie und sah rasch zu Daniel.

»Richtig. Er hat sie die Oktoberliste genannt. Es handelt sich um *spezielle* Klienten, für die er, sagen wir, mehr auf privater Basis gearbeitet hat.«

»Davon habe ich nie gehört.«

»Was nun wirklich nicht mein Problem ist, oder? Jedenfalls bin ich einer dieser Klienten. Und wir waren an einem wichtigen Projekt beteiligt – das dank des unerwarteten Verschwinden Ihres Bosses zum Entgleisen gebracht wurde. Ich mag es nicht, wenn die Dinge entgleisen, und jetzt muss ich mit den anderen Kontakt aufnehmen. Ohne Prescott sind wir ein steuerloses Schiff. Deshalb brauche ich die Liste. Und Sie werden sie mir besorgen.«

»Aber wie kann ich Ihnen etwas besorgen, von dem ich noch nie gehört habe?«

»Sie kennen Charles besser als die meisten Leute. Selbst wenn Sie die Wahrheit sagen – und dessen bin ich mir nebenbei bemerkt nicht ganz sicher –, können Sie sich besser als irgendwer vorstellen, wo sie möglicherweise ist.«

»Aber wenn die Liste so wichtig war, wird er sie nicht selbst aufbewahrt haben«, sagte Daniel. »Er wird sie sicher bei jemandem deponiert haben. Bei seinem Anwalt, bei …«

»Sein Anwalt hat sie nicht. Ich habe es überprüft.«

»Sie haben mit Mr. Grosberg gesprochen?«, fragte Gabriela.

Joseph zögerte, und seine wulstigen Lippen verzogen sich zu einer Art Lächeln. »Ich habe ihn getroffen. Wir haben uns … unterhalten. Ich bin überzeugt, er hat die Liste nicht.«

»Getroffen? Unterhalten? Das meinen Sie doch nicht wirklich. Was haben Sie mit ihm gemacht?«

»Nur die Ruhe. In ein, zwei Monaten ist er wieder auf dem Damm.«

»Er ist siebzig Jahre alt! Was haben Sie getan?«

»Gabriela, ziehen wir hier noch an einem Strang? Sie sollen nicht ausrasten. Sie sollen sich um Sarahs willen konzentrieren. Also, mir hat ein Vögelchen von der Liste gezwitschert – ein Vögelchen, das, nebenbei bemerkt, nicht mehr unter uns weilt.«

»Was?«

Joseph rümpfte die Nase über ihren schockierten Gesichtsausdruck. »Dieses Vögelchen also hat mir gezwitschert, dass Prescott in seiner Paranoia die Liste nirgendwo in einem Computer gespeichert hat. Er sagte, wenn sogar der Mossad nicht vor Hackern sicher ist, dann ist er es auch nicht. Deshalb gab es nur Ausdrucke. Und einen davon hat er in New York aufbewahrt. Sie ist hier irgendwo. Die müssen Sie finden.«

»Wie soll ich das anstellen?«

Joseph streckte einen Finger in die Höhe. »Vielleicht wissen Sie mehr, als Ihnen bewusst ist.«

»Nein. Vielleicht haben andere Angestellte davon gehört, aber …«

»Elena Rodriguez, seine Quoten-Latina? Eine gelegentliche Aushilfe? Der Buchhalter? Nein, Sie waren die Einzige, die so eng mit Mr. Charles Prescott zusammengearbeitet hat. Das hat er mir selbst erzählt. Er sagte, es gibt keine wie Gabriela. Deshalb können Sie mir helfen oder keine. Sie müssen die Oktoberliste für mich finden.«

Er sah Gabriela forschend mit seinen unheimlichen Augen an. »Und ich will noch etwas. Die Aufnahmegebühr, die ich Charles bezahlt habe. Ich will sie wiederhaben. Vierhunderttausend Dollar.«

»Gebühr?«, fragte Gabriela. »Es gibt keine im Voraus zu zahlende Gebühr bei Prescott. Wir bekommen einen jährlichen

Prozentsatz des Portfolios …« Doch dann nickte sie und fuhr mit angewidertem Gesicht fort: »Aber ich verstehe. Hier geht es um die *speziellen* Klienten, von denen Sie gesprochen haben. Um diese zweiunddreißig.«

»Genau!«

»Aber wenn sie geheim sind, woher soll ich wissen, wo irgendwelches Geld für … Sie und Ihresgleichen ist?«

»Autsch, das hat gesessen.« Joseph tat, als würde er schmollen.

»Hören Sie, Joe«, sagte Daniel. »Seien Sie realistisch. Wenn sich ihr Boss aus dem Staub gemacht hat, wird er das Geld mitgenommen haben.«

»›Joe?‹« Der Mann blickte sich demonstrativ um.

»Joseph.«

»Ach so, Sie meinen mich.« Er lächelte. »Charles ist ziemlich eilig aufgebrochen. Meinen Quellen zufolge hat er das Weite gesucht, sobald er hörte, dass es einen Haftbefehl gab, und kam nicht mehr an alles Geld heran. Vielleicht hat die Polizei etwas davon gefunden. Aber ich wette, es gibt noch viel mehr. Und ich hoffe um Ihretwillen – um Ms. Sarahs willen –, dass Sie den Jackpot knacken können. So, Gabriela, und jetzt wollen wir noch ein paar Grundregeln festlegen. Erstens, keine Polizei. Und absolutes Stillschweigen gegenüber allen anderen: Ihrem Exmann, Ihrer besten Freundin, Ihrem Friseur. Allen.«

»Sie sind verabscheuungswürdig!«

Joseph wandte sich an Daniel, der aussah, als überlegte er, den Mann zu schlagen. »Tut mir leid, dass Sie in diese Geschichte gestolpert sind. Aber Sie haben schon verstanden, oder? Sie sehen nicht dumm aus. Sie halten ebenfalls den Mund. Einverstanden?«

»Ja.«

Joseph lachte. »Wenn Blicke töten könnten …« Dann fuhr er an Gabriela gewandt fort: »So, es ist beinahe Mittag. Ich werde die Liste bis zum Geschäftsbeginn am Montag brauchen, deshalb gebe ich Ihnen – *großzügigerweise* – bis morgen, 18 Uhr, Zeit, sie zu finden. Was aber das Geld angeht – das ist eine andere Geschichte. Für den Fall, dass alles schiefgeht und die Polizei bei mir anklopft, werde ich das Geld in meinen zarten Händen halten müssen, damit ich das sinkende Schiff verlassen kann. Und deshalb will ich es bis heute Abend um sechs haben.«

»*Heute Abend*? Unmöglich«, stieß Gabriela atemlos hervor. »Vierhunderttausend Dollar?«

»Um Sarahs willen, finden Sie besser einen Weg, es extrem möglich zu machen.«

»Ich tue gar nichts, ehe Sie mich nicht mit meiner Tochter sprechen lassen«, sagte Gabriela entschlossen.

»Sie können nicht mit ihr sprechen.« Joseph griff nach seinem Handy und ließ ein Video laufen. »Aber …«

Daniel und Gabriela sahen das süße blonde Mädchen vor einem Fernsehgerät sitzen und Zeichentrickfilme schauen. Die schemenhaften Gestalten von zwei Erwachsenen im Hintergrund schien es nicht wahrzunehmen.

»Wie konnten Sie das tun?«, tobte Gabriela wieder.

Joseph seufzte sichtlich gelangweilt und steckte das Telefon weg. »Zeit für die Quizshow: Wie lautet die wichtigste Regel?«

»Keine Polizei.« Die Worte klangen, als wären sie unter Wasser gesprochen worden.

»Hurra, hundert Punkte.« Er ließ die Puppe und das Sweatshirt in die Papiertüte fallen. »Ach ja, übrigens: Man wird Sie beobachten. Jede einzelne Minute. Glauben Sie mir das? Sie brauchen nicht zu antworten. Bis später.« Dann war er fort.

Kapitel 10

Samstag, 10.30 Uhr
Fünfundvierzig Minuten früher

WWW

Licht fiel auf das Quartett im Central Park. Grelles, schmerzhaftes Licht.

Naresh Surani steckte seine NYPD-Dienstmarke weg, streifte Daniel Reardon mit einem kurzen Blick und wandte sich an Gabriela. »Haben Sie heute schon von Charles Prescott gehört?« Selbst die strahlende Sonne konnte die graue Haut des Detectives nicht wärmen.

»Von meinem Boss? Nein. Mein Gott, ist alles in Ordnung mit ihm?« Ihr Blick ging zu Daniel. Der andere Detective, Brad Kepler, hatte ihn ebenfalls zur Kenntnis genommen, ignorierte ihn aber so geflissentlich wie sein Partner.

»Wann haben Sie ihn zuletzt gesehen?«, fragte der braun gebrannte Kepler.

»Gestern, in der Arbeit. Am Vormittag. Dann bin ich zu einer Besprechung gegangen und war den ganzen restlichen Tag fort. Hat es einen Unfall gegeben? Bitte, Sie müssen es mir sagen.«

Sie betrachteten sie mit einem misstrauischen Ausdruck. »Mr. Prescott ist verschwunden«, sagte Surani. »Mit einem großen Teil des Geldes seiner Klienten, wie es aussieht.«

Gabriela lachte kurz auf. »Nein, ausgeschlossen. Sie verwechseln ihn mit jemandem.«

»Ich fürchte, nein. Detective Surani und ich sind von der Abteilung für Wirtschaftskriminalität. Wir ermitteln seit zwei Monaten gegen Mr. Prescott.«

»Das muss ein anderer Charles Prescott sein.«

Surani, der offenbar hauptsächlich das Reden übernommen hatte, fuhr fort: »Die Börsenaufsicht und das FBI haben den Geldfluss von und zu verdächtigen Aktiendepots hier und im Ausland untersucht. Einige dieser Depots wurden offenbar von Mr. Prescott für verschiedene Klienten eingerichtet. Es gab Verbindungen nach New York, und so wurden wir hinzugezogen. Das Ganze läuft seit Monaten.«

»Das kann nicht sein!«

»Wir wollten heute Morgen eine Razzia in seinem Büro durchführen und ihn selbst bei sich zu Hause verhaften, aber er muss Wind von der Ermittlung gegen ihn bekommen haben und ist gestern am späten Abend geflohen. Im Augenblick durchsuchen Teams das Büro und seine Privathäuser. Er ist verschwunden, nachdem er ein halbes Dutzend Konten in den Vereinigten Staaten leer geräumt und das Geld auf nicht aufspürbare Konten im Ausland transferiert hat.«

Gabriela blickte nach unten. Sie standen über einem Kanaldeckel im Gehsteig. Er war nicht in New York gefertigt worden, nicht einmal in Amerika. »Er hatte vor, gestern Abend lange im Büro zu sein. Ich selbst war, wie gesagt, den größten Teil des Tags unterwegs. Wir haben uns für etwa eine Stunde am Vormittag gesehen und kaum ein Dutzend Worte gewechselt. Ich habe angenommen, dass er noch länger im Büro geblieben und dann nach Hause gefahren ist.«

»Er ist nicht nach Hause gefahren. Wir hatten das Haus unter Beobachtung.«

»O mein Gott.«

»Sind Sie ein Freund von Ms. McKenzie?«, wollte Kepler von Daniel wissen.

»Richtig.«

»Und kennen Sie Charles Prescott?«

»Nein«, sagte Gabriela. »Er kennt ihn nicht.«

»Gabriela und ich haben uns erst gestern Abend kennengelernt«, erklärte Daniel.

Sie verloren das Interesse an ihm, als hielten sie ihn für jemanden, den sie für eine Nacht und das Frühstück am nächsten Morgen aufgegabelt hatte. Daniel schien es nicht zu interessieren, welchen Eindruck sie von ihm hatten.

»Das alles muss einfach ein Irrtum sein«, fuhr Gabriela fort. »Zunächst einmal würde Charles niemals etwas Illegales tun. Das ist unvorstellbar.« Ihre Stimme bebte. Sie räusperte sich. »Er ist überraschend verreist, es handelt sich sicherlich um einen Notfall. Einer seiner Klienten hat ein Problem. So ist Charles. Er ist mehr als ein Investmentberater. Er ist ein Freund ...«

»Ein Problem, ja. Eine Anklage nämlich«, sagte Kepler. »Wirklich, Ms. McKenzie, es liegt kein Irrtum vor.« Er war teilnahmslos, aber man hörte auch eine Spur Gereiztheit aus seiner Stimme.

»Ich bin die Büroleiterin«, entfuhr es ihr. »Wie sollte er so etwas ohne mein Wissen tun? Wie sollte das gehen?«

Daniel machte eine nervöse Bewegung, als wollte er ihr zu verstehen geben, es sei vielleicht nicht sehr klug, eine Komplizenschaft ihrerseits nahezulegen. Sie verstummte. Surani blinzelte durch seine nicht allzu wirkungsvolle Sonnenbrille und sagte: »Wir haben keine Hinweise darauf, dass Sie an der Sache beteiligt waren.«

Sein Tonfall fügte jedoch das Wort »bisher« am Ende des Satzes ein.

»Um welchen Klienten geht es eigentlich?«, fragte Gabriela.

»Wir haben noch keine Namen. Eine beträchtliche Anzahl stammt laut FBI aus dem Mittleren Osten, aus Südamerika und aus Fernost. Sie haben das Geld und die Aktienkäufe zurückverfolgt.«

Gabriela lachte, wenn auch ein wenig hysterisch. »Es ist *doch* ein Irrtum. Ich habe nie von irgendwelchen Klienten dort gehört. Und ich kenne sie alle.«

»Nun«, entgegnete Surani, »nach unseren Informationen hatte er sehr wohl Klienten dort. Zweiunddreißig Stück, wie es aussieht. Und er hat Geld in diese Depots verschoben, höchstwahrscheinlich um es zu waschen, aber das wissen wir nicht genau.«

»Mein Gott.« Ein gequältes Flüstern. »Zweiunddreißig Klienten?«

»Das war der Stand vor zwei Tagen.«

Gabriela öffnete den Mund und schloss ihn dann langsam wieder, als hätte es ihr vollständig die Sprache verschlagen.

»Sie müssen verstehen, Ms. McKenzie«, sagte Surani, »dass Mr. Prescott uns überrascht hat. Wir wussten, dass er für das Columbus-Day-Wochenende ein One-Way-Ticket nach Zürich hatte, deshalb dachten wir, er würde bis zu diesem Zeitpunkt im Land sein.«

»One Way?«, sagte Gabriela. »Nein. Ich erledige alle seine Reisearrangements. Er hatte keinerlei Reisepläne. Und schon gar nicht ohne Rückflug.«

»Doch, hatte er«, bellte Kepler.

»Prescott muss Wind von den Ermittlungen bekommen haben und früher verduftet sein«, fuhr sein Partner fort. »Aber nicht in die Schweiz. Wir wissen nicht, wohin. Deshalb müssen wir uns die Namen und Adressen dieser zweiunddreißig Klienten besorgen.«

»Sie haben nichts im Büro gefunden?«

»Wir wissen, dass er gestern gegen 18 Uhr nach St. Maarten in der Karibik geflogen ist«, erklärte Surani. »Danach ist er verschwunden. Die Behörden dort können ihn nicht finden. Jetzt hoffen wir, dass Sie uns helfen. Wir müssen wissen, wo er geblieben ist.«

»Erzählen Sie uns, was Sie wissen«, sagte Kepler mit Nachdruck und kniff die dunklen Augen zusammen.

»Ich weiß nichts!«

»Doch, wahrscheinlich wissen Sie etwas, Gabriela«, sagte Kepler in boshaftem Ton. »Wussten Sie zum Beispiel, dass er ein Haus in Miami besitzt?«

»Sein Strandhaus, natürlich.«

»Sehen Sie! Sie haben sehr wohl etwas gewusst. Und doch sind Sie nicht freiwillig damit herausgerückt. Machen wir weiter. Wie sieht es mit anderen Häusern aus? Besonders interessieren uns solche im Ausland. Oder gibt es irgendwelche Freunde oder Liebschaften, bei denen er sein könnte?«

Sie sah auf die harten Schatten auf dem Gehsteig hinab.

»Ms. McKenzie?«

Sie blickte auf. »Was?«

Kepler fragte jetzt deutlicher: »Besitzt Prescott Häuser außerhalb des Landes? Besucht er im Ausland ganz bestimmte Personen?«

»Er … nein, nicht dass ich wüsste. Er fliegt natürlich viel in die Karibik. Ich meine, er hat Klienten dort.«

Der Gesichtsausdruck der Polizisten besagte: *Das wissen wir.* Einige davon natürlich unter den berüchtigten Zweiunddreißig.

»Kommen Sie, Gabriela, weiter. Sie sind so schön in Fahrt.«

»Vielleicht lassen Sie sie ein wenig vom Haken«, sagte Daniel. »Sie haben gerade eine ziemlich harte Nachricht überbracht. Und ich finde nicht, dass Sie es besonders gut gemacht haben.«

Die Polizisten ignorierten ihn. Es war Surani, der umgänglichere der beiden, der fortfuhr: »Überlegen Sie, Ms. McKenzie. Irgendwelche Bemerkungen über Reisen, die er unternommen hat? Leute, die er besuchen wollte?«

»Aha«, sagte Kepler. »Sieht aus, als wäre Ihnen etwas eingefallen. Raus damit, kommen Sie.«

Daniel funkelte ihn böse an, aber die Beamten hielten den Blick weiter auf Gabrielas Gesicht gerichtet.

»Sie haben eben St. Maarten erwähnt«, sagte sie. »Wenn er dort unten war, ist er manchmal nach St. Thomas weitergeflogen. Ich weiß nicht, wen er dort getroffen hat – vielleicht einen dieser zweiunddreißig besonderen Klienten, von denen Sie gesprochen haben. Alles, was ich weiß, ist, dass dieser Mann Europäer ist und neun Monate im Jahr auf St. Thomas lebt. Und er hatte eine große Jacht, eine riesengroße. Ich glaube, im Namen des Boots kommt ›Island‹ oder ›Islands‹ vor.«

Die Polizisten sahen einander an, als würden sie diese Brosamen mächtig interessieren.

»Okay, wir gehen dem nach«, sagte Surani.

Kepler nickte. »Gut gemacht, Gabriela. Ich wusste, Sie haben es drauf.«

Daniel sah aus, als würde er dem Detective am liebsten das höhnische Grinsen aus dem Gesicht prügeln.

»Haben Sie mit Elena Rodriguez gesprochen«, wandte sich Gabriela an Surani, »Charles' zweiter Assistentin?«

»Ja, vor einer Stunde«, antwortete Kepler. »Sie war keine Spur hilfreicher als Sie.«

Surani gab ihr seine Karte. »Wenn Ihnen noch etwas einfällt, rufen Sie uns an.«

Sie nahm sie, aber dann ließ sie die Hand plötzlich sinken, und auf ihr Gesicht trat neue Bestürzung. Sie sah die beiden

Polizisten an. »Aber, mein Gott, jetzt wird mir erst klar … Ich meine, was ist mit meinem Job? Womit soll ich jetzt Geld verdienen? Und was ist mit meinem Gehalt … und meinen Pensionsansprüchen?«

Surani sah Kepler an, der endlich so etwas wie eine Fassade von Mitgefühl zeigte. »Tut mir leid, Ihnen das sagen zu müssen, aber Prescott hat gestern Abend *sämtliche* Firmenkonten leer geräumt. Auch das für Gehälter und Pensionen. Er hat an die fünfundzwanzig Millionen zu einer Bank auf den Caymans transferiert und ist dann verschwunden. Es ist nichts übrig, nicht ein Cent.«

Kapitel 9

Samstag, 10.00 Uhr
Dreißig Minuten früher

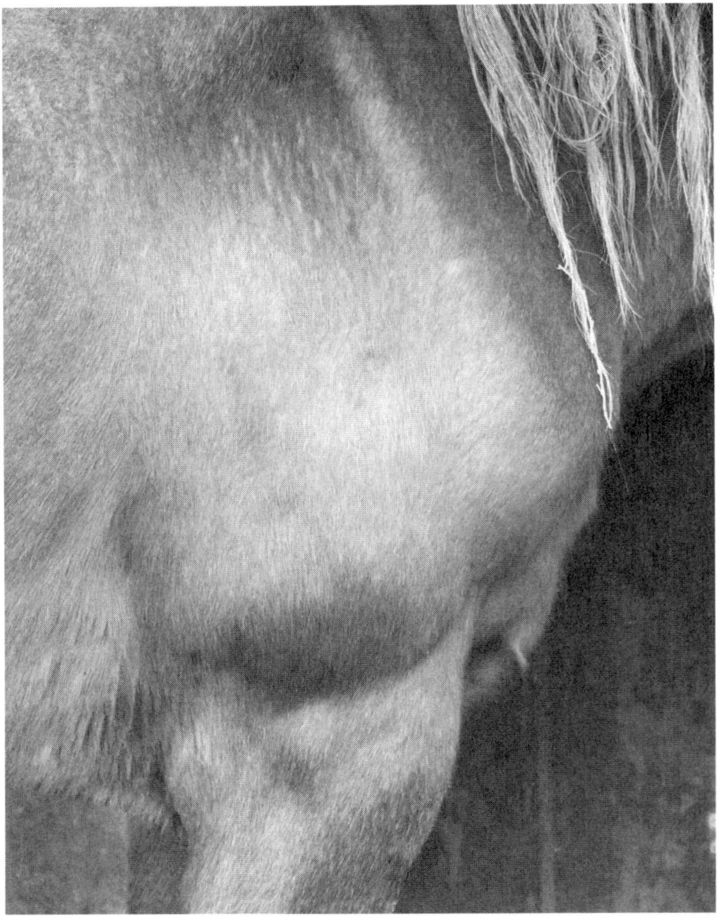

Die beiden gingen an der Sheep Meadow im Central Park vorbei und unter den Bögen der Bäume hindurch, die von ungefiltertem Sonnenlicht beschienen wurden. Die Blätter hingen noch an den Zweigen, und die Strukturen aus Blattgewebe und Adern waren so unruhig und bunt wie ein Gemälde von Jackson Pollock. Ständig änderten sich Licht und Schatten, der Wind blies unablässig.

Gabriela hatte ihre Handtasche umhängen und trug die Tiffany-Tasche, die ihr Daniel mitgebracht hatte, in einer Hand und eine Papiertüte mit einem Walnuss-Cream-Cheese-Bagel für ihre Tochter in der anderen.

»Gehen wir hier entlang«, sagte sie und nickte. Bald waren sie am Reservoir und hielten sich weit abseits von dem Rundweg mit seinen vielen fanatischen Läufern. Ein olympiareifer Geher überholte mit seinem Kamelgang viele der Jogger.

Die Unterhaltung drehte sich inzwischen – typisch für einen Morgen nach einem Kennenlernen – um handfeste Dinge, und Daniel erkundigte sich nach ihrem Werdegang bei Prescott Investments. »Ich liebe meine Arbeit«, erklärte sie mit Leidenschaft. »Ich hatte immer gute Noten, hab das Studium mit Auszeichnung abgeschlossen und alles, aber ich wollte nichts Praktisches arbeiten. Mir war Kreativität wichtig: Schreiben, Zeichnen, Design, Fotografie hauptsächlich. Ein Headhunter hat mich zu Charles Prescott geschickt. Er brauchte eine freiberufliche Fotografin für eine Broschüre.«

Gabriela lächelte. »Er hat mich nach Photoshop und anderer Software gefragt, und mitten im Gespräch sagte er: ›Vergessen Sie's.‹ Mir war, als müsste ich zu heulen anfangen, ich brauchte den Job wirklich. Aber er lachte und sagte: ›Ich habe Ihr Portfolio gesehen. Die Fotos sind großartig. Sie sind eine Künstlerin. Aber ich merke im Gespräch mit Ihnen, dass Ihre wahren Talente Analyse und Organisation sind. Das Geschäftliche.‹

Natürlich dachte ich, er wolle mich nur abwimmeln, aber dann hat er mir auf der Stelle den Job angeboten: Büroleiterin. Vollzeit, mit Sozialleistungen und allem. Erst war ich gekränkt. Ich war mir doch *sicher*, dass aus mir eine berühmte Künstlerin werden würde. Aber dann musste ich einräumen, dass ich es vielleicht gar nicht werden wollte.«

Gabriela sah Daniel an und lächelte. »Und, stellst du jetzt lieber keine Fragen mehr, weil du eine Informationsflut wie von einer Suchmaschine bekommst? Wirst du die Flucht ergreifen?«

»Noch nicht. Bisher ist das Ganze noch nicht die Katastrophe, als die sich die letzte Nacht herausgestellt hat.« Er legte den Kopf auf diese bezaubernde Weise schief und fügte mit genau dem richtigen Maß an Ernst hinzu: »Aber du hast deine Fotografie nicht aufgegeben.«

»Nein. Es war komisch; tatsächlich wurde ich sogar *produktiver*. Vollzeit zu arbeiten war befreiend. Ich musste mir keine Sorgen machen, ob ich mit den Bildern, mit Design oder Schreiben meinen Lebensunterhalt würde verdienen können. Ich konnte die Bilder machen, die mich bewegten. Und wie sich zeigte, hatte Charles recht gehabt. Ich besaß einen Sinn für das Geschäftliche. Das Büro organisieren, Ausrüstung leasen, Besprechungen planen, Buchhaltung, alles. Die Begegnung mit Charles hat mir das Leben gerettet. Ich machte gerade die Scheidung durch, und ich brauchte ein wenig Führung,

Bestätigung. Er wurde zu meinem Mentor … Und weißt du was?«

»Er hat dich nie angemacht.«

»Nicht ein Mal. Er war immer ein Gentleman. Freundlich, lustig. Einfach ein wunderbarer Mensch. In einer Branche, wo viele Leute nicht ganz so wunderbar sind.«

»Wem sagst du das.«

Sie gingen langsam den pockennarbigen Gehsteig entlang. Ihre Schultern berührten sich mehrere Male. Jedes Mal spürte sie einen kleinen Stromschlag. »Komisch, ein- oder zweimal im Leben trifft man einen guten Menschen, und es ändert einen für alle Zeiten. Das ist Charles für mich.«

»Und ich nehme an«, sagte Daniel, »er versteht sein Geschäft. Er verdient Geld.«

»O ja. Charles ist ein Genie. Es geht uns gut.«

»Vielleicht rufe ich ihn mal an. Ich bin immer auf der Suche nach Unternehmen, mit denen ich Geschäfte machen kann. Ist eine Überlegung wert. Und kümmert er sich auch um deine Investitionen? Um deinen Pensionssparplan oder deine Rentenversicherung?«

»Er hat mich mit ein paar guten …« Sie brach ab und blinzelte, ihr Mund stand offen.

Daniel hatte eindeutig Mühe, einen unbeteiligten Gesichtsausdruck zu wahren. Dann gab er es auf und lachte.

»Verdammt«, sagte sie und lachte ebenfalls. »Er hat mir wirklich einige Investitionsstrategien vorgeschlagen. Sie machen mich nicht zur Millionärin, aber wenn Sarah so weit ist, aufs College zu gehen, wird Geld dafür da sein.«

»Steuert dein Ex etwas bei?«

Interessanter Kurswechsel, dachte sie. »Tim versucht sich selbst zu finden«, sagte sie, um einen neutralen Tonfall bemüht. »Früher habe ich immer – für mich selbst – gescherzt, er solle mal unter einem Stein nachschauen. Aber ich glaube, er tut, was er kann. Es ist nur so, wenn man Kinder hat, sind die deine Priorität. Wenn du in der Arbeit unzufrieden bist, schluck's runter, bis sie mit der Ausbildung fertig sind. Wenn du niedergeschlagen bist, sieh zu, dass du um ihretwillen damit fertigwirst. Wenn eine Ballettaufführung das Letzte auf der Welt ist, wonach dir der Sinn steht, halt den Mund und geh hin.« Gabriela schnalzte mit der Zunge. »Okay, nichts weiter von mir über meinen Ex. Jetzt erzähl mir von *deinen* … Kindern.«

Er lachte über die vielsagende Pause. »Okay, Bryce und Steven. Fünfzehn und siebzehn.« Er beschrieb zwei gut aussehende, typisch amerikanische Jungs und hob hervor, sie seien klug und würden nie etwas Schlimmeres anstellen, als ein Bier zu stibitzen oder abends mal eine Stunde länger wegzubleiben als erlaubt. »Keine Drogen, keine Raufereien.«

Daniel erklärte, er beabsichtige, sie auf gute Colleges gehen zu lassen, aber auf keine Elite-Unis. Sie sollten eine solide Ausbildung erhalten, aber an einem großen College mit Studenten aus allen Schichten.

»Finanzen? Wirtschaft?«

»Ich hätte nichts dagegen. Der Kapitalismus hat es gut mit mir gemeint. Es ist aufregend. Ich liebe es. Aber Hauptsache, sie selbst werden damit glücklich. Das ist der einzige Weg zum Erfolg. Wer weiß, vielleicht werden sie Künstler, Schriftsteller oder *Fotografen*? Und überhaupt, weiß irgendwer genau, was er werden will, bevor er dreißig ist?«

Nicht weit entfernt galoppierte ein elegantes Pferd, das von einer attraktiven Brünetten in voller Aufmachung geritten wurde, über den Reitweg.

»Hast du deine Kamera dabei?«, fragte Daniel. »Du könntest ein Foto für Sarah machen.«

»Nein, ich schleppe sie im Allgemeinen nicht mit mir herum. Abgesehen davon habe ich schon eine Menge Pferdebilder gemacht.«

Sie sahen das wunderschöne Geschöpf nach Norden, in Richtung Harlem verschwinden.

Gabriela schwieg. Daniel blickte stirnrunzelnd den Gehsteig entlang.

»Was ist?«

»Ich dachte nur gerade, jemand hätte zu uns hergesehen.« Das Licht wurde greller, und er setzte eine Ray-Ban auf.

Gabriela schaute suchend. »Ich sehe niemanden.«

»Einbildung vielleicht. Ein Mann, dachte ich. In einem dunklen Mantel.«

Sie setzten ihren Weg zu Gabrielas Wohnung fort, vorbei an Verkaufsständen mit gebrauchten Büchern, CDs und Essen. Natürlich, immer Essen.

Dann merkte Gabriela, dass sich Daniels Körpersprache veränderte. »Diese Komplikation, von der du mir im Restaurant erzählt hast«, sagte er. »Eine wie große Komplikation ist er?« Er warf wieder einen Blick zu der Stelle zurück, wo er jemanden zu sehen geglaubt hatte, der sie beobachtete.

»Frank würde mich nicht verfolgen.«

»Nein? Bist du dir sicher? Warte, ist er größer als ich?«

Sie schätzte Daniels kräftige Schultern, die Arme und Brust ab. »Wenn es zu einem Kampf kommt, würde ich sagen, du gewinnst.«

Er atmete geräuschvoll aus. »Dann bin ich ja beruhigt.«

»Im Ernst«, sagte sie. »Frank ist ein netter Kerl. Er ist zuverlässig. Er ist … süß.«

Daniel lachte heftig über das verräterische Wort.

»Da drüben wohne ich.« Sie zeigte zu einem unscheinbaren Haus in einer Querstraße, das sie sich nur dank der bizarren, aber freundlichen gesetzlichen Mietregelungen in New York City leisten konnte.

Daniel wollte etwas sagen, aber in diesem Augenblick steuerten zwei Männer in nicht sonderlich gut sitzenden Anzügen auf sie zu.

Sie kamen nicht von dort, wo Daniel ihren vermeintlichen Verfolger gesehen hatte.

Einer der Männer, Angloamerikaner und braun gebrannt, trug eine Piloten-Sonnenbrille. Der andere, der indischer Abstammung war, hatte eine dieser Brillen auf, die sich bei Sonnenschein automatisch dunkel tönten. Gabriela blinzelte, als sie auf ihre Polizeimarken und Dienstausweise hinuntersah.

»Sie sind Gabriela McKenzie?«

»Ja, ich … Ja. Wer sind Sie?«

Der Beamte mit der Pilotenbrille sagte in forschem Ton: »Ich bin Detective Kepler. Das ist Detective Surani. Könnten wir Sie kurz sprechen?«

Kapitel 8

Samstag, 9.00 Uhr
Eine Stunde früher

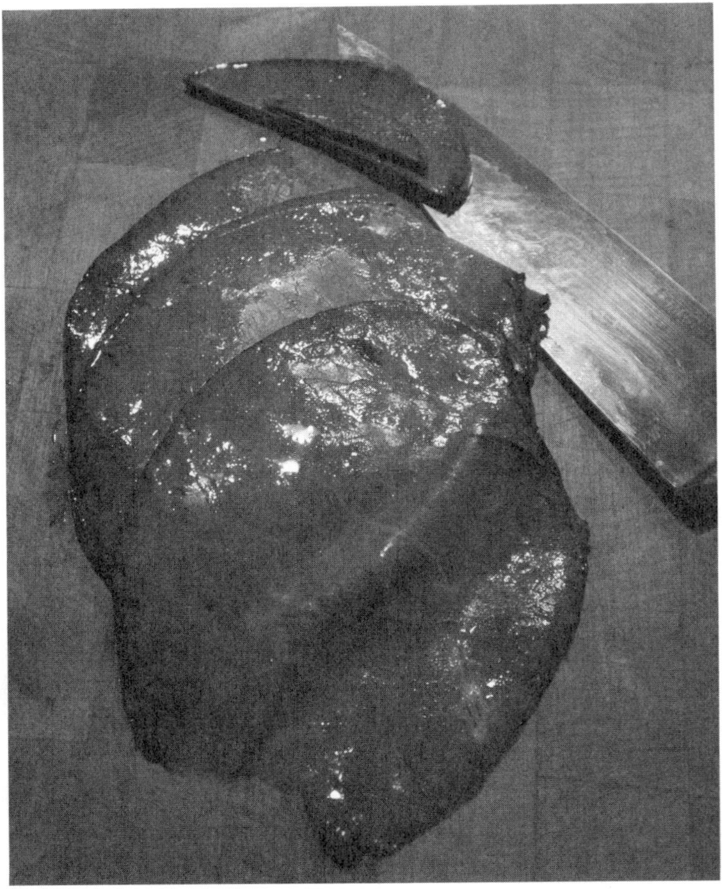

Sie saßen einander in der Fensternische von Irving's Deli auf der Upper West Side gegenüber.

Das Fenster war fleckig, das Lokal – ein Mischmasch aus Linoleum, ramponiertem Chrom und abgenutztem Holz – ein einziges Chaos. Es roch nach Knoblauch, Fisch, Bagel-Dampf, Toast und Kaffee. Nicht aufeinander abgestimmtes Parfüm und Aftershave dazu, anstelle einer Dusche aufgesprüht; wozu sich an einem Samstag zurechtmachen?

Der Tag war schön, ein strahlender Samstag im September, und die Menschen schwärmten aus. Viele Bewohner des Viertels saßen an Tischen oder standen in der Schlange, aber auch viele »Eindringlinge«, wie Gabriela sagte.

»Du meinst, aus meinem Viertel?«, rief Daniel über das ozeanische Getöse der Gäste. »Aus TriBeCa?«

»Wir überlegen, ob wir Pässe von euch verlangen sollen, wenn ihr die 14th Street überqueren wollt«, sagte sie.

»Das ist Diskriminierung«, sagte Daniel.

Sie widmeten sich wieder ihrem Essen.

Sie fand es seltsam, dass Daniel am Wochenende einen Anzug trug – grau wie gestern, aber anders geschnitten und mit einem Hemd in Rosé. Hatte er später noch eine Besprechung? Oder fühlte er sich schlicht wohler, wenn er keine Freizeitkleidung trug? Gabriela war mit einer braunen Stretchhose bekleidet, einem weinroten Pullover, Perlenkette. Knöchelhohe Stiefel. Er hatte einen Blick auf ihre Figur geworfen, als er glaubte, sie würde es nicht bemerken. Der Pullover saß eng.

Der Tisch war klein, und sie rückte die auffällige türkisfarbene Tiffany-Tasche an der Ecke zurecht. »Danke, noch mal für das hier.«

»Das Mindeste, was ich tun konnte.«

Daniel fragte, wo genau sie von dem Deli aus gesehen wohnte, das am Broadway lag, in der Nähe der 75th Street.

Gabriela verzog das Gesicht. »Etwa vier Blocks entfernt. Ich komme viel zu oft hierher. Meine Hüftringe, die habe ich Irving zu verdanken.« Sie ließ den Blick über die Theke schweifen, auf der sich alle erdenklichen Köstlichkeiten türmten. »Koscher, so viel habe ich gelernt, bedeutet nicht kalorienarm.« Sie hielt inne und runzelte die Stirn. »Ich warte.«

Daniel schlug sich mit der Handfläche an die Stirn. »Welche Hüftringe?«

»Zu wenig, zu spät.«

»Aber offensichtlich gehst du ins Fitnessstudio.«

»Okay, dafür gebe ich dir ein paar Punkte.«

Daniel setzte eine philosophische Miene auf. »Ist dir vielleicht auch schon mal aufgefallen – wenn Männer zu Frauen sagen: ›Ach, du trainierst?‹, dann ist es ein Aufreißerspruch. Wenn Frauen danach fragen, wollen sie wissen, ob er am Sonntagmorgen im Bett kuscheln mag oder eine Verabredung mit seinen Adidas hat.«

»Darüber müsste ich erst nachdenken. *War* es ein Aufreißerspruch?«

»Möchtest du Marmelade?«, fragte Daniel.

Das Frühstück bestand aus Kaffee, Pumpernickel-Bagel und geräuchertem Lachs. Keine Zwiebeln. »Zwiebeln sind etwas für das vierte oder fünfte Rendezvous«, verkündete Gabriela.

»Ist das hier ein Rendezvous?«

Sie dachte an letzte Nacht, und ihre Antwort lautete: »Wir müssen auch nicht zu viel darüber nachdenken.«

»Zugegeben. Aber du managst eine Investmentfirma, und ich leite ein Risikokapitalunternehmen. Zu viel zu denken ist eine Berufskrankheit bei uns, oder nicht?«

»Stimmt«, sagte sie.

»Aber wir denken nicht zu viel hinein, wenn wir sagen, dass wir eine absolut schauderhafte letzte Nacht überlebt haben.«

»Nein, das trifft genau zu.«

Er runzelte die Stirn. »Du stocherst in deinem Essen herum. Kann ich dieses Stück Lachs haben? Das einsame hier auf der Seite?«

»Es gehört dir.«

Er spießte es auf und aß es. »Was für Pläne hast du heute?«

»Ich hole Sarah um eins vom Ballettunterricht ab. Dann verbringen wir das restliche Wochenende zusammen.«

»Ihr beide amüsiert euch bestimmt immer prächtig.«

»O ja.« Ihre Augen leuchteten. »Wir gehen natürlich zu American Girl und FAO. Aber auch ins MOMA und ins Metropolitan. Sarah will von sich aus in Kunstmuseen. Sie ist so klug. Ich muss mir ständig in Erinnerung rufen, dass sie erst sechs ist.«

»Klug. Dann hat sie also deine Gene.«

»Sie hat meine Persönlichkeits-Gene. Ach, ich glaube, das war wieder aus dem Hinterhalt auf meinen Ex gefeuert. Ich habe mir vorgenommen, es nicht zu tun.«

Sie nickten dem jungen Kellner zu, damit er ihnen Kaffee nachschenkte, und dankten ihm. Daniel musterte sie mit einem durchtriebenen Lächeln. »Erzählst du mir an dieser Stelle von der Komplikation?«

Gabriela lachte lauthals. »Ich wette, du machst deine Klienten steinreich. Bei solchem Scharfblick.«

»Kein Verlobungsring«, sagte Daniel und blickte auf ihren Finger. »Du bist sehr schön – was nebenbei bemerkt weniger eine Anmache ist als: ›Wow, du trainierst aber bestimmt‹. Ich habe einfach das Gefühl, dass es eine Komplikation geben muss.«

»Okay, es gibt da so eine ganz kleine Komplikation.«

»Wie klein?«

»Hör auf damit!« Sie lachte wieder. »Er heißt Frank. Frank Walsh.«

»Was für ein schrecklicher Name«, sagte Daniel und zog seine makellose Nase kraus.

»Hörst du zu?«

»Erzähl mir von Frank«, sagte er. »Ich kann es kaum erwarten, alles über diesen Frank zu erfahren, der alles kompliziert macht.«

»Du bist gemein! Wir gehen manchmal aus.«

»Wirst du ihn heiraten?«

Nach einer Pause: »Tatsache ist, er ist ein bisschen mehr an mir interessiert als ich an ihm.«

»Das ist ja mal ganz was Neues«, sagte Daniel spöttisch. »Ich habe tatsächlich einmal bei einem ersten Rendezvous einen Heiratsantrag von einer Frau bekommen. Sie platzte damit heraus, sobald sie hörte, dass ich einen Job hatte. Das habe ich mir jetzt nicht ausgedacht. Aber ich sollte hinzufügen, dass ein wenig Tequila im Spiel war.«

»Hast du Ja gesagt?«

»Wozu?«, fragte Daniel mit gespielter Unschuld.

»Frank ist ein bisschen schrullig«, fuhr sie fort. »Er ist ein Computer-Nerd. Und führt ein zurückgezogenes Leben. Aber er kennt sich mit Filmen aus – die ich liebe –, und er ist witzig und rücksichtsvoll. Das findet man heutzutage nicht mehr so oft.«

»Nach meiner Richtlinie«, sagte Daniel, »bekommt er die Einschätzung ›süß‹.«

»Süß?«

»Wenn du von dem Mann, der dich aktuell interessiert, sagst, er macht dich rasend und wütend, dann bist du verliebt. Wenn du ihn aber als süß bezeichnest, dann ist er dem Untergang geweiht, und du musst ihn auf der Stelle fallen lassen – für jemanden, der dich rasend macht.«

»Ich werde mich mit allen Adjektiven in Bezug auf Frank fürs Erste zurückhalten.« Sie schaute auf ihre Uhr. »Es dauert noch eine ganze Weile, bis ich in der Tanzschule sein muss. Möchtest du mich auf einem Spaziergang zu meiner Wohnung begleiten?«

»Gute Idee«, sagte er. »Das wird helfen, etwas von den überschüssigen Pfunden auf deinen Hüften abzubauen.«

»Netter Versuch. Aber du machst mich nicht wütend. Noch nicht.« Sie nahm seine Gabel, an der noch ein Brocken Lachs steckte, tunkte den rosafarbenen Würfel in Sauerrahm und aß ihn rasch auf.

II

Kapitel 7

Freitag, 22.00 Uhr
Elf Stunden früher

»Weißt du, ich muss ehrlich sein«, sagte Gabriela zu Daniel Reardon. »Das war einer der bizarrsten Abende, an die ich mich erinnere. Bist du gekränkt? Ich wollte dich nicht kränken.«

Er ließ ihre Einschätzung unkommentiert und fragte stattdessen: »Aber war es ein Rendezvous?«

Sie überlegte einen Moment. »Es war rendezvous-ähnlich.«

»Aha.«

Sie spazierten vom Battery Park durch den kühlen Septemberabend auf dem Broadway nach Norden. Ein Schachbrettmuster von Fenstern in den nahen Bürogebäuden. Viele beleuchtet, einige dunkel. Die Welten der Justiz und der Finanzen ruhten nie, auch nicht an einem Freitagabend. Auf den Straßen herrschte immer noch viel Verkehr, auch wenn das Fußgängeraufkommen langsam nachließ. Vor den schickeren Gebäuden standen Limousinen Schlange.

»Bizarr?«, wiederholte er fragend. »Du meinst das Restaurant?«

Nun, das gehörte dazu. Sie hatten in einer Spelunke von indischem Lokal gegessen, Curry, Tikka und Kingfisher-Bier. Die Luft war tropisch feucht gewesen und hatte durchdringend nach Sandelholz gerochen, die Sitar-Musik aus der Konserve war schmalzig gewesen und das Essen vielleicht das Beste, was sie je an indischer Küche zu sich genommen hatte. Ein riesiges Salzwasseraquarium, das locker fünfzigtausend Liter fasste, hatte den Raum dominiert. Gabriela war gefesselt gewesen von den bunten Fischen, die gemächlich in dem Tank herumschwammen oder hin und her flitzten. Die Speisekarte bot Garnelen an, aber keine anderen Meerestiere. (»Gut so«, hatte sie mit einem Kopfnicken in Richtung Aquarium gesagt. »Es wäre einfach nicht richtig.«)

»Mit ›bizarr‹«, sagte Gabriela nun, »meinte ich hauptsächlich, was *vor* dem Abendessen passiert ist.«

»Ach so, das.«

Und wenn sie an diese Stunden zurückdachte, gab es zwar viele Erinnerungen, am deutlichsten ragte aber jene an Daniels Berührung heraus, als er ihr mit einem seidenen Taschentuch die Feuchtigkeit von der Stirn gewischt hatte. Erneut spürte sie dieses Flattern im Bauch, das sie damals gespürt hatte.

Eine Weile gingen sie schweigend weiter zu ihren U-Bahn-Stationen – Gabrielas zuerst –, bis Daniel schließlich fragte: »Als du deinen Ex angerufen hast, habe ich nicht zugehört, aber mir ist aufgefallen, dass du nicht sehr lange mit deiner Tochter gesprochen hast. Ist alles in Ordnung?«

»O ja, es geht ihr gut. Manchmal, wenn ihr Dad sie hat und wenn er gerade in der Nähe ist, macht sie dicht. Sie kommen gut miteinander aus. Er ist gut zu ihr. Aber du weißt ja, wie es ist: Expartner.«

Daniels sarkastisch verzerrtes Lächeln sagte, dass er es nur zu gut wusste.

Eine Septemberbrise umwehte sie.

»Ist dir kalt?«

»Ein wenig.«

»Nimm mein Sakko.«

»Nein.« Sie zog ihre eigene leichte Tweedjacke fester zu. »Es geht schon.«

Er bestand nicht darauf. Er hatte wahrscheinlich gespürt, dass sie bei einer Entscheidung blieb, wenn sie einmal eine getroffen hatte. Was im Großen und Ganzen zutraf.

Sie verzog das Gesicht und zeigte zu einem Platz unweit der Wall Street, an dem sie gerade vorbeikamen. Bankers' Square. »Siehst du das Gebäude dort?« Sie deutete auf ein gedrungenes Gebäude neben den neuen Räumlichkeiten für die Börse, wo selbst um diese Uhrzeit noch rege Bautätigkeit herrschte. Auf der anderen Seite lag ein Gesundheitszentrum – eine Filiale eines großen Krankenhauses in Uptown.

»Dem habe ich mein ruiniertes Wochenende zu verdanken.«

»Es sieht nicht so furchteinflößend aus.«

»Wenn du wüsstest.«

Nach wenigen Minuten waren sie an der U-Bahn-Station, wo sie den Zug zur Upper West Side nehmen würde, die Eighth-Avenue-Linie. Daniel musste in Richtung Osten.

»Hör zu«, sagte er und verstummte.

Gabriela drehte sich zu ihm herum. Sie machte einen Schritt zur Seite, sodass ihr der Strahl einer Straßenlampe nicht in die Augen fiel.

»Hör zu?«, soufflierte sie.

Daniel sprach wie ein Patient, dem ein Arzt in der Notaufnahme das Leben gerettet hatte. »Ich bin dir wirklich etwas schuldig. Für die Princeton-Lösung.«

»Das hätte schon geklappt«, sagte sie ernst.

»Nicht so, wie du es gelöst hast.«

»Ich hab getan, was ich konnte unter … sagen wir … schwierigen Umständen.«

Doch die Bekundung seiner Dankbarkeit war natürlich nur ein Vorspiel zu dem, was unvermeidlich kommen musste.

»Okay«, sagte er. »Ich finde dich sehr attraktiv. Aber das ist nicht alles. Ich mag dich. Du bist witzig, du kennst dich mit

Kunst aus, mit Wirtschaft … Die Sache ist also die: Ich bin mit niemandem zusammen, und ich bin es schon eine ganze Weile nicht. Kann ich dich anrufen?«

»Jeder kann jeden anrufen, sofern er die Nummer hat«, sagte Gabriela. »Die Frage ist: Werde ich rangehen?«

Daniel sah nachdenklich aus. »Erinnerst du dich noch an die Zeit vor der Anruferkennung? Da war das Leben noch spannend, oder? Melde ich mich oder nicht?«

»Ist es Telefonwerbung«, stimmte Gabriela ein, »ein Date, ein Exfreund? Ein Jobangebot?«

»Oder hat sich jemand verwählt?«

»Oder ist es, Gott behüte, deine Mutter?« Gabriela schüttelte sich. »Heute sind wir verweichlicht.«

»Feiglinge.«

Sie standen einen Meter voneinander entfernt. Geschäftsleute huschten umher, Autos säuselten vorbei.

Es war Zeit, sich zu trennen. Sie wussten es beide.

Er beugte sich für einen angedeuteten Kuss auf die Wange vor.

Sie fühlte Wärme, zart sprießende Stoppeln. Der Rückstand der Feuchtigkeit von vorhin, die Erinnerung daran, wie er sie ihr von Stirn und Wangen gewischt hatte. »Nacht.« Leise gesprochen.

»Nacht.«

Sie drehte sich um, begann die Treppe hinunterzusteigen und wühlte dabei nach ihrem Metro-Ausweis. Dann blieb sie plötzlich stehen. »Meine Schuhe!«, rief sie.

»Was?«

»Diese alte Tiffany-Tasche, die ich dabeihatte, weißt du noch? Mit meinen Erwachsenen-Schuhen darin.« Sie hatte im Verlauf des Abends ihre hochhackigen Schuhe gegen die flachen

Aldos eingetauscht, die sie jetzt trug. »Ich habe sie im Restaurant stehen lassen.«

Er grinste.

»Nein«, sagte sie und unterdrückte ein Lachen, »nicht absichtlich.«

»Bist du dir sicher? Vielleicht für eine weitere Chance, mich zu sehen?«

»Tut mir leid«, sagte Gabriela. »Ich würde es nicht riskieren, ein Paar Schuhe von Stuart Weitzman zu verlieren, nur um einen Mann wiederzusehen. Für gar keinen Mann.«

»Was hältst du davon?«, fragte Daniel. »Wir umgehen das Telefonproblem ganz. Wir verabreden uns jetzt. Das Restaurant liegt auf dem Weg zu meiner U-Bahn. Ich hole die Schuhe ab und liefere sie morgen zum Frühstück. Zum Beispiel in Irving's Deli am Broadway. Um neun?«

»Also gut«, sagte sie nach kurzem Zögern.

»Ich weiß«, sagte er und sein Gesicht wurde ernst. »Du fragst dich: Wird das Frühstück so langweilig sein wie der heutige Abend?«

»Nichts könnte so langweilig sein wie die letzten drei Stunden«, sagte Gabriela und verschwand in die U-Bahn.

Kapitel 6

Freitag, 18.30 Uhr
Drei Stunden und dreißig Minuten früher

Der Aquariver Super mit Daniel Reardon am Ruder schnitt eine kompromisslose Bahn durch die Dämmerung im Hafen von New York.

»Wie schnell sind wir?«, fragte Gabriela über das sexy Dröhnen von Motor, Wind und Wellen hinweg.

»Rund vierzig.«

»Knoten pro Stunde?«

»Das sagt man nicht«, rief Daniel. »Knoten beinhalten bereits Zeit *und* Entfernung. Vierzig Knoten. Das sind rund siebzig Stundenkilometer.«

Gabriela nickte und lächelte über die Geschwindigkeit. »Fühlt sich schneller an.«

»Dann würde dir das Boot gefallen, das ich in Connecticut liegen habe. Das schafft siebzig.«

Sie machte sich nicht die Mühe zu fragen, ob er Stundenkilometer oder Knoten meinte. Spielte wahrscheinlich keine Rolle mehr bei diesem Tempo.

Es gab keinen richtigen Beifahrersitz im Vorderteil des wunderschönen italienischen Rennboots – nur eine U-förmige Lederbank, die den hinteren Teil des Cockpits umgab. Gabriela hätte sich neben Daniel auf den Steuersitz quetschen können, aber sie zog es vor, direkt hinter ihm zu stehen, sich an seiner Sitzlehne festzuhalten und den Kopf zu seinem Ohr hinunterzubeugen.

Das zehn Meter lange Boot mit seinem schwarzen Rumpf und

dem edlen Holzdeck pflügte mühelos durch die mäßig hohen Wellen. Die Wasseroberfläche war wie dunkles Leinen, und der wolkenlose Himmel über New Jersey glühte lava-orange von der sinkenden Sonne; zwei purpurne Ausrufezeichen aus Rauch von fernen Schornsteinen teilten das Bild in zwei Hälften.

Es war eine Szenerie, die nur darauf wartete, im Foto festgehalten zu werden, wenn auch nicht von Gabriela. Sie arbeitete ausschließlich in Schwarzweiß, und hier ging es nur um Farbe, ohne Substanz. »Hübsch« interessierte sie nicht.

Sie wandte ihre Aufmerksamkeit wieder Daniel zu. Er war ein ausgezeichneter Fahrer – so wurden Piloten von Booten wie diesem genannt, wie sie gelernt hatte. Er nahm Weg und Kraft jeder Welle vorweg, als wäre sie ein gegnerischer Spieler auf einem Fußballfeld. Manchmal krachte er darüber, manchmal erklomm er behutsam einen Wellenkamm und machte sich den Wasserberg selbst zunutze, um das Boot zu beschleunigen.

Sie fand sein Hantieren mit dem Steuerrad und den Chrom-Armaturen höchst sinnlich und spürte ein Rumoren im Bauch, wenn sie seinen festen Griff, sein halbes Lächeln und seine äußerste Konzentration beobachtete. Die blauen Augen fixierten das Wasser, wie ein Löwe seine Beute im Auge behielt.

Gabriela beugte sich noch tiefer und roch unter seinem Aftershave sein Haar und seine Kopfhaut.

»Was denkst du?«, fragte er.

»Ich war bisher nur in Ruderbooten im Central Park«, sagte Gabriela. »Ich bin nicht qualifiziert, die Leistung zu beurteilen.«

Die Worte konnten als Flirt aufgefasst werden. Er antwortete nicht. Sie überlegte, was sie davon halten sollte.

»Aber ohne in die Tiefe zu gehen, wenn ich das hier auf dem Wasser so sagen darf …«, schrie sie.

Er lachte.

»... ist es unglaublich.«

Daniel drosselte den Motor, und sie kreuzten eine Weile gemächlicher. Sie konnten sich jetzt unterhalten, ohne die Stimme heben zu müssen. »Ich verderbe ja ungern die Stimmung«, sagte Daniel schließlich mit grimmiger Miene, »aber ich habe nicht mehr viel Zeit. Ich brauche wirklich deine Hilfe.« Es war eine Erinnerung an das Rätsel, von dem er zuvor schon gesprochen hatte.

Er wies mit einem Kopfnicken zu einem dicken Ordner, der zwischen ihnen auf dem Boden des Boots lag.

»Du musst dich an die Princeton-Formel halten«, sagte sie mit Nachdruck.

»Princeton?« Er runzelte die Stirn.

»Schau auf Seite achtunddreißig. Das ist die Antwort.«

Er balancierte den Ordner auf den Knien und blätterte, bis er an einer Stelle plötzlich stoppte und darauf starrte. »Bist du dir sicher? Princeton?«

»Absolut. Kein Zweifel.«

»Das ist ziemlich gewagt, findest du nicht?«

»Genau deshalb schlage ich es vor.«

Er wirkte unsicher.

»Aber es ist deine Entscheidung«, sagte Gabriela.

»Nein, nein.« Daniel sah sich um. »Okay. Ich entscheide mich dafür.« Er lachte. »Die Princeton-Lösung. Du hast mir das Leben gerettet«, fügte er an.

Sie blinzelte. »Genau der richtige Ausdruck, wenn man bedenkt, dass wir uns mitten im Hafen von New York befinden und zufällig direkt auf dieses wirklich sehr große Schiff da vorn zusteuern.«

Er blickte auf. »Das ist noch eine Meile entfernt. Dabei fällt mir ein: Ich habe ganz vergessen, dich zu fragen, ob du schwimmen kannst.«

»Wie schlecht sind deine Seefahrerkünste?«, fragte sie.

»Ich wollte nur sagen, dass ich dir lieber eine Schwimmweste gebe«, sagte er.

»Ich kann schwimmen.«

»Halt dich fest.« Als er ihren festen Griff an der Halterung sah, steuerte er frontal in ein beeindruckendes Kielwasser. Das Boot hob beinahe ab und krachte auf der anderen Seite des Wellenkamms ins Wasser. Gischt spritzte ihnen ins Gesicht.

»Komm her.« Daniel griff in seine Brusttasche und zog ein weißes Seidentaschentuch heraus. »Nur zur Dekoration«, sagte er lächelnd. Sie beugte sich vor, und er wischte ihr den salzigen Sprühnebel von der Stirn und den Wangen, ehe er dasselbe bei sich tat.

Er steuerte nun parallel zu Manhattan. Sie nahmen den überirdischen Anblick der zum Leben erwachenden Lichter der City in sich auf. In der zunehmenden Dämmerung fröstelte Gabriela, und sie zog ihre schwarz-weiße Jacke fester zu.

Daniel konsultierte seine Armbanduhr. »Steht dir immer noch der Sinn nach Abendessen?«

»Ach, übrigens, ich werde nicht seekrank.«

Er runzelte die Stirn. »Autsch. Das hätte ich auch vorher fragen sollen.«

»Ich hätte es dir gesagt. Ich meine nur, um deine Frage zu beantworten: Ja, ich bin am Verhungern. Und wir sollten bald zurückfahren. An den Abenden, an denen ich Sarah nicht habe, rufe ich sie an, bevor sie ins Bett geht. Ich versäume es nie.«

»Ich versuche dasselbe mit den Jungs.«

Er fuhr den Hudson hinunter nach Süden und zurück in den eigentlichen Hafen. Langsam schob er den Gashebel vor und setzte ein teuflisches Grinsen auf. »Noch eine Viertelstunde?«

»Sicher.«

Er steuerte nach rechts, näher zu dem Containerschiff, das sie zuvor gesehen hatten und das in tüchtiger Fahrt auf die Verrazano Narrows zudampfte.

»Gott, ist das riesig.«

»Das ist ein Post-Panamax. Will heißen, es passt nicht durch den Panamakanal.«

»Wie hoch ist es?« Sie blickte nach oben, als sie sich dem gewaltigen roten, schorfigen Rumpf näherten. Das Schiff war mit Containern in allen Farben beladen.

»Ich weiß nicht«, erwiderte Daniel. »Zehn Stockwerke vielleicht. Wahrscheinlich mehr. Sie werden nach Länge und Breite klassifiziert, nicht nach Höhe. Das hier ist wahrscheinlich gut dreihundert Meter lang und vierzig Meter breit.«

»Es ist prachtvoll, und es ist hässlich«, rief Gabriela. Dann schlug sie auf die Armaturentafel. »Dein Boot – wie heißt es eigentlich? Ich habe vorhin gar nicht aufs Heck geschaut.«

»Boot.«

Der Wind frischte auf. »Ja«, rief sie. »Wie heißt es?«

»Nein. Es heißt *Boot.*«

»Was anderes ist dir nicht eingefallen?«

»Es war alles, was ich wollte.«

»Und ›Boot‹ war noch nicht belegt?«

»Es ist nicht so, als wären Bootsnamen geschützt. Aber ich habe tatsächlich noch nie ein anderes gesehen, das *Boot* hieß. Die meisten Leute sind kreativer.« Dann wurde er ernst. »Festhalten. Hier kommt das Monster-Kielwasser.«

Eindrucksvolle Wasserkämme rauschten auf sie zu.

Gabriela ging in die Knie und klammerte sich noch kräftiger

an seine Rückenlehne, ihre beiden Handrücken drückten an seine Schultern. Es kam ihr vor, als würde er sich absichtlich gegen ihre Knöchel lehnen. Daniel richtete das Boot gerade und jonglierte gekonnt mit Steuerrad und Motorleistung, als sie auf die erste Welle trafen.

Boot krachte in sie und über den Wellenberg hinweg. Gabriela fühlte, wie es ihr bei der Landung im Wellental die Luft aus den Lungen saugte.

Ein weiteres Dutzend Kollisionen, jede zahmer als die vorhergehende.

Dann schaukelte das Boot nur noch sanft.

»Schau«, sagte er, und seine Stimme klang bewundernd, fast schon ehrfürchtig. War das chinesische Seeungeheuer eindrucksvoll gewesen, war das Schiff, das sie dreihundert Meter entfernt sahen, schlicht atemberaubend.

»Es ist so groß wie eine Stadt«, rief Gabriela. »Was für eine Art Schiff ist das?«

»Ein Supertanker. Und siehst du, wie hoch er aus dem Wasser ragt? Kein Öl an Bord. Er hat seine Fracht in New Jersey entladen.«

»Fährt es zum Panamakanal?«

»Das passt ebenfalls nicht durch. Es ist entweder auf dem Weg ins Mittelmeer oder um Kap Horn herum.«

»Titanic.«

Daniel lachte und nickte zu dem Supertanker. »Die *Titanic* war halb so groß.«

»Wie schnell fährt es?«

»Selbst voll beladen schaffen diese Tanker achtzehn Knoten. Leer fünfundzwanzig, würde ich sagen. Wenn ich allein wäre, würde ich bis zu dieser Boje ein Wettrennen gegen das Ding machen.«

»Warum?«

Daniel zuckte mit den Achseln. »Weil es Spaß macht.«

»Nein, ich meine: Warum nur, wenn du allein wärst?« Als er zögerte, sagte sie. »Nur zu, tu es.«

»Rennen?«

»Sicher.«

»Ich weiß nicht.«

»Du hast mir die Princeton-Lösung zu verdanken, weißt du noch? Du schuldest mir etwas.«

Daniel richtete sein Boot zu der Boje hin aus und drosselte den Motor, als würde er dem Supertanker, der hunderttausend Tonnen mehr wiegen musste als *Boot,* einen Vorsprung geben. Der Auspuff des Rennboots blubberte, der Wind zischte, und hinter ihnen bettelten Möwen kreischend um Fischreste.

»Fertig?«

»Los!«, rief Gabriela.

Daniel stieß die Gashebel vor und *Boot* schoss vorwärts. Der nadelförmige Bug ragte hoch auf, während sie auf die Boje zurasten.

Der Kurs von *Boot* und dem riesigen Tanker führte im Fünfundvierzig-Grad-Winkel auf einen Schnittpunkt zu. Mit jeder Sekunde wurde der Tanker größer und dunkler, als die beiden Fahrzeuge einander immer näher kamen. Bald war der Supertanker eine unwirkliche Erscheinung, ein Umriss, Positionslichter, hier und dort der gelbliche Schein eines Fensters. Eine nicht aufzuhaltende Gestalt, die den gesamten Himmel einnahm und doch immer noch größer wurde.

»Das wird knapp«, rief Daniel. Beide warfen einen Blick nach rechts zu dem Öltanker, dann nach vorn zu der Boje, die noch dreihundert Meter entfernt war.

Dann zweihundert.

Hundert …

»Sehr knapp!«, rief Daniel noch einmal mit rauer Stimme. »Ich kann aufhören. Willst du, dass ich aufhöre?«

Gabrielas Herz hämmerte, eine primitive Trommel, sie war wie elektrisiert von der Geschwindigkeit, von der Nähe des riesigen Schiffs, von der Nähe des Mannes am Steuerrad. Sie beugte sich zu ihm und legte den Kopf an seinen Kopf. »Ich will, dass du gewinnst«, flüsterte sie.

Kapitel 5

Freitag, 17.00 Uhr
Eine Stunde und
dreißig Minuten früher

Im Limoncello war nicht viel los.

Vielleicht würde es noch voller werden, wahrscheinlich sogar, da das Restaurant im Herzen des Wall-Street-Viertels lag und es Freitag war. Und das Lokal ging auf den pittoresken New Yorker Hafen hinaus, mit einem Blick auf Boote und endlose Wellen, die sich wie ein Metronom hoben und senkten. Es war genau der richtige Ort für Händler und Broker, die in den letzten acht Stunden mit Millionen von Dollars anderer Leute gespielt hatten, um ihre guten Entscheidungen zu feiern und die schlechten zu vergessen.

Doch jetzt, am späten Nachmittag, war die Bar halb leer. Jenes Geschäftsvolk, das später eintreffen würde, saß jetzt noch am Schreibtisch, oder sie schrieben auf dem Parkett der geschlossenen Börsen Ordertickets zusammen, schwitzten in Fitness-Clubs oder joggten durch den Battery Park.

Besonders hier, in der Nähe des Wassers, konnte man den Herbst in der Luft riechen.

Gabriela schlängelte sich auf dem Rückweg von der Toilette durch den von Messing und Eiche dominierten Raum und nahm wieder in dem hohen Stuhl an der Bar Platz, den sie in der letzten halben Stunde besetzt hatte. Sie schlüpfte aus ihrer schwarz-weißen Jacke und hängte sie über die Stuhllehne. Eine weiße Seidenbluse steckte ordentlich in einem knielangen grauen Faltenrock. Sie trug eine schwarze Strumpfhose und burgunderrot und schwarz gesprenkelte Highheels. Sie würde später in ihre flachen schwarzen Schuhe wechseln – ihre Schuhe für den Arbeitsweg; dieses bequeme Paar lag in der verblassten Tiffany-Tasche, die auf dem Boden stand und die sie zum Transport von Schuhwerk benutzte.

Sie fuhr mit der Bearbeitung der Dokumente fort, über denen sie seit ihrer Ankunft brütete. Das oberste trug den Titel *Offene Posten für Rechnungsprüfung*. Mehrere Einträge strich sie komplett aus. Andere markierte sie mit präzisen Sternchen, alle Striche des Strahlenkranzes gleich lang. Unter diesem Dokument lagen ein halbes Dutzend Blätter, die mit dem Namen von Unternehmen überschrieben waren, und darunter wieder eins das *Saldenblatt, Gewinne und Verluste* hieß. Nicht ein Blatt listete Vermögenswerte von weniger als zweihundertfünfzig Millionen Dollar auf. Auf einem weiteren Blatt stand *CP, Persönliche Konten*.

Dann wandte sie sich einem weiteren Vertrag zu, der mit *Kurzfristiges gewerbliches Mietobjekt* überschrieben war. Doch an seinem Inhalt war nichts kurz. Zwanzig dicht beschriebene Seiten. Sie seufzte und machte sich erneut daran. Ihr Haar war streng nach hinten gekämmt und festgesteckt, was den Kastanienton aus irgendeinem Grund heller machte.

Sie arbeitete noch ein wenig weiter, dann sah sie aus den hohen Fenstern, trank Wein und erhaschte einen Blick auf City Pier A. Das Bauwerk war nicht so groß wie andere Piers weiter nördlich, im Greenwich Village oder in Midtown, aber dieses hier war geschichtsträchtiger. Der Professor hatte sich besonders für die Geschichte von Downtown Manhattan interessiert und ihr stundenlang davon erzählt. In den 1880ern für die Dock-Verwaltung und die Hafenpolizei erbaut, war Pier A Zeuge der beispiellosen Ausdehnung der Stadt geworden. Sie bemerkte den siebenstöckigen Uhrturm, der 1919 erbaut wurde. Das kunstvolle Werk war ein Denkmal für die im Ersten Weltkrieg getöteten US-Soldaten. Was besonders bitter war, wenn man bedachte, dass der ursprüngliche Pier vom Sohn eines berühmten Unions-Generals im Bürgerkrieg errichtet worden war.

Als Gabriela sich wieder dem Vertrag zuwandte, stellte der Mann neben ihr seinen Drink ab und sprach weiter in sein Handy.

Gabriela erstarrte. »Hey!«, entfuhr es ihr. Als er nicht reagierte, sprach sie etwas lauter. »Verzeihung.«

Der Mann begriff endlich, dass er gemeint war. Er drehte sich stirnrunzelnd zu ihr.

Sie zeigte ihm ihren Ärmel, der braun verfärbt war. »Schauen Sie.«

Der Mann hatte ein markantes, gut aussehendes Gesicht, das auf unheimliche Weise dem eines sehr bekannten Schauspielers ähnelte, und kurz geschnittenes schwarzes Haar. Er studierte den Ärmel und dann ihr Gesicht, ehe sein Blick ihren Augen zu seinem Glas Scotch folgte. »O verdammt.« Ins Telefon: »Ich rufe dich zurück, Andrew.« Er beendete das Gespräch. »War ich das? Tut mir leid.«

»Ja«, sagte Gabriela, »gerade eben, als Sie Ihr Glas abgestellt haben. Sie haben telefoniert, sich gedreht und etwas verschüttet.«

»Tut mir leid«, wiederholte er. Es klang aufrichtig, nicht abwehrend.

Sein Blick ging von dem Fleck zu der weißen Bluse, der gesamten Bluse, unter der sich eine Andeutung ihres BHs abzeichnete. Er war hellblau. Dann nahm er den Fleck wieder ins Visier. »Seide?«

»Ja.«

»Ich weiß, was zu tun ist«, erklärte der Mann und kümmerte sich umgehend um die Sache. Er rief den Barkeeper herbei, einen jungen Mann, der Tätowierungen am Hals mit Make-up zu verdecken schien; sie waren hier im Finanzdistrikt, nicht in einer Bar im East Village.

»Sodawasser und ein Handtuch, nein, nicht das grüne. Das weiße. Das weiße Handtuch. Und Salz.«

»Salz?«

»Salz.«

Die Heilmittel trafen ein. Er gab das Wasser und das Salz nicht selbst auf den Stoff, sondern ließ es Gabriela machen. Sie hatte von dem Trick ebenfalls schon gehört – von ihrer Mutter, so wie er ihn von seiner Großmutter kannte, wie er ihr verriet.

»Vorsichtig mit dem Salz«, sagte er. »Ich weiß nicht, wie gut es auf Seide funktioniert. Sie könnten das Gewebe beschädigen, wenn Sie zu kräftig reiben.«

Der Zaubertrick erfüllte seinen Zweck ziemlich gut. Nur eine minimale Verfärbung blieb zurück.

Sie betrachtete ihn unter ihrer gefurchten Stirn hervor. »Warum trinken Sie nicht Martinis wie alle anderen hier?«, sagte sie.

»Ich mag keine Martinis. Wahrscheinlich würde ich eher einen Cosmo mit Erdbeere trinken, und in *diesem* Fall würde der Fleck nie mehr rausgehen. Ich bezahle die Reinigung.«

»Würden Sie dieses Angebot auch machen, wenn ich ein Mann wäre?«

»Ich mache Männern, die eine Seidenbluse tragen, grundsätzlich keine Angebote.«

Sie verzog zunächst keine Miene, dann lachte sie. »Nein danke. Ich muss ohnehin in die Reinigung.«

»Jedenfalls entschuldige ich mich noch einmal.«

Sie hob die Hände. »Akzeptiert.«

Nach der geglückten Entspannung zwischen ihnen wandte sie sich wieder ihren Papieren zu und er seinem Handy. Aber als die letzte Seite des Dokuments durchgearbeitet und sein Gespräch beendet war, veranlasste sie die Stille, einander einen Blick zuzuwerfen – zuerst im Spiegel –, und sie nahmen das Gespräch wieder auf.

»Ich schicke Sie nach Whiskey stinkend nach Hause. Was wird Ihr Mann sagen?«

»Er wird es wahrscheinlich nicht mitbekommen, da er fünfzig Kilometer entfernt wohnt.«

»Aha, Sie gehören also auch diesem Club an. Daniel Reardon.«

»Gabriela McKenzie.«

Sie schüttelten einander die Hände.

Das Gespräch mäanderte eine Weile ziellos umher, da beide das Gewässer prüften, und dann fand es seine Richtung, was die Frage einschloss, die man in New York nie vermeiden konnte: Womit verdienen Sie Ihr Geld?

Daniel arbeitete als Risikogeldgeber, Unternehmensbeteiligungen, sagte er. »The Norwalk Fund.« Er nickte. »Wir sind ein paar Blocks von hier entfernt. Am Broadway.«

Gabriela warf einen Blick auf ihre Dokumente. »Ich bin die Büroleiterin eines Finanzberaters. Prescott Investments.«

»Ich glaube nicht, dass ich ihn kenne.« Er warf einen Blick auf die Dokumente vor Gabriela und sah rasch wieder weg, als wäre ein Blick auf vertrauliche Klientenunterlagen in etwa so, als würde man durch eine versehentlich offen gelassene Badezimmertür spähen.

»Es ist ein kleiner Laden. Er war vor Jahren bei Merrill, aber dann hat er seinen eigenen Laden aufgemacht. Damit ist er sehr viel glücklicher.«

»Ihr Büro ist hier in der Nähe?«

»Nein. Midtown, auf der Ostseite. Turtle Bay.« Sie seufzte. »Mein Boss ist wunderbar, aber er hat mir heute Morgen diese Sache hier aufs Auge gedrückt. Er will ein Lagerhaus am Bankers' Square mieten – nicht weit von der Wall Street –, und der Deal ist geplatzt. Ich wurde auserwählt, mir ein neues Objekt anzusehen – und einen vierzigseitigen Mietvertrag durchzuarbeiten. Wir müssen in zwei Wochen unterschreiben.«

»In zwei *Wochen?*«

»Ja. Kennen Sie den Bankers' Square? Es hat Stunden gedauert, um überhaupt hineinzukommen und sich den Laden anzusehen. Diese ganzen Bauarbeiten.«

»Ach ja, der neue Anbau an die Börse. Sollte inzwischen fertig sein.«

»Jedenfalls hab ich mich hier hereingesetzt, um mir ein paar Notizen zu machen und mich zu entspannen.«

»Und sich einen Drink über den Ärmel schütten zu lassen.«

»Es hat sich angehört, als würden Sie ebenfalls arbeiten, ein geschäftlicher Anruf.« Sie nickte zu den beiden Mobiltelefonen vor ihm. Ein iPhone und ein Motorola Droid.

»Ich habe ein Projekt mit einem Partner auf Aruba gemacht. Wurde eben heute zum Abschluss gebracht. Ich war seit neun bei den Anwälten im Büro.«

»Gratuliere. Und mein Beileid.«

»Danke.« Daniel lachte und trank von seinem Whiskey. »Ich war schwimmen in meinem Fitness-Club, dann bin ich hierhergekommen, um … mich zu entspannen.«

Sie lächelte über den Widerhall ihrer Wortwahl.

Das Gespräch entfernte sich langsam von geschäftlichen Dingen. Die persönlichen Umstände wurden berichtet. Sie lebten beide in Manhattan. Er erzählte, dass er zwei Söhne hatte, die bei seiner Exfrau in Nyack lebten.

»Mein Mann und ich haben das gemeinsame Sorgerecht.« Gabriela zog ihr Smartphone aus der Handtasche. Sie scrollte und zeigte ein Bild. »Das ist Sarah.«

»Entzückend.«

»Sie steht auf Ballett und Turnen. Aber gerade hat sie Pferde entdeckt. Ach, wie sehr sie sich ein Pferd wünscht.«

»Wo in der Stadt wohnen Sie?«

»Upper West. Dreizimmerwohnung, dreiundneunzig Quadratmeter. Wir könnten wahrscheinlich ein Pferd unterbringen, aber ich fürchte, die kommen mit Aufzügen nicht so klar.«

»Und Sarahs Dad?«

»Der hat kein Problem mit Aufzügen.«

»Sie sind sehr witzig.« Er sagte es, als würde er nicht mit Frauen ausgehen, die witzig waren.

»Tim lebt auf Long Island«, fuhr Gabriela fort. »Aber nicht in der Gegend, wo man Pferde hält.«

Daniel machte dem Barkeeper ein Zeichen, der sofort bei ihnen war. »Noch einen für mich. Und für die Dame noch einmal das Gleiche.«

»Nein, eigentlich ...«, protestierte Gabriela.

»Billiger, als Ihnen eine neue Neiman-Marcus-Bluse zu kaufen.«

»Sie ist von Macy. Aber ich meinte gar nicht, dass ich nichts mehr will. Ich meinte Nein zu dem, was ich trinke. Ich steigere mich zu dem Merry Edwards Pinot Noir. Wenn er schon bezahlt.«

Daniel zog beeindruckt von ihrer Wahl eine Augenbraue in die Höhe.

Einen Augenblick später kamen die Getränke. Gabriela fragte sich, welche Tätowierung der Barkeeper wohl mit seinem Make-up verbarg.

Occupy! Nieder mit dem einen Prozent!

Oder ganz einfach: *Scheiß Kapitalismus.*

Sie überlegte, es zu Daniel zu sagen, aber auch wenn er wahrscheinlich lachen würde, ließ sie es bleiben.

Sie stießen mit den frischen Gläsern an und sprachen über die Qualen und Freuden eines Lebens in Manhattan. Dann tauchten ein Dutzend Themen in ungezwungener Unterhaltung auf: Restaurants, Reisen, Eltern, Politik – Letztere wurde nur gestreift, um auf kein gefährliches Terrain zu geraten, aber ihre Ansichten schienen sich zu ähneln.

Als sie fast ausgetrunken hatten, sah Daniel auf die Uhr. Es war kein verstohlener Blick, er hob einfach die schwere Rolex und stellte die Uhrzeit fest.

Sie nickte. »Pläne zum Abendessen, nehme ich an?«

»Eigentlich nicht. Ich habe noch eine Verabredung.« Daniel ließ den Blick über ihr Gesicht, ihr Haar, ihre Augen kreisen. »Sie müssen heim zu Ihrer Tochter?«

Sie witterte einen Subtext. »Ich hole sie morgen ab. Sie ist heute Abend bei ihrem Vater.«

»Ich weiß ja nicht, ob es Sie interessiert, aber dieses Treffen … Sie hätten nicht zufällig Lust, mir zu helfen?«

»Womit?«

»Ich treffe mich nämlich mit einem Raumausstatter, um Polster auszusuchen.«

Sie schüttelte den Kopf. »Das ist keine gute Anmache.«

»Ich lasse neues Leder in mein Rennboot einbauen.«

»Klingt schon besser.«

Er öffnete den Rucksack, den er als Aktentasche benutzte, und entnahm ihm einen Ordner mit Lederproben. Sie blätterte ihn durch, er war nach Farben geordnet. Am besten gefielen ihr die kräftigen Orangetöne, so wie die Sitze in aufdringlichen

Sportwagen ihrer Vorstellung nach aussahen. Sie hatten Namen wie »Karotte«, »Kürbis«, »Bernstein« oder »Tomate«.

Ihr Favorit jedoch hieß »Princeton«, vermutlich nach den Farben der Universität in New Jersey. Es war die kühnste Farbe, die das Unternehmen anbot.

»Ich habe tatsächlich einen Favoriten«, sagte Gabriela langsam. »Aber wie kann ich es sicher wissen, ohne das Boot gesehen zu haben?«

»Das lässt sich ändern.«

Kapitel 4

Freitag, 13.30 Uhr
Drei Stunden und dreißig Minuten früher

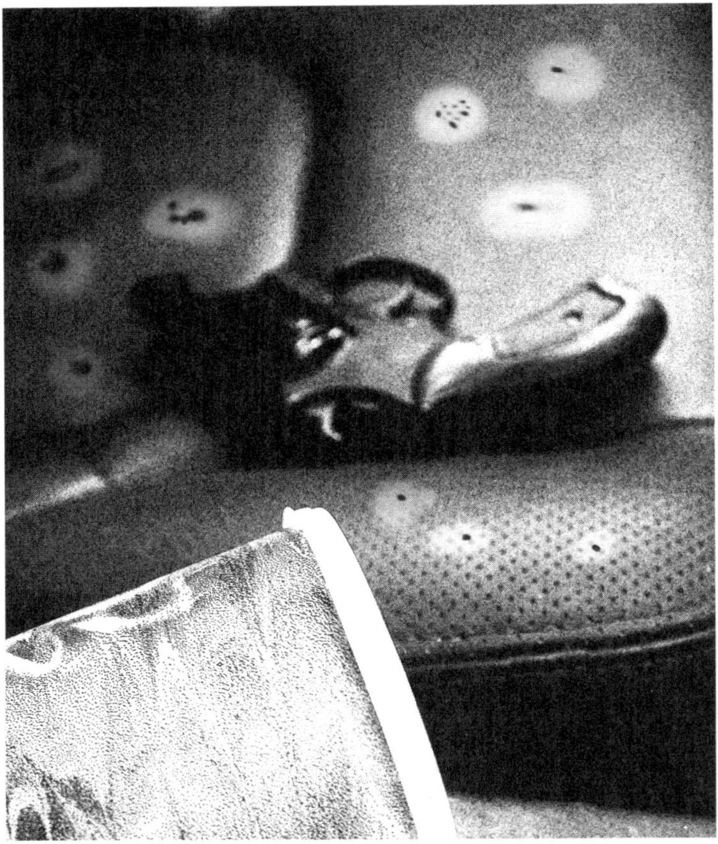

Der in Toyotas fadem Hellblau gehaltene Prius rollte gemächlich durch die kurvenreichen Straßen von Bronxville, New York, vorbei an Villen in großzügigen Gärten, in denen das Gras gelb wurde und die Blumen verblühten.

An seinen Maserati gewohnt, machte sich Daniel Reardon nicht viel aus dem Wagen, auch wenn er gar keine Leistung erwartet hatte. Was ihn hauptsächlich störte, war der leise Motor. Er hatte gehört, dass es mittlerweile Autos gab, bei denen ein sexy Sound mittels Lautsprechern hinzugefügt wurde. Das war Betrug, und er fand es lächerlich. Daniel mochte es echt, im Guten wie im Schlechten. Die Auspuffrohre seines Maseratis beispielsweise dröhnten in einer schrillen Höhe, die einem in den oberen Bereichen der Gänge das Trommelfell zu zerreißen drohte.

Er liebte das.

Klassische Musik kam leise aus dem Radio, aber sie wurde auf stumm gestellt, als sich ein eingehender Anruf ankündigte. Daniel meldete sich und sprach in jener sperrigen Geschäftssprache mit seinem Kunden, die zugleich vage und präzise ist. Als schließlich einige technische, juristische und finanzielle Entscheidungen getroffen waren, verabschiedete er sich freundlich von dem Mann, der dem Norwalk Fund im letzten Jahr an die zweihunderttausend Dollar eingebracht hatte. Er legte auf, und die klassische Musik ertönte wieder. Mozart. Das Klarinettenkonzert. Ein seltsames Instrument und sehr schwer zu spielen, wie er wusste. Er war einmal mit einem Mädchen zusammen gewesen, das Cellistin in einem Symphonieorchester gewesen war. Sie hatte erklärt, die Holzblasinstrumente hätten ihr in ihrer Ausbildung am meisten abverlangt. »Mit denen muss man um den Ton feilschen.«

Daniel hatte der Ausdruck sehr gefallen, weshalb er sich noch an ihn erinnerte, während das Bild des Mädchens schon vor Jahren so gut wie verschwunden war.

In seinem grauen Canali-Anzug war Daniel zweifellos richtig angezogen für die Gegend. Er wirkte wie nur irgendein Geschäftsmann, der von seiner Anwaltskanzlei in White Plains oder seiner Investmentbank frühzeitig nach Hause kommt.

Er fuhr vorsichtig. Die Straßen waren rutschig von bunten Laubschichten. Wind und Regen hatten gemeinsame Sache gemacht, um das Blätterdach der Eichen und Ahornbäume auszudünnen, das Laub zu dezimieren (beinahe im Wortsinn, da rund jedes zehnte Blatt fehlte – Daniel ärgerte sich immer, weil das Verb nur falsch verwendet wurde).

Er steuerte in die Henderson Lane, wo im Moment keinerlei Verkehr herrschte, und setzte seinen Weg an Häusern vorbei fort, die weniger opulent waren als die Villen, aber genauso ruhig. Die Fenster der Gebäude waren größtenteils dunkel, und er sah nicht eine Person auf den sauberen Gehsteigen. An einer Kreuzung bremste er und ließ einen dunkelroten Grand Cherokee vor sich in die Henderson einfahren. Daniel beschleunigte langsam und setzte sich hinter das Fahrzeug.

Mehrere Kreuzungen weiter, als der Geländewagen an einem Stoppschild hielt, trat Daniel abrupt aufs Bremspedal. Der Prius schlitterte auf dem nassen Laub und stieß sanft an die Stoßstange des Jeeps.

Er runzelte die Stirn und blickte nach vorn. Er sah die Augen der Insassen im anderen Wagen: die des Fahrers im Spiegel und die seiner Beifahrerin direkt; das Mädchen, das im Collegealter war, hatte sich herumgedreht und sah ihn mit unverhohlener Feindseligkeit an.

Daniel zuckte zusammen, stieg aus und ging zu dem Fahrer des Jeeps nach vorn, der inzwischen in der offenen Tür stand. Er schüttelte den Kopf. »Es tut mir so leid.«

Der untersetzte Mann in seinem dunkelblauen leichten Sakko, der braunen Hose und dem blauen Hemd grinste bedauernd. »Es ist ja nicht so, als hätten Sie hundert Sachen draufgehabt.«

»Ich hätte nicht gedacht, dass das Laub so glatt ist. Mann, es war wie Eis. Ich bin einfach immer weitergerutscht.« Daniel schaute auf den Vordersitz. »Tut mir leid«, sagte er zur Tochter des Mannes. »Alles in Ordnung?«

»Ja, ja, ich denke schon.« Das blonde Mädchen widmete sich wieder ihrem iPod. Der Tag war warm, aber sie trug eine Schlauchmütze, die sie über die langen Haare gezogen hatte, und die Ärmel ihres dicken Sweatshirts reichten fast bis zu den Fingerspitzen.

Die beiden Männer gingen zum Heck des Fahrzeugs und begutachteten es. »Die halten schon was aus«, sagte der Cherokee-Fahrer. »Ich würde ja sagen, amerikanische Autos, aber in Wirklichkeit weiß man ja gar nicht, wo sie die Babys bauen. Könnte auch in Tokio sein.« Ein Kopfnicken in Richtung Prius. »Und der könnte in Arkansas gebaut worden sein. Teilweise zumindest.«

Daniel sah sich in der blitzblanken Umgebung um. Noch immer alles menschenleer. »Hören Sie genau zu, Thomas. Hören Sie zu.«

Der Fahrer grinste weiter. Wartete auf eine Erklärung. Als keine kam, fragte er: »Kenne ich Sie?«

»Nein. Passen Sie auf, ich will jetzt den Namen der Bank auf Aruba haben, die Ihre Investment-Beteiligungsgesellschaft nutzt. Und die Nummer für das Hauptinvestmentkonto und die PIN.«

»Moment. Was soll das?«

Daniel knöpfte seine Jacke auf und ließ den schmalen Griff eines alten Revolvers der Marke Smith & Wesson sehen. Ein .38 Special.

»O mein Gott.« Der Blick des Mannes ging zu seiner Tochter, die entrückt ihrer Musik lauschte.

»Geben Sie mir einfach die Informationen, und Ihnen geschieht nichts. Ihr ebenfalls nicht.«

»Wer sind Sie …?« Seine Stimme stieg zu einem dünnen Klangfaden an, nicht unähnlich dem Ton eines Holzblasinstruments.

»Langsam, langsam«, sagte Daniel und lächelte immer weiter, nur für den Fall, dass doch jemand hinter einem dieser dunklen Fenster war. »Keine Panik. Das ist unnötig. Es geht hier nur um ein Geschäft. Ich will weiter nichts als diese Informationen. Ich werde sie bestätigen lassen, und dann können Sie Ihrer Wege gehen. Sie werden um zwanzig Millionen leichter sein, aber niemandem geschieht etwas. Abgesehen davon haben Sie das Geld auch nicht gerade mit Investitionen in Sozialprojekte verdient, oder?«

»Sie sind wahnsinnig«, flüsterte der Mann. Zorn war an die Stelle seiner Panik getreten. Und zwar im Handumdrehen. »Sie Arschloch. Sie machen das vor den Augen meiner Tochter? Für wen arbeiten Sie?«

»Thomas, Sie haben nicht viel Zeit. Ich werde Ihre Tochter zuerst erschießen, weil ich Sie lebend brauche, damit Sie mir die …«

»Also gut. Sprechen Sie es nicht aus! Sagen Sie es nicht! Sie bekommen, was Sie wollen.«

Daniel machte einen Anruf.

»Hallo?«, meldete sich die tiefe, melodiöse Stimme.

»Andrew.« Er gab das Handy an Thomas weiter und wies ihn an: »Geben Sie ihm die Informationen.«

»Ich kenne sie nicht auswendig!«

»Sie wird zuerst erschossen und …«

»Ich will nur sagen, die Angaben sind in meinem Handy! Verschlüsselt. Es dauert eine Minute.«

»Er muss es dechiffrieren«, sagte Daniel ins Telefon.

»Okay«, antwortete Andrew Faraday aus dem blechernen Lautsprecher. »Aber beeilt euch.«

Daniel warf einen Blick in den Jeep. Das Mädchen schien verärgert zu sein, weil es einen Song auf ihrer Playlist nicht fand.

Aufmerksam von Daniel beobachtet, damit er nicht etwa 911 wählte, begann der Geschäftsmann in sein Smartphone zu tippen. Er vertippte sich. Er holte tief Luft. »Bleiben Sie ruhig«, sagte Daniel. »Lassen Sie sich Zeit.«

»Er hat von Beeilen geredet!«

»Ruhig«, sagte Daniel.

Thomas fing von vorn an. Er nickte zum Schirm, nahm Daniel das andere Telefon aus der Hand und begann Zahlen aufzusagen.

Daniel nahm ihm das Gerät wieder ab. »Und?«, fragte er Andrew.

Er hörte eine Tastatur klappern. Eine Pause. »In Ordnung.« Die Verbindung brach ab.

Der ganze Zwischenfall, von der Berührung der Fahrzeuge bis zur Bestätigung, hatte vier Minuten gedauert, gerade so lange, wie zwei Fahrer brauchen, um einvernehmlich die Versicherungsinformationen zu tauschen und übereinzukommen, dass es nicht nötig ist, die Polizei zu rufen.

»Jetzt steigen Sie in Ihren Wagen und fahren nach Hause. Es ist gut. Sie haben uns gegeben, was wir wollten. Sie haben es hinter sich. Fahren Sie einfach nach Hause.«

Thomas drehte sich um und griff mit zitternden Händen nach der Tür des Jeeps. Als er sie geöffnet hatte, holte Daniel ein Papiertuch aus der Tasche und wickelte es um den Griff des Revolvers, dann zog er die Waffe und schoss dem Geschäftsmann zweimal in den Hinterkopf. Er beugte sich vor und sah in das Wageninnere, wo Blut auf das Armaturenbrett und die Windschutzscheibe gespritzt war, und in das Gesicht und auf die Mütze der Tochter, die schrie, während sie auf den zuckenden Körper ihres Vaters blickte. Sie tastete hektisch nach dem Türgriff.

Daniel hob beruhigend die Hand. Sie erstarrte, unsicher, was die Geste bedeuten sollte, und drehte sich leicht zu ihm. Er schoss ihr einmal mitten in die Brust. Als sie zusammensackte, den Blick nach oben gewandt, schoss er ihr noch zweimal in den Mund. Um den Hirnstamm zu treffen. Damit hatte er die fünf Kugeln in seinem Zylinder verbraucht.

Daniel warf die Waffe auf den Sitz des Jeeps und steckte das Papiertuch ein. Er ging zum Prius zurück und fuhr langsam um den Cherokee herum. Dann verließ er das Wohngebiet, gelegentlich warf er einen Blick in den Rückspiegel, sah jedoch keine Lichter, keine Einsatzfahrzeuge. Er bemerkte nur einige SUVs, zwei davon zufälligerweise mit beinahe identischen Kindersitzen auf der Rückbank.

Er fuhr auf direktem Weg zum Parkway und dann zurück in die Stadt. Schließlich landete er in der südlichen Bronx, wo ihn das Navi zu einer Kreuzung in der Nähe einer der besseren –

oder zumindest saubereren – sozialen Wohnungsbauprojekte schickte. Er fuhr zu einer Stelle, wo ein Ford Taurus im Leerlauf auf einem Parkplatz stand. Daniel hielt hinter dem Taurus und blendete kurz auf, obwohl ihn der Fahrer bereits gesehen hatte. Als der Ford aus der Parklücke gefahren war, parkte Daniel ein, wischte das Wageninnere sauber, um keine Fingerabdrücke zurückzulassen, und stieg aus. Die Schlüssel warf er auf den Boden des Wagens, den er nicht absperrte. Dann nahm er auf dem Beifahrersitz des Taurus Platz.

Daniel nickte dem kahlköpfigen, durchtrainierten Sam Easton am Steuer zu, und Sam nahm den Fuß von der Bremse und brauste los.

»Ich habe gehört, alles ist gut gelaufen. Andrew hat angerufen.«

»Alles bestens. Und keine Verfolger«, sagte Daniel. »Ich bin mir zu neunundneunzig Prozent sicher.«

Sam nickte, allerdings blickte er weiter häufiger in den Rückspiegel, als es selbst ein umsichtiger Fahrer tun mochte – Daniel hätte es nicht anders gemacht.

Ehe sie auf die Straße fuhren, die sie nach Manhattan bringen würde, warf Daniel einen Blick zurück und sah zwei junge Männer, die langsamer wurden, als sie an dem Prius vorbeigingen, sich umsahen und dann wie zwei Kojoten, die eine verwundete Beute gewittert hatten, näher zu dem Fahrzeug schlichen.

»Willst du nach Hause?«, fragte Sam. »Oder soll ich dich am üblichen Ort absetzen?«

»Downtown. Zum Club.«

Daniel verbrachte die Freitagabende unabänderlich mit Schwimmen in seinem Fitness-Club im Battery Park, dann genehmigte er sich ein, zwei Drinks im Limoncello und drehte eine Sonnenuntergangsrunde mit seinem Boot im Hafen von New York.

Danach irgendwo indisch oder thailändisch essen und dann nach Hause, wo er eins der Mädchen von dem Call Service kommen lassen würde, dessen Dienste er regelmäßig in Anspruch nahm. Wen sollte er aussuchen, überlegte er. Daniel war nach den Morden in einer besonderen Stimmung – er ertappte sich immer wieder bei der Vorstellung von dem ausgestreckten blutigen Körper der Tochter seiner Zielperson. Die Erinnerung war hartnäckig und verlockend.

Er beschloss, nach einem der Mädchen zu fragen, die ihren Kunden eine etwas rauere Gangart erlauben. Dennoch, so ermahnte er sich, würde er etwas mehr Zurückhaltung üben müssen als vor ein paar Wochen, als Alice – oder war es Alina? – am Ende in der Notaufnahme gelandet war.

Kapitel 3

Freitag, 12.20 Uhr
Eine Stunde und
zehn Minuten früher

»Gabby!«

Sie drehte sich um und sah den pummeligen rothaarigen Mann in einem Gang des Elektronik-Supermarkts nahe der City Hall auf sich zukommen.

Sie dachte wieder an ihren ersten Eindruck vor rund einem Monat, als sie sich kennengelernt hatten. Dem rundlichen Mittdreißiger stand *Farm Boy* förmlich ins Gesicht geschrieben. Ein Aussehen, dem man in Manhattan nicht oft begegnete. Nicht, dass daran per se etwas falsch gewesen wäre (alles war besser als der Hipster-Look, fand Gabriela); das Problem war nur, dass man ihn sich zu leicht in Overalls vorstellen konnte.

Sie lächelte. »Hallo.«

»Was tust du hier?«, fragte Frank und strahlte.

Er trug ein braunes Polohemd wie alle anderen hier. Auf seinem Namensschild stand *F. Walsh, Computer-Reparatur, Abt.-Leiter.*

Sie ergriff seine Hand, was er in eine Umarmung umwandelte.

»Ich habe eine Besprechung im Finanzviertel. Ich dachte, ich sag mal Hallo.«

Sein Gesicht schien zu glühen. »Kein Scheiß! Ich habe gerade an dich gedacht. Wow. Tiffany.«

Sie blickte auf die Tasche hinunter. »Nur meine alten Schuhe.«

»Mir gefallen die, die du anhast«, flüsterte er mit einem Blick auf die spitzen Highheels, die sie auf seine Größe hoben. Stuart Weitzmans. Sie kosteten dasselbe wie einer der Computer auf einem nahen Verkaufstisch.

»Ich versuche manchmal in ihnen zur Arbeit zu laufen«, sagte sie lachend.

Am anderen Ende des Raums flimmerte ein und derselbe Werbespot über unzählige TV-Bildschirme in allen Größen.

Frank sah auf die Uhr. »Hast du Zeit für einen Lunch mit mir?«

»Nein. Ich muss zu meiner Besprechung zurück. Aber für einen Kaffee reicht es.«

»Einverstanden.«

Sie gingen in ein Starbucks nebenan, holten sich ihre Getränke – sie einen schwarzen Kaffee, Frank einen schaumigen Latte macchiato. Dann setzten sie sich und plauderten inmitten des gedämpften Mahlens und Zischens der Kaffeemaschinen.

Trotz seines Aussehens hatte Frank mit einer Farm nicht das Geringste zu tun. »Nerd« war eine bessere Bezeichnung, ein Wort, das Gabriela vermieden hätte, aber er hatte es ein-, zweimal selbst für sich benutzt, also war es wohl politisch korrekt. Computer waren sein Leben. Sein Job hier, natürlich. Und er schien mit Begeisterung bei Online-Rollenspielen mitzumachen; sie folgerte es daraus, wie er sie schüchtern gefragt hatte, ob sie bestimmte Titel kannte (sie hatte in ihrem ganzen Leben nie eins gespielt). Dann hatte er ein bisschen enttäuscht dreingeschaut, das Thema gewechselt und es nie wieder zur Sprache gebracht; wahrscheinlich war es ihm peinlich.

Frank Walsh war außerdem ein Filmfan. Er ging zweimal die Woche ins Kino.

Sie tranken Kaffee und plauderten. Dann verzog er das Gesicht und gestand: »Ich habe dieses Wochenende frei … Aber ich muss meine Mutter besuchen.«

»Gratuliere. Und mein Beileid.«

Er lachte.

»Sie wohnt auf Long Island?«, erinnerte sich Gabriela.

»Syosset. Aber ich bin bis Sonntagmittag zurück. Im SoHo startet dann ein Noir-Filmfest. Hast du Interesse? Sterling Hayden, Ida Lupino, Dan Duryea. Die Creme de la Creme.«

»Tut mir leid, Frank. Sonntag habe ich schon was vor.«

»Natürlich.« Er wirkte nicht sonderlich enttäuscht. »Hey, ich mache gerade ein Sammeltape mit diesen Liedern, die dir gefallen. Naja, einen Sammel-*Download*. Wenn du einem neuen Mitarbeiter hier etwas von einem Tape erzählst, glotzt er nur verständnislos.«

»Wow, danke, Frank.« Allerdings fragte sie sich, welche Songs er eigentlich meinte. Sie hörte nicht viel moderne Musik, Popmusik überhaupt nicht. Viel Klassik und Jazz. Viele alte Schlagersänger und Kabarettnummern. Sinatra, Count Basie, Nat King Cole, Rosemary Clooney, Denise Darcel. Sie hatte eine riesige Sammlung wunderbarer Alben geerbt. Hunderte davon, in ihren schönen, fantastisch riechenden Pappkartonhüllen. Sie hatte vor ein paar Jahren eigens einen teuren Plattenspieler gekauft, einen wundervollen Apparat. Wenn sie in ihrer Wohnung die Lautstärke aufdrehte, waren die Klänge, die er an ihren Verstärker schickte, absolut rein. Fesselnd. Sie stahlen einem die Seele.

Sie hatte möglicherweise Frank gegenüber einmal etwas davon erwähnt, und er hatte es sich gemerkt.

Die Unterhaltung ging um dieses und jenes, den neuesten Film von De Niro, die Gesundheit von Franks Mutter, Gabrielas Pläne, ihre Wohnung auf der Upper West Side neu einzurichten.

Dann: »Komisch, dass du ausgerechnet heute auftauchst.« In einem gewissen Tonfall vorgebracht.

»Was meinst du?«

»Ich wollte dich später anrufen. Aber hier bist du schon. Also …«

Gabriela schlürfte von dem starken Kaffee. Sie zog aufmunternd eine Augenbraue in die Höhe. *Sprich weiter.*

»Kann ich dich was fragen?«

»Sicher.«

»Denkst du, wir beide …?«

»Wir beide …?« Gabriela fragte sich, ob das schon das Ende des Satzes war, sie vermutete allerdings, es war so.

Frank ergänzte ihn ohnehin. »Dass wir ernsthafter etwas miteinander haben, meine ich. Hey, ich rede nicht von heiraten. Himmel, nein. Ich glaube nicht einmal, dass das heutzutage finanziell noch sinnvoll ist. Aber jedes Mal wenn wir zusammen aus waren, hat es Klick gemacht. Ich weiß, das war nur ein paar Mal. Aber trotzdem.« Er holte Luft und stürmte weiter. »Schau, ich bin kein Ryan Gosling. Aber ich arbeite daran, ein paar Pfund loszuwerden, ehrlich.«

Er sah auf seinen Kaffee hinunter. Er hatte demonstrativ Süßstoff statt Zucker genommen und ihn mit fettarmer Milch bestellt, allerdings wusste Gabriela, dass das nicht die Mittel waren, mit denen man Übergewicht bekämpfte.

»Frauen mögen Männer aus vielen Gründen, nicht nur wegen ihres Aussehens«, sagte sie. »Und ich bin einmal mit einem Typ ausgegangen, der Ryan Gosling wie aus dem Gesicht geschnitten war, aber er war ein totales Arschloch.«

»Ja?«

»Hey, ich mag dich, Frank. Wirklich. Und es könnte ein ›wir beide‹ geben. Ich will es nur sehr langsam angehen lassen. Ich hatte einige Probleme in der Vergangenheit, und du hast auch welche, oder?«

»Na und ob, ich ziehe Irrtümer magisch an.« Er erging sich ausführlich in der Geschichte von einer schwierigen Trennung, von der er ihr vor ein paar Wochen schon erzählt hatte. Sie konnte nicht genau sagen, wer sitzengelassen worden war und wer Schluss gemacht hatte.

Während sie zuhörte, zählte sie sechzehn Sommersprossen in seinem Gesicht.

»Ich respektiere das«, sagte er ernst.

»Was?« Hatte sie etwas überhört?

»Dass du vernünftig bist. Dir Zeit lässt, alles überlegst. Und dass du nicht gleich schreiend hier rausgerannt bist.«

»Wie könnte ich rennen mit diesen Mörderabsätzen?«

»Die sehr hübsch sind.«

Und nun, da Frank ein ernsthaftes Thema zur Sprache gebracht hatte und die Sache beredet war, ließ er es wieder fallen, wofür sie unendlich dankbar war. Er stand auf, zog drei Zuckerpäckchen aus ihrem Behälter, schüttelte sie in seinen Kaffee und rührte wie ein Whirlpool. Bevor er sich setzte, riss er jedoch sein Smartphone vom Gürtel.

»Lächle.«

»Was?«

Er richtete die Kamera auf sie und machte ein paar Fotos, von Kopf bis Fuß, während sie grinste.

Schließlich setzte er sich und sah die Fotos durch. »Sind ein paar ganz gute dabei.« Dann trank er von seinem Kaffee und sah sie an. »Weißt du, dieses Filmfest geht noch die ganze Woche.«

»Wirklich? Dienstag bin ich frei, wenn du willst.«

»Da arbeite ich …«

»Na dann …«

»Nein, wenn Dienstag okay ist für dich, tausche ich die Schicht.«

»Wirklich?«

»Für dich, klar.«

»Das ist wirklich süß, Frank, wirklich süß.« Sie lächelte ihn strahlend an.

Kapitel 2

Freitag, 11.00 Uhr
Eine Stunde und zwanzig Minuten früher

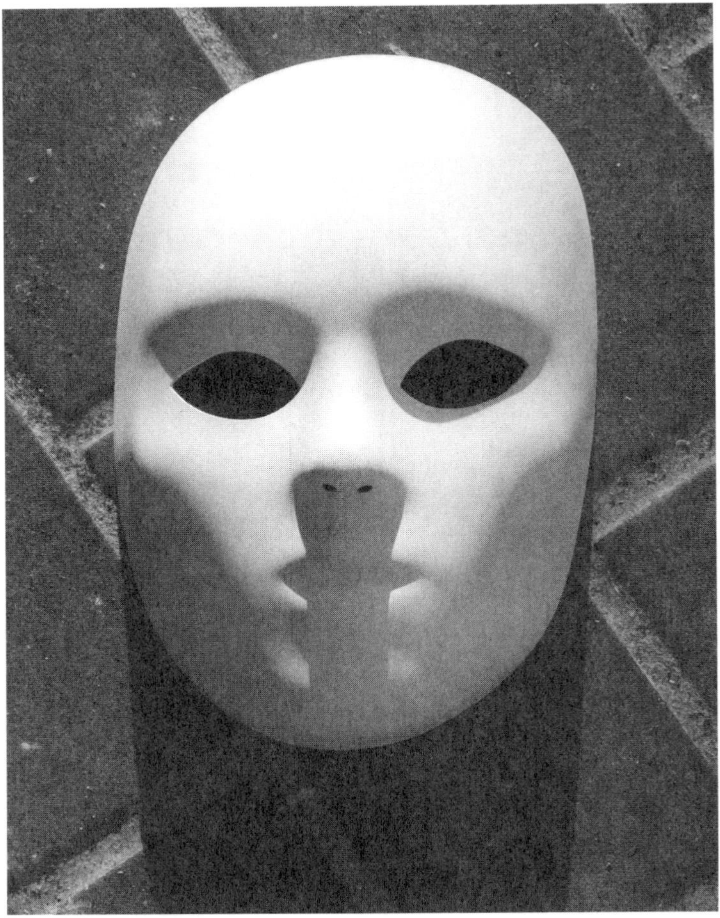

Brad Kepler und Naresh Surani warteten in einem Konferenzraum mit einem einzigen fleckigen Fenster als Attraktion, das auf ein Gebäude hinausging, das nach Keplers Ansicht auf den Hafen von New York blickte. Mehr Aussicht war im One Police Plaza meist nicht zu haben – zumindest nicht für Detectives dritten Grades. Erst recht nicht, wenn sie an einer Operation beteiligt waren, die keinen Namen hatte und von der niemand wusste und die deshalb eine Karriere mutmaßlich ebenso gut ruinieren wie befördern konnte.

Kepler betrachtete seinen Arm, der zwar weniger muskulös war als bei seinem Dienstantritt bei der Polizei, dafür aber eine kräftige Sonnenbräune aufwies. Dann schaute er zu Surani, der eine nahezu graue Hautfarbe hatte und grau blieb, egal wie viel Sonne er abbekam. Beide Männer waren mehr oder weniger Mitte dreißig und mehr oder weniger fit, wenngleich Keplers Statur die Alltagswirklichkeit eines Detectives widerspiegelte: sitzende Tätigkeit, mit keiner größeren körperlichen Anstrengung im Dienst als hin und wieder zu Fuß gehen zu müssen. Vor einem Monat hatte er einmal jemanden gejagt und auch erwischt, aber seine Hüfte schmerzte immer noch.

Scheißkerl.

»Ist der Typ das Arschloch, nach dem er aussieht?« Er klopfte auf eine Akte auf dem Tisch vor ihm.

»Keine Ahnung«, antwortete Surani. »Nie von ihm gehört.

Wofür ist dieser Raum hier? Ich wusste nicht einmal, dass es ihn gibt.«

Das Büro, nicht weit von ihrer Abteilung Major Cases entfernt, war heruntergekommen, schlecht beleuchtet und vollgestellt mit einem wackligen Tisch, sechs Stühlen, von denen drei nicht zu den anderen passten, einem Aktenschrank und Dutzenden von Kisten mit der Aufschrift *Ablage*.

Dazu diese Scheißaussicht. Aber wenigstens war es eine Aussicht, anders als in seinem Verschlag, der fünf, sechs oder tausend Stockwerke entfernt lag und wo das Einzige, woran er seine Augen weiden konnte, der Hintern von Detective Laikisha Towne war. Bei dem es eine Menge zu sehen gab. Und der ihn nicht im Geringsten anmachte.

Kepler betrachtete jetzt die Kisten und fand die Beschriftung lustig. Die Kisten sahen aus, als stünden sie seit Monaten hier. Warum also hatte sie niemand, wie angeordnet, *abgelegt?*

Willkommen beim NYPD.

Es war kurz nach 11 Uhr, und es roch nach altem Öl, Knoblauch, Fisch – wie es in großen Teilen des Gebäudes von Zeit zu Zeit der Fall war, je nach Windrichtung und Luftfeuchtigkeit. Schuld daran waren die Nähe und das gnadenlose Vordringen von Chinatown. Was Little Italy anging: *Arrivederci!*

»Ich habe Hunger«, sagte Kepler.

»Ich auch. Aber …«

»Wo bleiben die anderen?«

Surani wusste es nicht. Also nahmen sie Anrufe entgegen und machten ihrerseits welche.

»Weil«, sagte Kepler in sein Motorola zu einem Täter, den er geschnappt hatte und der jetzt auf Kaution draußen war, »sie nicht mehr weiter runtergehen werden. Und das heißt, es ist

Ihre beste Wahl. Achtzehn Monate. Die sitzen Sie auf einer Arschbacke ab.«

»Scheiße, Mann«, ertönte Devons Stimme am anderen Ende der Leitung.

»Okay, ich muss Schluss machen.« Kepler unterbrach die Verbindung und warf wieder einen heimlichen Blick auf seinen gebräunten Arm. Er verriet niemandem, dass die Bräune von den Lampen des Larchmont-Bräunungsstudios kam, fünfzehn Meilen von zu Hause entfernt. Er erzählte den Leuten, er würde jeden Tag joggen, Golf spielen, schwimmen.

»Das war Devon?«, fragte Surani.

»Ja.«

»Achtzehn Monate? Auf einer Arschbacke? Niemals. Er ist erledigt.«

»Das weiß ich. Und du weißt es. Und Devon wird es noch herausfinden. Zu schade, aber er hätte eben das Fluchtauto nicht fahren dürfen.«

»Das gar keins war«, sagte Surani.

»Was?«

»Das Auto. Niemandem ist die Flucht geglückt.«

Kepler lachte. »Der Captain verspätet sich. Sie verspäten sich beide. Und ich habe Hunger. Beim Prozess gestern hast du verdammt gut ausgesehen.«

»Ja, das lief gut«, sagte Surani bescheiden. »Ich war zufrieden. Gute Jury. Ich mag gute Jurys.«

Die beiden Detectives zankten sich mehr, als dass sie sich Komplimente machten, und manchmal wurden sie regelrecht beleidigend – aber alle Formen ihres Schlagabtauschs beruhten auf einem ähnlichen Gefühl. »Zum-aus-der-Haut-Fahren«, war ein Ausdruck, der häufig auftauchte.

Die beiden waren seit sieben Jahren ein Liebespaar, und Partner – im beruflichen Sinn – seit vier. Bald würde der eine oder der andere eine Heirat vorschlagen. Kepler war nahe dran, mit der Frage herauszuplatzen.

Und Gott gnade jedem in ihrem Kollegenkreis, der eine Bemerkung darüber machte, der eine Augenbraue in die Höhe zog oder auch nur einen Seufzer ausstieß.

Kepler widmete sich wieder seinem Handy, um etwas von einem Imbiss zu bestellen. Am Beginn seines Adressbuchs gab es drei Ordner: *!Abendessen, !Frühstück, !Lunch.* Die Ausrufezeichen waren hinzugefügt, damit sie oben in der Liste blieben, vor den Personen.

Das Versprechen von Würstchen und Waffeln verschwand zusammen mit dem Telefon selbst, als der gequält wirkende Mann im Anzug hereinkam, ihr Boss. Captain Paul Barkley war Ende fünfzig. Er hatte ein faltiges Gesicht und eine Vielzahl von Kinnen und trug den runden Bauch eines Mannes vor sich her, der aß, wann es ihm genehm war, und den nicht Überstunden und die Umstände eines Falls zwangen, sich ein Frühstück für unterwegs zu holen, obwohl eigentlich Mittagessenszeit war, oder umgekehrt.

Dennoch hatte der Mann einen Ruf so redlich wie Keplers Bräune – und sehr viel echter. Jeder wusste, Barkley hatte sich alles hart erarbeitet, und der Legende nach hatte er Narben von Schusswunden, die es bewiesen. Deshalb meckerte keiner der Detectives herum, jedenfalls nicht zu viel und schon gar nicht in seiner Gegenwart.

»Meine Herren.«

»Captain«, sagte Surani. Kepler nickte.

»Viel los heute«, murmelte Barkley und schaute zum Beweis auf sein iPhone. Er las eine SMS. Schickte eine ab. Ignorierte die Männer.

Keplers Magen protestierte. Waffeln. Er wollte Waffeln. Oder vielleicht ein Club Sandwich.

»Also, worum geht es?«, fragte der Captain barsch. »Ersuchen um eine verdeckte Operation?«

»Richtig«, sagte Kepler.

»Wo ist Detective McNamara?«

»Auf dem Weg«, sagte Kepler.

»Nun, dann fangen Sie schon mal an.« Barkley zog einschüchternd die Augenbrauen in die Höhe. Ungeduld herrschte vor.

»Naja, Sir, wir wissen nicht so genau. Wir haben das Ganze nicht geplant.«

»Das war ...« Surani brach ab und blickte zur Tür hinter dem Captain. »Ah, da ist ja der geistige Kopf des Unternehmens. Sie kann Ihnen alle Einzelheiten erläutern. Hallo, Gabby!«

Die schöne, aber streng wirkende Frau betrat den Raum. Sie ließ den Blick – wie üblich, ohne zu lächeln – über die drei Männer wandern und nickte dem Captain zu.

Kepler war aufgrund seiner Neigungen nicht im Geringsten an Detective Gabbys Körper interessiert. Aber, Mann, sie zog sich gut an. Er wusste das zu schätzen. Eine dünne weiße Bluse unter der schwarz-weiß karierten Jacke. Wie hieß der Stoff gleich wieder? Es gab ein Wort für dieses Muster. Ein grauer Rock.

Und eine tolle dunkle Strumpfhose. Hübsche Highheels auch.

Er und Surani standen nicht darauf, sich wie Frauen anzuziehen, aber wenn sie es getan hätten, wäre Detective Gabby nicht das schlechteste modische Vorbild gewesen.

Sie war selbst ein bisschen eine Legende. Als Tochter eines Detectives, der in der Abteilung Organisiertes Verbrechen tätig gewesen war, hatte sie direkt nach dem College bei der Polizei angefangen, zunächst im Bereich CSI. Nachdem ihr Vater im Dienst getötet wurde, war sie Detective geworden und zu Major Cases aufgestiegen, oft wie ihr alter Herr beim Organisierten Verbrechen im Einsatz, wo sie sich auf die ultragewalttätigen osteuropäischen Banden in Brooklyn und Queens spezialisierte.

Bekannt für ihre verdeckte Arbeit, glänzte sie mit einer hohen Zahl von Verhaftungen. Und, was noch wichtiger war, ihre Verurteilungsrate war unerreicht. Jeder konnte Handschellen zuschnappen lassen; das Hirn und den Mumm zu haben, um sicherzustellen, dass die Scheißtypen für lange Zeit hinter Schloss und Riegel kamen, war etwas ganz anderes.

Gabby strich sich eine störrische kastanienbraune Haarsträhne aus dem Gesicht.

»Sie wollen also eine verdeckte Operation durchführen?«, fragte der Captain.

»Hört sich an wie im Fernsehen«, witzelte Kepler, um sie zum Lächeln zu bringen. Niemand beachtete ihn, und er beschloss, nicht länger den Schlaumeier zu spielen.

»Das stimmt«, sagte sie.

»Worum geht es?«

»Ich habe von einem vertraulichen Informanten gehört, dass ein Akteur aufgetaucht ist. Ein Bursche namens Daniel Reardon.«

»Nie von ihm gehört. Organisiertes Verbrechen?«

»Keine Verbindung zu einer der bekannten Banden, soweit ich feststellen kann«, berichtete Gabby. »Meinem Informanten zufolge betreibt er ein kleines Unternehmen mit einer Wall-Street-Firma als Tarnung. Er arbeitet mit zwei Partnern. Ich kenne nur die Vornamen. Andy oder Andrew und Sam.«

»Oder Samuel?«, fragte Kepler.

Sie richtete den Blick auf ihn. Normalerweise waren ihre Augen grün, aber heute waren sie eher gelblich, unheimlich. »Nur Sam.« Sie sagte es knapp, wie um auszudrücken: Hätte ich den längeren Namen nicht erwähnt, wenn ich es so gehört hätte? »Sonst weiß ich nichts über sie. Aber mein Informant hat gehört, dass sich der Laden im achtstelligen Bereich bewegt.«

»Großer Gott. Wer ist Ihr Informant?«

»Ein Mann in der Sedutto-Bande.«

»Ihr vertraulicher Informant ist bei *Sedutto* eingebettet?«, fragte Kepler ehrfurchtsvoll. »Und er lebt noch?«

»Er ist sehr gut«, sagte sie knapp, als wäre sie verärgert über die Unterbrechung. »Und ich bezahle ihm einen Haufen Geld dafür, dass er so gut sein kann.«

»Was treiben Reardon und seine Bande?«, fragte der Captain.

»Das ist schon schwerwiegendes Zeug, Paul. Hauptsächlich Geldwäsche, aber auch Drogen- und Waffengeschäfte. Auslandsgeschichten. Aber das Schlimmste ist, dass er mindestens ein halbes Dutzend Leute umgelegt hat. Ein paar Zeugen und Rivalen. Bei einem der Zeugen war anscheinend die Familie dabei, und die hat er ebenfalls getötet.«

»O Mann«, sagte Surani und schüttelte den Kopf.

»Zig Millionen schwere Unternehmungen und Auftragsmorde«, sinnierte der Captain. Er klang nicht im Mindesten bedrückt. Gutes Pressematerial, dachte er vermutlich. Das mochte zynisch sein, aber Kepler wusste, dass man in diesem Geschäft sein Image im Auge behalten musste. Weißer-Ritter-Kram zählte, wenn es um Mittelvergabe ging, und er zählte, wenn es um Beförderungen ging. Es war ein Spiel, das alle zu spielen lernten, und bei dem niemand ein schlechtes Gewissen hatte.

»Wie haben Sie sich die Sache vorgestellt?«

»Das wird eine heikle Angelegenheit. Reardon ist schlau. Und höllisch misstrauisch, meinem Informanten zufolge. Ich muss irgendwo in Manhattan ein Scheinbüro einrichten.«

»Ein Büro? Was heißt das?«, fragte Barkley grob.

Ihre Stimme war seiner ebenbürtig. »Eine Firma, ein Geschäft, ein Büro. Wahrscheinlich eine Investmentfirma. Ich brauche nicht viel. Ein paar Räume, Möbel. Ein paar fiktive Akten schustere ich selbst zusammen. Dekoration, Requisiten. Das Büro wird menschenleer sein – und halb ausgeräumt wie nach einer Razzia. Das gehört zu meinem Plan.«

»Wir sind nicht Abscam, wir haben nicht viel Geld.«

»Was ist Abscam?«, fragte Surani.

Niemand antwortete. Kepler merkte sich vor, seinem Partner zu erklären, dass es sich dabei um eine der größten verdeckten FBI-Operationen in der US-Geschichte handelte.

»Das kostet uns nicht viel«, sagte Gabby. »Ich dachte, wir könnten diesen Laden benutzen, den die Drogenbekämpfung letzten Monat geschlossen hat. Er steht gerade leer. Midtown, Turtle Bay. Ach ja, und ich werde ein nicht besetztes Townhouse irgendwo auf der Upper East Side brauchen. Nur als Fassade. Die ganze Sache wird wahrscheinlich nur auf ein paar Tausender kommen.«

»Das dürfte machbar sein«, brummte Barkley.

»Ich lasse von unserer IT eine erfundene Website für das Unternehmen bauen. Und ich richte eine Facebook-Seite für meine Cover-Identität ein. Etwas Einfaches, aber gut genug, um Reardon zu täuschen, falls er es überprüft. Was er tun wird.«

Barkley stöhnte wieder. »Langsam. Sie müssen mich erst noch überzeugen, Detective. Erzählen Sie mir mehr über Reardon.«

»Viel habe ich nicht. Nur was ich per Data-Mining herausgefunden habe. Er ist reich, liebt die Geschwindigkeit. Er besitzt einen Maserati, der aber langsamer ist als sein Porsche. Er hat ein schickes Boot in Connecticut und eins in Lower Manhattan.«

»Tja«, sagte Surani, »wir haben es mit einer ganz neuen Klasse von Tätern zu tun. Sozialen Aufsteigern.«

»Oder Absteigern«, korrigierte Gabby mit frostiger Stimme. »Er bringt Familien um, schon vergessen?«

Wenigstens war Kepler nicht der Einzige, den sie ihre Peitsche spüren ließ.

»Reardon ist Single. War nie verheiratet, allerdings sagt mein Informant, dass er manchmal behauptet, er sei geschieden, und manchmal, er sei Witwer. Er hat ein Loft in TriBeCa, das drei Millionen wert ist, und eine Firma an der Wall Street. Sie ist legal – er betätigt sich als Risikokapitalgeber. The Norwalk Fund. Aber er hat laut Finanzamt letztes Jahr nur eins Komma zwei Millionen gemacht. Sein Lebensstil ist fünfmal so teuer. Die Investmentsache ist also nur Tarnung für die Geldwäsche, die Waffenverkäufe und die anderen Dinge, die er treibt.«

»Vielleicht hat er einfach gegenüber dem Finanzamt gelogen, was den Profit seiner legalen Firma angeht«, meinte Kepler.

»Nicht, wenn es seine Tarnung ist. Warum sollte er das tun? Wer würde das tun? Das wäre Selbstmord. Er ist nicht dumm, Brad.«

Autsch.

»Und die Partner?«, fragte Surani. »Andrew und Sam? Haben sie mit dem Norwalk Fund zu tun?«

»Ich habe die Firma auf der Suche nach ihren vollständigen Namen natürlich überprüft. Nein, sie haben nichts mit ihr zu tun.«

Natürlich ...

»Und was soll bei der ganzen Sache herauskommen?«, fragte Barkley. Er war bekannt dafür, dass er den großen Zusammenhang liebte.

»Ich mache mich an Reardon heran, dann lege ich einen Köder aus, gebe ihm, Andrew und Sam die Chance, sich mit meinem Informanten bei einer großen Sache zusammenzutun. Ich werde unschuldig in die Sache hineingeraten, deshalb werden sie mich aus dem Weg schaffen müssen.«

»Und wir nageln sie wegen krimineller Verschwörung fest«, sagte Barkley.

»Genau. Mein V-Mann, er heißt Joseph, wird verkabelt sein. Sobald sie sich mit ihm treffen und von Mord sprechen, können wir eingreifen. Dann bekommen wir auch Durchsuchungsbefehle für ihre Büros und Häuser. Wenn wir Glück haben, finden wir etwas, das Reardon mit den früheren Morden in Verbindung bringt – Waffen, Unterlagen, Geldtransfers.«

»Sieht aus, als hätten Sie die Sache durchdacht – wie immer, Detective. Erzählen Sie, wie es laufen soll.«

Sie erklärte: »Meine Tarnidentität bei der ganzen Inszenierung wird Gabriela McKenzie sein, Büroleiterin bei dem fiktiven Unternehmen, von dem ich gesprochen habe. Ich nenne es Prescott Investments. Es wird aussehen, als hätte mein Boss – Charles Prescott – irgendwelche illegalen Aktiengeschäfte gemacht. Und Sie beide, Kepler und Surani, ermitteln deshalb gegen ihn. Es ist Zeit für den Zugriff, aber er ist verschwunden. Sie sprechen mich und Reardon auf der Straße an und erzählen mir die Neuigkeit über Prescott. Das wird Reardons Interesse wecken. Nachdem Sie dann gegangen sind, taucht auch mein Joseph auf. Er wird mir mitteilen, dass er illegale Geschäfte mit Prescott gemacht hat und wütend ist, weil dieser sich aus dem Staub gemacht hat. Er wird mir drohen und mich auffordern, diese mysteriöse Liste auszuhändigen, die Millionen wert ist.«

»Was steht in der Liste?«, fragte Barkley.

Gute Frage, dachte Kepler.

»Das spielt keine Rolle«, tat Gabby die Frage ab.

Oder vielleicht doch nicht.

»Es ist ein MacGuffin«, fuhr sie fort. »Könnte alles sein. Aber ich habe beschlossen, es für Reardon so aussehen zu lassen, als handelte es sich um eine Liste von Unterweltgrößen, die an einem Plan mitwirken, die Börse für ein, zwei Tage stillzulegen und in großem Stil abzuräumen. Ich werde ein paar Hinweise für ihn fallenlassen, damit er zu diesem Schluss kommt. Wie etwa, dass einer von Prescotts Klienten ein deutscher Terrorist und Waffenhändler ist. Die anderen sind Broker oder Händler, meist aus Übersee. Und ich arbeite an einem Mietvertrag, der in den nächsten Wochen unterschrieben werden muss – für diese Immobilie am Bankers' Square in Manhattan, wo die Börse ein neues Kommunikationszentrum unterbringt. Danach kommt Reardon möglicherweise von allein drauf, aber um auf der sicheren Seite zu sein, werde ich das folgende Memo in ein paar Akten verstecken, die ich ihm zur Durchsicht gebe, als wüsste ich nicht, dass es dabei ist.«

Sie klatschte ein weiteres Dokument auf den Tisch.

Von: Charles Prescott
An: Investmentsyndikat
Betr.: Aktualisierter Zeitplan

2. des Monats: New York Stock Exchange Technology Center am Bankers' Square in Lower Manhattan eröffnet
4. des Monats: Der Mietvertrag für das Lagerhaus am Bankers'

Square 7 tritt in Kraft. Unsere »Ingenieure« treffen mit geeigneter Ausrüstung ein, um das fiberoptische System des Technology Centers direkt unter dem Lagerhaus funktionsunfähig zu machen.
6. des Monats: Investoren mit Sitz in den USA verlassen Zuständigkeitsbereich in Richtung sichere Zuflucht. Empfohlen: Schweiz, Caymans, St. Kitts, St. Thomas.
8. des Monats, 11.00 Uhr: Der Zwischenfall im Lagerhaus findet statt. New Yorker Börse setzt den Handel aus.
8.–9. des Monats: Abschluss von Leerverkaufs-Transaktionen, die im Lauf des Jahres getätigt wurden. Verteilung der Profite an die Investoren.

»Das Zieldatum ist um den Columbus Day herum, deshalb nenne ich es die Oktoberliste – die Leute in dem Syndikat, das mein Boss aufgebaut hat.«

»Gefällt mir sehr«, sagte Kepler. Er war aufrichtig beeindruckt. Wenn er für das andere Team spielen würde, könnte er sich leicht in Gabriela verlieben.

»Joseph wird außerdem die Anzahlung zurückverlangen, die er Prescott gezahlt hat«, fuhr McNamara fort. »Etwas in der Größenordnung von vierhunderttausend Dollar.«

»Halt, langsam – so viel Geld kriege ich nicht bereitgestellt«, sagte der Captain rasch.

»Nein, ich werde das Geld nicht wirklich brauchen. Es reicht, wenn Reardon weiß, dass es um viel geht. Wenn die Anzahlung so hoch ist, dann geht es bei der Unternehmung ernsthaft um Geld. Das wird ihn endgültig überzeugen.«

»Warum benutzen Sie Ihren Informanten für diesen Teil«, fragte Barkley. »Warum nicht einen Undercover-Detective?«

»Glaubwürdigkeit. Wenn Reardon herumfragt, wird er herausfinden, dass Joseph Verbindungen zu den Seduttos hat. Aber ich werde, wie gesagt, tatsächlich noch ein paar andere Beamte zusätzlich zu den beiden hier brauchen. Ich möchte Elena Rodriguez von der Drogenbekämpfung.«

»Ich versuche es hinzukriegen«, sagte Barkley.

»Sie müssen es hinbekommen«, sagte Gabby mit Nachdruck. »Ich brauche sie. Sie ist gut.«

»Was ist ihre Rolle?«, fragte Barkley.

»Sie wird eine Kollegin von mir bei Prescott sein.«

»Sie sprachen vorhin davon, dass Joseph Ihnen droht. Wie will er Sie dazu bringen, dass Sie ihm die Liste geben?«

»Er wird meine Tochter entführen.«

Kepler blinzelte überrascht. Sie hat eine Tochter? Gabby war der am wenigsten mütterliche Mensch, den er kannte.

»Reardon wird in meiner Nähe bleiben, während ich herumrenne und die Oktoberliste und die vierhunderttausend Dollar aufzutreiben versuche«, fuhr sie fort. »Ich bin mir sicher, er wird Andrew und Sam hinzuziehen – sie werden so tun, als wollten sie mir helfen, das Mädchen zurückzubekommen. Aber was sie tatsächlich tun werden, ist, einen Deal mit Joseph machen, um ihm die Liste zu verkaufen oder mit ihm ins Geschäft zu kommen.«

»Was, wenn Reardon nicht anbeißt?«, fragte Kepler.

»Dann haben Sie einen oder zwei Tage vergeudet, an denen Sie auch hätten Golf spielen können.«

»Er spielt nicht Golf«, sagte Surani. »Er *schaut* beim Golf *zu*.«

Kepler zeigte ihm den Mittelfinger. Andeutungsweise. Und warf ihm einen liebevollen Blick zu.

»Und ich habe ein paar Tausend in den Sand gesetzt«, knurrte Barkley.

Sie sah ihn an, als wäre er ein Ehemann, der eine extrem

kleinliche Bemerkung wegen Stärke in seinen Hemden gemacht hat.

Von den dreißigtausend Polizisten beim NYPD konnte nur Gabby McNamara einen ranghohen Vorgesetzten mit so einem Blick zum Schweigen bringen.

»Können wir weitermachen, Paul?«

Oder mit dem Vornamen ansprechen.

Er rang einen Moment mit sich. »Sie haben maximal drei Tage. Am Montag blasen wir das Ganze ab, egal, was Sie herausgefunden haben oder nicht.«

»Einverstanden. Danke.« Ihre Dankbarkeit war rasch verbraucht. »So. Ein großer Teil der Aufgabe wird darin bestehen, Reardon davon zu überzeugen, dass alles mit rechten Dingen zugeht.« Als würde sie anmerken, dass sie nachher noch ihre Wäsche im Waschsalon vorbeibringen musste, sagte Gabby: »Ich muss einen Polizisten anschießen.«

Hat sie gerade mich angesehen, als sie das sagte?, fragte sich Kepler.

»Bei der ganzen Inszenierung wird keine Waffe abgefeuert«, sagte Barkley mit Nachdruck. »Ausgeschlossen.«

»Es muss sein«, sagte sie, und die Worte hatten umso mehr Gewicht, weil sie so blasiert war. »Wenn Reardon noch irgendwelche Zweifel hat, wird sie das zerstreuen. Wir präparieren eine Waffe mit Schreckschusspatronen oder Übungsmunition.« Sie machte weiter wie eine Dampfwalze. »Wir holen uns irgendeinen Anfänger aus dem Streifendienst. Er wird begeistert sein.«

»Nein«, sagte Kepler.

Alle Blicke richteten sich auf ihn, Gabbys auf höchst durchdringende Weise. »Sie dürfen Reardon dabei nicht an Ihrer Seite haben. Der Streifenbeamte oder irgendwelche Zeugen würden ihn sehen, und damit würde er zu einem Verdächtigen werden. Und in diesem Fall taucht er wahrscheinlich sofort unter oder zieht sich zurück.«

»Gutes Argument. Daran hatte ich nicht gedacht. Ich werde dafür sorgen, dass er ein Stück entfernt ist.«

»Die Presse, die Öffentlichkeit, es wird einen Riesenwirbel geben, wenn ein Polizist angeschossen wird«, merkte Barkley an. »Plötzlich ist die Sache auf der Titelseite der *New York Post*. Man wird Fragen nach dem Mann stellen.«

»Wir benutzen einen erfundenen Namen«, sagte Gabby. »Ich habe nachgesehen – es gibt niemanden bei der Polizei, der Fred Stanford Chapman heißt. Das war der Junge, mit dem ich auf den Abschlussball der Highschool gegangen bin. Wir besorgen ein falsches Namensschild und bereiten eine gefälschte Pressemitteilung vor. Sagen Sie dem Chef der Polizeigewerkschaft, es gehört zu einer Falle.«

Sie fixierte Barkley mit einem Scharfschützenblick. Und sagte keinen Ton. »Das könnte gehen«, räumte er schließlich ein.

»Ich habe die ganze Inszenierung durchgeplant.« Gabby wühlte in ihrer Handtasche. Kepler bemerkte eine Rolle blaugrüner Strickwolle. Er erinnerte sich, dass sie sich beim Stricken entspannte. Es wirkte auf den ersten Blick merkwürdig, aber er selbst verschwendete seine Zeit mit Angry Birds und Sudoku und, ja, damit, beim Golfen *zuzusehen*. Sie zog ein einzelnes Blatt Papier aus der Tasche und legte es auf den Tisch. »Das ist das Drehbuch, Tag für Tag, beginnend mit heute Nachmittag. Prägt es euch jetzt ein. Es kommt in den Reißwolf, bevor ich aufbreche. Es wird Veränderungen und Improvisationen geben, aber ich halte euch per SMS auf dem Laufenden, wenn sich etwas ändert.«

Die drei Männer beugten sich vor und lasen.

Undercover Operation 2340-42
(Code-Name »Charles Prescott«)

Freitag

- Det. McNamara alias Gabriela McKenzie stellt Kontakt mit Zielperson Daniel Reardon her.

Samstag

- Dets. Kepler und Surani kontaktieren Det. McNamara und Zielperson Reardon wg. Flucht von Charles Prescott.
- Vertraulicher Informant Joseph kontaktiert Det. McNamara und Zielperson Reardon wg. Entführung von Tochter (Sarah), erpresst Det. McNamara zur Beschaffung von »Oktoberliste« und $.
- McNamara und Reardon versuchen Oktoberliste und $ aufzutreiben.
- Mit Hilfe von Det. Elena Rodriguez verschaffen sich Det. McNamara und ZP Reardon Zugang zu angeblichen Räumen von »Prescott Investments« in Manhattan. Entdecken Oktoberliste.
- Vor besagten Räumlichkeiten werden Det. McNamara und ZP Reardon von Dets. Kepler und Surani gestellt, können Oktoberliste jedoch aus Prescott Investments hinausschmuggeln. Trägt dazu bei, Bedeutung der Liste glaubhaft zu machen. ZP Reardon erhält Hinweise auf möglichen Finanzbetrug.
- Det. McNamara und ZP Reardon bleiben untergetaucht, versuchen $ aufzutreiben, während sie scheinbar mit V-Mann Joseph als »Entführer« verhandeln.

Sonntag

- Det. McNamara und ZP Reardon versuchen in Townhouse von Charles Prescotts Geliebter auf Upper East Side Geld zu finden. Werden von Dets. Kepler und Surani sowie Streifenbeamtem mit fiktivem Namen Fred Stanford Chapman abgefangen. Inszenierte Schüsse auf Chapman. Det. McNamara und Reardon fliehen. Det. McNamara täuscht Verletzung bei Flucht vor.
- Wenn noch nicht geschehen, müsste ZP Reardon nun Kontakt mit Partnern Andrew und Sam aufnehmen, unter dem Vorwand, dass sie bei sicherer Freilassung der Tochter helfen.
- ZP Reardon, Andrew und/oder Sam treffen sich mit V-Mann Joseph, in der Absicht, Det. McNamara zu hintergehen und zu töten. Joseph oder Ort des Treffens werden verkabelt sein. V-Mann J. wird Information über Ort an Det. McNamara weiterleiten.
- SEK Teams überwältigen Reardon, Andrew und Sam.

Barkley war sichtlich beeindruckt, auch wenn er sich bemühte, es nicht zu zeigen. »Mann, das ist wirklich ein Drehbuch.«

»Bei Leuten wie Reardon improvisiert man nicht«, sagte Gabby trocken.

Er tötet Familien …

»Sind Sie sicher, dass Reardon bei Ihnen bleibt?«, fragte Kepler.

»Er wird mitkommen, dafür sorge ich.«

»Wie wollen Sie ihn sich angeln?«

»Er schwimmt jeden Freitagnachmittag im Battery Park Health Club ...«

»Oder spielt Racquetball oder Tennis«, warf Kepler rasch ein.

Sie schwenkte zu ihm herum. »Die einzigen Gründe, warum man ausgerechnet diesem Club beitritt, sind Tennis und die Schwimmhalle. Mein Data-Mining hat ergeben, dass er nie für einen Platz bezahlt oder Bälle gekauft hat. *Ergo* schwimmt er.«

Ich nehme alles zurück. Und sie spricht Griechisch. Oder war es Latein? Was für eine Frau! Das andere Team sah zunehmend interessanter aus.

»Danach geht er auf ein, zwei Drinks ins Limoncello.«

»Was ist das?«

»Ein Restaurant am Hafen.« Gabby entwickelte ziemliche Übung darin, mit Kepler zu reden, ohne ihn anzusehen. Sie fuhr an Barkley gerichtet fort: »Er trinkt im Allgemeinen Scotch oder Rotwein. Ich werde von beidem ein kleines Fläschchen bei mir haben. Ich schaue, was er trinkt, gehe zur Toilette und schütte mir etwas davon auf den Ärmel. Er soll glauben, dass er einen Fleck in meine Bluse gemacht hat. Von da an kriege ich ihn dann schon.«

Wenn Kepler so richtig darüber nachdachte, war Gabby vielleicht doch nicht die beste Frau der Welt für ein Rendezvous.

»Was meinen Sie damit, Sie täuschen eine Verletzung vor?«, fragte Surani und klopfte leicht auf das Drehbuch.

»Ich muss verwundbar erscheinen. Damit Reardon keine Gefahr in mir sieht. Wahrscheinlich werde ich stürzen und mir dann die Innenseite der Wange aufbeißen – damit es aussieht, als würde ich wegen einer gebrochenen Rippe und einem Riss in der Lunge bluten. Außerdem scheint Reardon ein bisschen ein Sadist zu sein. Es wird ihn anmachen, wenn ich Schmerzen habe.«

»Werden Sie bewaffnet sein?«, fragte Surani.

»Wie könnte ich? Ich bin die Büroleiterin einer Investmentfirma.« Ein Blick auf das Drehbuch, das sie geschrieben hatte.

»Aber verkabelt dann«, sagte Kepler.

»Nein«, widersprach Gabby und runzelte die Stirn, als könnte sie nicht fassen, dass er es nicht kapierte.

»Die Technikabteilung hat da ein paar ganz gute Spielereien, Ausrüstung für Überwachung, meine ich. Es gibt zum Beispiel einen GPS-Sender und ein Mikro in einem Feuerzeug …«

»Ihr wollt mir ein Feuerzeug mitgeben, obwohl ich nicht rauche? Was soll Reardon davon halten?«

»Ich meine ja nur. Irgendetwas.«

»Nein. Keine Verkabelung. Und auch keine Überwachung von außen. Ihr beide und alle – bleibt auf Abstand. Ich darf nicht das Risiko eingehen, dass Reardon die Falle wittert. Das ist die größte Gefahr. Er hat nicht so lange überlebt, weil er sich sorglos verhalten hat. Jetzt lest das Skript, bis ihr es auswendig könnt.«

Sie schob ihnen das Blatt hin, und wie Schüler vor einer strengen Lehrerin taten Kepler und Surani wie befohlen. Als beide nickten, nahm Gabby das Blatt weg und brachte es zu einem Reißwolf. Sie steckte das Gerät an und machte Konfetti. Dann hängte sie sich ihre Handtasche um und sagte zu den Detectives: »Ich schicke euch weitere Einzelheiten heute Abend per E-Mail. Fangt uns gegen zehn oder elf an der Ecke bei meiner Wohnung ab.«

Surani zitierte: »›Dets. Kepler und Surani kontaktieren Det. McNamara und Zielperson Reardon wg. Flucht von Charles Prescott.‹«

Ihr erstes und einziges Lächeln. »Gut.«

»Eins noch«, sagte Kepler.

Gabby betrachtete ihn ernst. »Ja?«

»Ihr Informant, dieser Joseph – vertrauen Sie ihm?«

»So ziemlich.«

»So ziemlich«, plapperte Kepler nach. »Okay, Josephs Boss, Sedutto, ja? Der macht eine Menge Ärger, wie Sie wissen. Besteht die Gefahr, dass Joseph *Sie* an der Nase herumführt? Ich meine, vielleicht denkt er, dass Reardon eine Quelle für richtig viel Geld ist. Und er wird sie ebenfalls umlegen, wenn er hat, was er will.«

Die besten vertraulichen Informanten standen moralisch gesehen den Tätern, die sie infiltrierten, nicht sehr fern.

Würde Gabby wütend sein, weil er ihr Urteilsvermögen in Bezug auf Joseph in Frage stellte?

Aber sie sagte nur: »Ich weiß Ihre Sorge zu schätzen, Brad. Aber ich habe das Risiko abgewogen und finde es annehmbar. Viel können wir ohnehin nicht dagegen tun.«

Dann war sie weg.

»Mann, die Kleine hat Mumm«, sagte Barkley.

Wozu sich weder Kepler noch sein Partner äußern mochten.

Dann sagte der Captain: »Ich möchte, dass sie lückenlos überwacht wird.«

»Aber«, sagte Surani, »sie hat sich doch jede Überwachungsmaßnahme verbeten.«

»Das interessiert mich nicht. Ich will wissen, was sie sagt, ich will wissen, wohin sie geht und was sie sieht. Rund um die Uhr. Die Sache ist zu gefährlich, um Gabby sich allein zu überlassen. Macht euch an die Arbeit.«

Kapitel 1

Freitag, 8.20 Uhr
Zwei Stunden und vierzig Minuten früher

»Ich will dir sagen, was jetzt fällig ist: Jemand muss sterben. Jemand, der böse ist, jemand, der Ärger gemacht und mir und anderen Leuten viel Schmerz bereitet hat. Es ist ein einfaches Ziel – ein Mord –, aber es gibt Komplikationen. Eine Menge Komplikationen.«

Peter Karpankow hielt inne, als kämen diese Worte ihm selbst zu dramatisch vor. Aber vielleicht waren sie auch gar nicht dramatisch genug, ungeeignet, die Größenordnung der Sünden zu vermitteln, für die er Genugtuung forderte. Heute war seine wettergegerbte Haut schlaffer als sonst, und er sah aus wie sechzig statt wie fünfzig, sein tatsächliches Alter. Der patronenförmige Schädel des Mannes war mit kurzem, schütterem Haar überpudert, und er sah aus dem Fenster von Karpankow Transporte, Inc., einem mittelgroßen Unternehmen, das er von seinem Vater geerbt hatte und seit Jahren führte. Das unscheinbare, heruntergekommene Gebäude stand in Midtown, nicht weit vom Hudson River. Er hatte genügend Geld, um eine große, moderne Anlage zu bauen, aber er behielt das ursprüngliche Gebäude der Firma. So wie er auch weiter in demselben, hundertachtzig Quadratmeter großen, freistehenden Einfamilienhaus in Brighton Beach, Brooklyn, wohnte, das sich seit fast hundert Jahren im Besitz der Familie befand.

Den Blick nach wie vor abgewandt, sprach Karpankow weiter: »Ich wusste nicht, an wen ich mich sonst um Hilfe wenden sollte – wegen der Komplikationen, du verstehst? Und weil ich ein eindeutiges Motiv für die Ermordung dieses Manns hätte. Man würde mich sofort verdächtigen. Deshalb brauche ich dich. Du kannst dafür sorgen, dass die Motive nicht das sind, was sie zu sein scheinen. Du bist gut darin. Nein, nicht gut. Du bist die Beste.«

Er drehte sich endlich herum, und sein Blick begegnete dem der Frau auf der anderen Seite des Schreibtischs. Gabriela McNamara sah ihn ruhig und aufmerksam an. »Fahr fort, Peter.«

»Ach ja, und ich verdopple für diesen Job dein Honorar. Plus sämtliche Spesen natürlich.«

Letzteres hätte Karpankow nicht zu erwähnen brauchen. Er kam immer für ihre Spesen auf, wenn sie für ihn arbeitete. Ob es ein Mord war oder etwas anderes.

Gabrielas grüne Augen konzentrierten sich auf seine, die merkwürdigerweise zwei Schattierungen von Grau aufwiesen.

»Ich wünschte, ich könnte ihn selbst töten«, fuhr der Unterweltboss mit unverfälschtem Zorn in der Stimme fort. »Oh, und wie ich mir das wünschte! Aber …«

Gabriela wusste, Karpankow hatte seit langer Zeit niemanden mehr umgebracht. Dennoch wirkte der Mann mit dem schmalen Gesicht, den Zwei-Ton-Augen und den dazu passenden grauen Stoppeln auf dem Schädel in diesem Moment absolut fähig, einen Mord zu begehen.

Sie fühlte warmen Atem an ihrer Hand und sah nach unten. Gunther, Karpankows riesiger Hund, war von seinem Bett in der Ecke herübergeschlendert, um ihr die Hand zu lecken. Sie kraulte ihm das stachlige grauschwarze Fell zwischen den Ohren. Gabriela kannte sich mit Tieren aus; sie hatte schon als Teenager mit Vorstehhunden gejagt. Und diesen hier hatte sie schon gekannt, als er noch ein Welpe gewesen war. Jetzt war er riesig. Vor einem Monat hatte Gunther einen gedungenen Mörder getötet, der sich bei einem Spaziergang in Brooklyn auf Karpankow gestürzt hatte. Blitzschnell hatte der Hund den Mann an der Kehle gepackt und den schreienden Angreifer zu Tode geschüttelt. Die Tötung dessen Auftraggebers – eines jamaikanischen Drogenbarons – war Gabrielas letzter Job für Karpankow gewesen.

Der Hund schleckte noch einmal an ihren Fingern, stupste sie mit der Schnauze an und kehrte zu seinem Kissen zurück.

»Wie heißt der Mann, den du tot sehen willst?«

»Daniel Reardon.«

»Kenne ich nicht.«

Jetzt war es Gabriela, die durch das vorhanglose Fenster zum Hudson River hinausschaute. Der Kitt im Fensterrahmen bröselte und hätte ersetzt werden müssen. Sie fühlte das Bedürfnis, die alte Masse herauszuziehen, neue einzusetzen und das Fenster zu streichen. Sie machte viele Reparaturarbeiten selbst, sowohl in ihrer Stadtwohnung als auch in ihrer Jagdhütte oben in den Adirondacks, wo sie häufig auf die Pirsch ging – sowohl mit ihrer Nikon-Kamera als auch mit ihrer Winchester.

Karpankow führte eine Hand an seine Wange und ließ die Finger dann auf dem Kinn ruhen. Rieb darüber, als suchte er nach übersehenen Stoppeln, obwohl seine Haut für Gabriela einwandfrei glatt rasiert aussah. Er murmelte ein paar Worte auf Russisch. *»Hui bljad cyka.«*

Gabriela war sehr sprachgewandt. Da sie häufig in Brooklyngrad und den anderen Gegenden New Yorks mit vielen osteuropäischen Einwanderern arbeitete, hatte sie Russisch gelernt. Sie verstand den Ausdruck für »Schwanzlutscher«.

»Was hat Reardon getan?«, fragte sie.

»Du kennst Carole?«

»Carole? Die Tochter deines Assistenten Henry?«

»Richtig.«

»Hübsches Mädchen. Teenager?«

»Zwanzig.«

»Henry ist schon sehr lange bei dir.« Gabriela war aufgefallen, dass Henry bei ihrer Ankunft nicht an seinem Schreibtisch im Vorzimmer gesessen hatte und auch jetzt nicht anwesend war. Normalerweise war er ein beständiger Schatten Karpankows.

»Seit achtzehn Jahren. Er ist wie ein Bruder für mich.«

Karpankows Tonfall erklärte, mehr noch als seine Worte, dass es ihm schwerfiel, die Geschichte zu erzählen.

Er schenkte sich einen Stolitschnaja ein und bot ihr ebenfalls etwas an. Sie schüttelte den Kopf, und er kippte das ganze Glas hinunter und fing dann mit seiner Geschichte an. »Reardon hat Carole in einer Bar aufgegabelt und sie in eine Wohnung mitgenommen, die seine Firma als Unterkunft für Klienten unterhält. The Norwalk Fund. Irgendwo auf der East Side, in den Fünfzigernummern. Er hat sie verführt, aber eigentlich war es eine Vergewaltigung. Er hat sie mit Drogen betäubt. Bilder von ihr gemacht. Widerliche Bilder. Er hat sie auf einen eisernen Kaffeetisch gefesselt, mit diesen straffen Knoten, die er als Bootsfahrer beherrscht. Es war wie ein Spiel für ihn. Sie konnte sich nicht bewegen. Dann hat er sie mit einer Reitpeitsche geschlagen.« Seine Stimme versagte. »Der Schmerz war fürchterlich … der Schmerz.«

Ein weiterer Schluck Wodka und ein halbes Dutzend langsamer Atemzüge. »Dann haben er und ein anderer Mann sie abwechselnd … du weißt schon. Auch das wurde gefilmt. Ihr Gesicht war zu sehen, die Gesichter der Männer nicht. Reardon drohte damit, die Videos ins Internet zu stellen. Mein Gott, Carole war im College, sie hat in der Sonntagsschule unterrichtet! Es hätte ihr Leben zerstört.«

Gabriela nahm diese Informationen mit einem leichten Nicken auf. In ihrem herzförmigen Gesicht war keine Reaktion abzulesen. Für sie waren das alles nur Fakten. Obwohl sie Henry kannte und mochte, empfand sie nicht das geringste persönliche Interesse an der Angelegenheit.

Die Leichtigkeit, mit der sie diese Trennung vollzog, gehörte zu ihrer besonderen Gabe.

Wenn es denn eine Gabe war.

Karpankow fuhr fort: »Reardon hat Henry mit Hilfe der Bilder gezwungen, Informationen über mein Unternehmen preiszugeben. Computerdateien, Passwörter. Reardon und seine Komplizen sind in unser System eingedrungen und haben nahezu vierhunderttausend Dollar gestohlen, ehe wir die Server schlossen. Henry hat versucht, sich umzubringen. Er hat Tabletten genommen. Ich bin ins Krankenhaus gefahren, und er hat mir gebeichtet, was passiert ist.« Nach einer Pause: »Ich habe ihm vergeben.«

»Carole?«

»Was soll ich sagen? Sie wird nie mehr dieselbe sein.«

Gabriela nickte.

Auf Karpankows großem Schreibtisch lagen Papiere, Akten und Ausdrucke, und es gab eine umfangreiche Sammlung von Modellautos. Teure, aus Metall. Man konnte die Türen und Motorhauben öffnen und hineinschauen. Es waren wirklich Kunstwerke. Von den alten Schallplatten abgesehen, die sie vom Professor bekommen hatte, sammelte Gabriela nichts. Es gab keine Trophäen in dem Haus in den Adirondacks; sie jagte wegen des Fleisches. Und Waffen? Die waren schlicht Handwerkszeug, das man wegwarf oder tauschte, wenn ein effizienteres Modell auftauchte.

»Ist dieser Reardon denn hinter deiner Firma her?«

Karpankow Transporte war ein Unternehmen, das gar nicht viel transportierte – außer gewaschenem Geld, Waffen und Prostituierten. Aber mit dieser begrenzten Güterauswahl verdiente das Unternehmen sehr, sehr viel Geld.

»Ich glaube, dass er, was Carole angeht, einfach eine günstige Gelegenheit genutzt hat. Reardon kam mit ihr ins Gespräch, fand heraus, dass ihr Vater für ein profitables Unternehmen arbeitete, und machte es sich zunutze.«

»Er und dieser andere Mann? Sind sie nur zu zweit?«

»Nein, sie arbeiten zu dritt zusammen. Einer heißt Andrew. Und dann gibt es noch einen Mann fürs Grobe, sein Vorname ist Sam.« Karpankow wurde sehr ernst. »Ich glaube, Sam war der zweite Mann bei Carole.«

»Und das ist ihr *Modus operandi*? Sich Unschuldige suchen und sie ausnutzen?«

Karpankow lachte. *»Modus operandi*. Du hast ja Latein studiert, richtig. Dein Vater hat es mir erzählt. Er war sehr stolz auf seine gescheite Tochter.«

Ihr Vater war unmittelbar nach der Highschool auf die Polizeiakademie gegangen, aber er schätzte Bildung hoch ein und war tatsächlich stolz darauf, dass sein einziges Kind ein Studium an der Fordham University mit Auszeichnung abgeschlossen hatte. Er selbst hatte Erwachsenenbildungskurse belegt und sich dabei auf Geschichte spezialisiert, und er konnte Gabriela und ihrer Mutter stundenlang von New Yorks Vergangenheit erzählen. Sie hatten ihm mit gutmütigem Spott den Spitznamen »Professor« verliehen, und er war ihm geblieben.

»Es ist *einer* seiner *Modi«*, sagte Karpankow. Seine Stimme zitterte. »Sie lassen sich alles Mögliche einfallen – Erpressung, Kidnapping, glatter Mord. Manchmal tarnen sie sich als Unternehmensberater oder Versicherungsexperten. Sie machen sich an leitende Angestellte heran, bringen Insiderinformationen in Erfahrung, finden die Schwächen der Leute heraus.«

»Geschäftsleute, Versicherungen?«, sinnierte Gabriela. Sie fand, das war eine interessante Strategie. Sie merkte es sich für ihren Plan vor, der bereits Gestalt anzunehmen begann. »Du willst also, dass Reardon stirbt, du willst, dass ich herausfinde, wer Andrew und Sam sind. Und sie sollen ebenfalls sterben. Und du willst dein Geld zurückhaben, richtig?«

»Richtig.« Karpankow zog ein Modellauto zu sich heran. Gabriela hielt es für einen Jaguar; sie kannte sich allerdings mit Autos nicht sehr gut aus. In den Adirondacks hatte sie eine Honda mit tausend Kubikzentimetern stehen.

»Es geht mir im Grunde nicht um das Geld«, fuhr der Bandenboss fort, »sondern um …«

»Respekt.«

»Genau. Um Respekt und Rache. Du verstehst, was ich mit kompliziert meinte?«

Es war kompliziert, ja.

Aber Gabriela lebte für Komplikationen. Sie rückte ihre Jacke gerade, kleine schwarz-weiße Karos, Pepita. Und glättete ihren Rock, der so grau war wie das unruhige Wasser des Hudson an diesem Morgen. Aus ihrer orangefarbenen Ledertasche von Coach zog sie ein Strickzeug mit blaugrüner Wolle und begann geistesabwesend zu stricken.

Ihr Klappern konkurrierte mit dem Geräusch von Lkws vor Karpankows Fenster. Er sagte nichts.

»Erzähl mir, was du von Reardon weißt«, sagte sie in sachlichem Ton, was ihre Art war, um auszudrücken: Ja, ich nehme den Job an. Natürlich nehme ich ihn an.

»Er ist Ende dreißig. Gut aussehend. Hier.« Er zeigte ihr das Bild eines dunkelhaarigen Geschäftsmanns.

Sieht wirklich ganz gut aus, stellte sie fest. Breite Schultern. In Gabriela regte sich etwas, was aber nur zum Teil an seinem Körperbau und einer auffallenden Ähnlichkeit mit dem George Clooney von vor zehn Jahren lag. Die Anziehungskraft war hauptsächlich seinen schmalen Augen zuzuschreiben. Grausam wirkten sie. Schlau. Räuberisch.

»Tattoos, besondere Kennzeichen?«

»Keine Tätowierungen natürlich«, sagte Karpankow. »Aber er hat eine Narbe auf Brust und Schulter. Er hat bei einem Betrug mit Brandstiftung eine Bombe gelegt, die vorzeitig hochging. Anscheinend behauptet er, er habe sich die Narbe geholt, als er zwei Kinder bei einem Autounfall gerettet hat. Oder als jemand *ihn* gerettet hat, er verändert die Geschichte je nach den Umständen. Er hat einen Abschluss in Wirtschaft von einer Ivy League Universität. Und er führt zur Tarnung eine legale Investmentfirma. The Norwalk Fund, von dem ich schon gesprochen habe. Verdient einen Haufen Geld und gibt es aus. Autos und Boote. Aber er ist auch ein Soziopath. Letztes Frühjahr haben Andrew und er einen Mann getötet, der als Zeuge gegen sie auszusagen drohte. Reardon hätte den Mann erschießen können, als er allein war. Aber er hat die Familie ebenfalls getötet. Ich muss annehmen, dass er ihn zum Teil deshalb auf diese Weise getötet hat, weil er es genoss. Die Frau wurde gefoltert und vergewaltigt. Ein Sadist, wie gesagt – wie bei Carole.«

Gabriela strickte.

Sie schloss die Augen und wälzte Ideen hin und her. Karpankow blieb stumm. Sie arbeitete seit Jahren für ihn, und er wusste, wie ihr Verstand funktionierte, er wusste, wann er sprechen, wann er Einwendungen machen durfte. Minutenlang war sie ganz woanders. Brachte Ordnung in ein wirres Knäuel. Und er sagte währenddessen kein Wort.

Als sie aus ihren Gedanken wieder auftauchte, war sie für einen Moment tatsächlich überrascht, dass sie nicht allein war. Schließlich fand sie wieder zu sich. »Ich habe ein paar Ideen. Ich werde jemanden brauchen, der mir hilft. Jemanden, der sich nicht scheut, sich die Hände schmutzig zu machen. Am besten jemanden, den nicht allzu viel mit dir verbindet.«

Karpankow überlegte einen Moment lang. »Es gibt jemanden, den ich regelmäßig auf freiberuflicher Basis einsetze. Er ist gut. Sehr clever.«

»Und er hat kein Problem mit …?«

Sie musste den Satz nicht beenden.

»Überhaupt nicht. Er hat ein Dutzend Jobs für mich erledigt. Er ist sogar gerade hier. Unten im Erdgeschoss«, sagte Karpankow.

»Lass uns mit ihm reden.« Ihr Blick ging wieder zu Gunther. Der Hund schaute zurück. Sein Schwanz klopfte auf den Boden.

Karpankow griff zum Telefon und bat den Mann höflich, zu ihnen heraufzukommen. Dann legte er auf. »Was wird das?« Ein Kopfnicken in Richtung Strickzeug.

Deep greens and blues …

Ein Song, den sie mochte. James Taylor.

»Das wird ein Schal«, sagte sie. Sie blickte auf die Spitzen der Nadeln. Die Ideen sprudelten.

Fünf Minuten später klopfte es an der Tür, und Karpankow rief: »Herein.«

Ein großer Mann mit dichtem, gelocktem blondem Haar und einem rechtwinkligen Kinn kam herein und schüttelte Karpankow die Hand. »Peter.« Sein Blick war selbstbewusst, und er sah Gabriela ohne Neugier, Begierde oder Herablassung an.

»Das ist Gabriela McNamara.«

»Joseph Astor.« Das Gesicht des Mannes war eine Maske, als er sie betrachtete. Er wusste offenbar nicht, wer sie war, oder es interessierte ihn nicht. Das war gut. Der Ruf, den man hatte, nützte einem nichts. So wenig wie Lob, Kränkungen oder Sporttrophäen von der Highschool.

Sie gaben sich die Hand. Seine Haut war rau. Gabriela entdeckte einen schwachen Geruch, den sie als Rasiercreme, nicht Aftershave, identifizierte. Joseph setzte sich in den anderen Bürostuhl. Der Stuhl ächzte. Joseph war nicht dick, aber er war kräftig gebaut wie eine tragende Säule.

»Sie laufen unter ›Gabriela‹?«

»Ja. Ich hasse Spitznamen.« Besonders ärgerlich fand sie »Gabby«. Der einzige Spitzname, den sie je gemocht hatte, war der, den ihr Vater ihr gegeben hatte. Für ihn war sie Mac gewesen. So wie er für sie der Professor war.

»Und ich hasse es, wenn man mich ›Pete‹ nennt«, sagte Karpankow.

Der Dritte im Bunde sagte nichts, aber Gabriela spürte, dass »Joe« keine glückliche Wahl wäre.

Die dunkelroten Nadeln stießen mit den stumpfen Spitzen zusammen. Karpankow erklärte Joseph den Sachverhalt mit Reardon in etwa so, wie er ihn Gabriela erklärt hatte. Dann fügte er hinzu: »Gabriela hat die Aufgabe angenommen, diese Männer zu finden und zu beseitigen. Sie hat um einen Mitarbeiter gebeten, der ihr hilft.«

»Natürlich«, sagte Joseph. »Ich tue, was ich kann.«

Stille bis auf das Klappern der Nadeln. Schließlich sagte Gabriela zu Joseph: »Was ich tun werde, ist, eine verdeckte Operation anzuleiern, eine Inszenierung wie eine Art Theaterstück. Die Details muss ich mir noch überlegen – das werde ich in den nächsten Stunden tun. Aber im Wesentlichen läuft es darauf hinaus, dass ich ein paar Leute in meinem normalen Job dazu bringe, einen groß angelegten Schwindel zu inszenieren, um Reardon und seine Komplizen zu fassen. Es wird so aussehen, als wäre die Polizei hinter mir her, sodass Reardon glaubt, ich hätte Zugang zu einem Haufen Geld und einigen Geheimnissen oder etwas in der Art. Nachdem mir die Polizei im Nacken sitzt, wird er geneigt sein zu glauben, dass alles seine Richtigkeit hat. Ich bin mir sicher, dass ich meinen Captain zu der Aktion überreden kann.«

»Polizei?«, sagte Joseph und Verwirrung trübte seine Miene. »Ihr Captain?«

»Ich bin Polizistin«, sagte Gabriela.

»Sie sind …«

»Ich werde anrufen und einen Termin für eine Besprechung mit meinem Captain und ein paar anderen Detectives in ein paar Stunden ansetzen lassen.«

»Polizei?«, wiederholte Joseph, allerdings mit weniger Unsicherheit als zuvor.

»Gabriela arbeitet als hoch dekorierte Detective beim NYPD«, klärte Karpankow auf. »Dieser Job war sehr … hilfreich für uns, wie Sie sich vorstellen können.«

Josephs einzige Reaktion war ein verzögertes Nicken. Dann zog er eine Augenbraue in die Höhe. »Und wie sind Sie bei denen gelandet?«

»Mein Vater war ebenfalls bei der Polizei«, sagte sie ruhig. »Ich bin in seine Fußstapfen getreten. Ich habe mich für Fotografie interessiert und …«

»Sie ist gut«, unterbrach Karpankow. »Wirklich gut.« Er zeigte auf eine Schwarzweiß-Landschaft an seiner Wand. »Das ist eins von ihr.«

Joseph betrachtete das Bild ohne Reaktion und sah dann Gabriela wieder an.

»Ich habe einen Job als Fotografin bei der Spurensicherung angenommen«, fuhr sie fort. »Eines Tages wurden wir nach Queens gerufen. Eine Schießerei. Niemand dachte sich bei meinem Nachnamen etwas, und es stellte sich heraus, dass mein Vater das Opfer war.«

»Tja.« Joseph zog die Augenbrauen zusammen.

»Es gab nichts zu rätseln; er wurde durch Feuer aus den eigenen Reihen getötet. Zwei Nachwuchs-Detectives leerten einfach ihre Waffen auf einen Jungen, den sie für einen bewaffneten Vergewaltiger hielten – er war nebenbei bemerkt weder das eine noch das andere. Die Ermittler hatten Mist gebaut und den falschen Mann aufs Korn genommen. Der angebliche Verdächtige wurde nur oberflächlich verletzt. Mein Vater – der die beiden absicherte – wurde sechsmal getroffen und war auf der Stelle tot. Als der leitende Detective begriff, wer ich war, zogen sie mich sofort von dem Fall ab, aber ich habe trotzdem noch eine Menge Bilder geschossen. Ich wollte dokumentieren, wer die Täter waren, nämlich seine Kollegen von der Polizei.«

»Und kamen sie ins Gefängnis?«

»Nein. Der Tod meines Vaters wurde als Unfall eingestuft. Sie wurden für zwei Wochen vom Dienst suspendiert – bei vollem Gehalt. Dann kehrten sie zurück, als wäre nichts gewesen.«

»Sie sind immer noch bei der Polizei?«

»Sie weilen nicht mehr unter uns«, sagte Gabriela ruhig. Dann sah sie Joseph an. »Aber wollten Sie nicht in Wirklichkeit wissen, wie ich *hier* gelandet bin, wie ich dazu kam, für Peter zu arbeiten?«

»Ja, das stimmt.«

»Nach Vaters Tod brach meine Mutter zusammen. Sie war schon krank gewesen, bevor es passierte, gemütskrank. Sein Tod hat sie zerstört. Die Polizeiführung und die Stadt haben nichts für sie getan. Es war, als könnten sie nicht zugeben, dass sie Mist gebaut hatten. Dafür ist Peter an unserer Tür aufgetaucht. Er hat ihr das Leben gerettet, hat sie in ein Krankenhaus gebracht. Seine Frau hat sich ebenfalls um sie gekümmert. Es stellte sich heraus, dass Dad die ganze Zeit für Peter gearbeitet hatte. Ich beschloss, ich würde dasselbe tun.«

»Ich wollte es zuerst nicht«, sagte Karpankow. »Aber sie ließ nicht locker. Jetzt bin ich froh darüber. Ralph McNamara war hilfreich, indem er mich mit Insiderinformationen über Ermittlungen und dergleichen versorgte. Gabriela hat darüber hinaus noch andere nützliche … Fähigkeiten.«

Gabriela erzählte Joseph nicht, dass sie das Wesen ihres Vaters geerbt hatte. Sie erinnerte sich an Dutzende von Vorfällen in der Schule, wo man sie, häufig zusammen mit der Polizei, ins Büro des Direktors zitiert hatte, weil sie durchgedreht und wie von Sinnen auf Jungen oder Mädchen losgegangen war, die sie oder andere Schüler schikaniert hatten. Der Status des Professors als geachteter Detective schützte sie vor einem Jugendarrest und anderen Maßnahmen, und ihr Vater brachte ihr außerdem bei, ihr Bedürfnis nach Gewalt zu kontrollieren.

Aber nur zu kontrollieren, nie auszuschalten.

Jetzt ließ Gabriela ihre Familiengeschichte mit einem Klappern ihrer Nadeln hinter sich. »Also, bei der Reardon-Sache wird uns das NYPD helfen.« Die Ideen flossen jetzt schnell. So ging es immer. Das Gehirn ist ein erfinderisches und fruchtbares Geschöpf. Manche Einfälle verwarf sie, andere baute sie um, wieder andere ließ sie als perfekt ausgebildete Bestandteile ihres Plans stehen. Ihre Handflächen waren feucht von Schweiß, und ihr Herz schlug schnell.

»Was kann ich dabei tun?«, fragte Joseph.

»Ich werde meinem Captain und der Polizei erklären, Sie seien ein vertraulicher Informant, der für mich arbeitet. Auf diese Weise kann ich Sie in der Anonymität belassen. Wir benutzen nur Ihren Vornamen. Ich selbst werde Gabriela … *McKenzie* sein.« Ihr Blick war auf das Etikett einer Whiskeyflasche gefallen, die auf dem Sideboard hinter Karpankow stand. »Gabriela McKenzie, eine Art Geschäftsfrau, und Sie erpressen mich um eine Menge Geld.« Ein leichtes Herzklopfen, als eine glänzende Idee auftauchte. »Wir werden vorgeben, dass Sie meine Tochter entführt haben.«

»Sie haben eine Tochter?«

»Nein, ich habe keine Kinder. Aber Sie werden auf mich zukommen, wenn Reardon bei mir ist, und mir mitteilen, Sie hätten Sarah entführt und Sie würden sie töten, wenn Sie nicht bekommen, was Sie wollen.«

»Ihre Tochter wird Sarah heißen?«

»Richtig. Es ist der Name meines Pferdes. Ein Stutenfohlen, das ich im Norden des Bundesstaats halte und am Wochenende reite. Aber wir werden ein paar Fotos von einer Sechsjährigen herunterladen. Videos ebenfalls.«

Joseph nickte. »Die Leute sind Idioten, wenn man sich anschaut, was sie alles ins Internet stellen.«

»Wie wahr.«

»Was werde ich von Ihnen haben wollen, dass es sich lohnt, ein kleines Mädchen dafür zu entführen?«

Eine weitere Idee tauchte auf. Manchmal fielen sie wie Schneeflocken. »Ein Dokument. Eine geheime Liste. Sehr wertvoll. Eine Liste, die alle haben wollen – und das heißt, Reardon wird sie auch wollen.«

»Ein MacGuffin«, sagte Joseph.

»Ein was?«, fragte Peter Karpankow.

»Hitchcock«, sagte Gabriela. Es überraschte sie, dass Joseph den Ausdruck kannte. Nicht weil er dumm wirkte – ganz im Gegenteil –, aber weil er erst etwas über vierzig war und der Regisseur den Begriff vor mehr als einem halben Jahrhundert geprägt hatte. Sie erklärte es für Karpankow. »Ein MacGuffin ist ein Ding, ein *Objekt*, hinter dem in einem Thriller alle herjagen. Der Schatz der Sierra Madre, die verloren gegangene Bundeslade, eine Liste von Geheimagenten. Spielt keine Rolle, wenn es gar nicht existiert. Es ist das, was die Geschichte vorantreibt. Ich denke mir irgendeinen Blödsinn aus, einen Bombenanschlag oder was weiß ich. Den Leuten auf der Liste ist ein Vermögen sicher, wenn es passiert.«

»Wie wäre es, wenn wir dieser Liste irgendeinen geheimnisvollen Namen geben würden?«, fragte Joseph.

»Ich habe eine Idee«, sagte Karpankow. »Was haltet ihr von Oktoberliste?«

Gabriela nickte. »Gut, gefällt mir. Aber warum Oktoberliste?«

»Ich war gestern Abend mit meiner Frau im Hofbräu, Third Avenue. Donnerstag ist immer Oktoberfest-Abend. Das beste Wiener Schnitzel in der Stadt. Oktoberfest … Oktoberliste. Ist mir einfach so eingefallen.«

»Perfekt. Es ist Mitte September, ich werde Hinweise fallen lassen, dass, was immer passieren wird, nächsten Monat passieren wird. Okay, Sie, Joseph, wollen diese geheimnisvolle Liste haben. Und Geld dazu. Reardon hat Peter vierhunderttausend gestohlen. Aber lasst uns fünfhundert verlangen – Zinsen.«

Der Russe nickte.

»Wie wollen Sie das Geld von ihnen bekommen?«

Sie überlegte einen Moment. »Reardon wird anbieten, das Lösegeld für mich zu bezahlen. Er wird eins seiner Konten anzapfen und das Geld aus dem Ärmel schütteln. Natürlich wird er es in Wirklichkeit einsetzen, um Sie zu bezahlen – als Anreiz für Sie, mit der Bande ins Geschäft zu kommen. Nur Sie können ihnen sagen, wie man die Oktoberliste am besten verwendet. Sie brauchen Sie dafür.«

Joseph fiel ebenfalls etwas ein. »Lasst uns mit vierhunderttausend anfangen, aber um die Glaubwürdigkeit zu erhöhen, könnten Sie eine Frist nicht einhalten, und ich erhöhe den Einsatz daraufhin auf fünfhunderttausend.«

»Ja, das gefällt mir.« Gabrielas Augen leuchteten. »Und wenn ich diese Frist versäume, schicken Sie mir etwas von meiner Tochter, um zu zeigen, dass Sie es ernst meinen.« Sie blickte zufällig gerade auf ihre Fingernägel, die dunkelrot lackiert waren. »Vielleicht … ich hab's, einen blutigen Finger.«

»Was?«, entfuhr es Karpankow.

Sie lächelte. »Nur von einer Puppe natürlich. Besorgen Sie Kunstblut. Oder kaufen Sie ein blutiges Steak.«

Joseph nickte, als wäre es der logischste Einfall der Welt.

»Wir ziehen das Spiel bis Sonntagabend durch. Sie wählen einen geeigneten Ort aus – ein sicheres Haus irgendwo – und vereinbaren ein Treffen mit Reardon und seinen Leuten dort. Wenn sie auftauchen, töten Sie sie.«

Joseph dachte darüber nach. »Ich habe ein Lagerhaus in SoHo, das ich gerade aufgebe. Das werde ich benutzen. Die denken, ich habe Ihre Tochter entführt, richtig? Es gibt einen Raum auf der Rückseite des Lagerhauses. Dort werde ich Videos für Kinder laufen lassen. Wenn sie die Tür öffnen, um nachzusehen, erledige ich sie von hinten.« Dann runzelte er die Stirn. »Aber was werden Sie Ihrem Captain erzählen? Wenn es eine Undercover-Aktion ist, wird er dann nicht erwarten, Beweismittel zu erhalten, von einem versteckten Aufnahmegerät oder irgendwas?«

Es war ein gutes Argument, aber Gabriela hatte es bedacht.

»Ich werde meinen Kollegen erzählen, Sie – mein vertraulicher Informant – seien abtrünnig geworden und hätten Reardon und die anderen getötet und das Geld gestohlen. Dann seien Sie verschwunden. Vertraulichen Informanten traut sowieso niemand. Ich werde nicht allzu toll dastehen – eine missglückte Operation –, aber Tatsache ist, dass mein Captain nicht allzu sauer sein wird. Nachdem Reardon tot ist, werden wir sein Haus und sein Büro durchsuchen. Vermutlich werden wir dann ein halbes Dutzend Fälle schließen können, hinter denen er und seine Bande gesteckt haben. Und die Stadt spart sich die Prozesskosten.«

»Brillant, Gabriela«, sagte Karpankow voller Verehrung.

Klapper, klapper.

Gabriela fügte dem Schal, an dem sie strickte, eine weitere Reihe hinzu. Ihr fiel noch etwas ein. »Weißt du was, Peter? Es wäre hilfreich, wenn es so aussähe, als wäre noch jemand anders hinter mir her, irgendein *anderer*. Reardon wird sich herausgefordert fühlen, wenn er denkt, dass ein weiterer Akteur hinter der Oktoberliste her ist. Es lässt sie dadurch umso wertvoller aussehen. Fällt dir dazu etwas ein?«

Jetzt war es Karpankow, der sich zurücklehnte und mit seinen zweifarbig grauen Augen die Decke absuchte. »Wäre es sinnvoll, wenn diese Person stirbt?«

»Interessante Idee«, erwiderte sie. »Könnte gehen. Wieso?«

»Ich wüsste etwas.«

»Ja?«

»Es gibt da jemanden … diesen Kotzbrocken aus Brooklyn. Hält sich für den Paten. Hal Dixon. Kennst du ihn?«

»Ich glaube, ich habe den Namen schon gehört.«

»Er redet ständig davon, sich nach Manhattan und Jersey auszubreiten. Ich überlege schon länger, ihn zu beseitigen. Das könnte die Gelegenheit sein.«

Gabriela strich sich den Rock glatt, während sie über den zusätzlichen Akteur nachdachte. »Du könntest dich mit Dixon treffen«, sagte sie. »Erzähl ihm, du hättest gehört, es gäbe da diese Oktoberliste, und dass ich sie habe. Beauftrage ihn damit, sie zu besorgen. Wenn er sich an mich heranmacht, sorge ich dafür, dass mich niemand sieht, und beseitige ihn. Hinterher erzähle ich meinem Captain, dass es Reardon gewesen sei.«

Kaum hatte sie diese Idee gesponnen, fiel ihr noch etwas ein, und sie ließ das Strickzeug in den Schoß sinken. »Es gibt da noch ein persönliches Problem, das *ich* lösen muss.«

Sie kniff leicht die Augen zusammen, während sie erklärte, worum es sich bei diesem Problem handelte. »Ich habe Ärger mit jemandem. Es fing vor rund einem Monat an. Ich hatte gerade einen Job erledigt und kümmerte mich um die Leiche, aber die Polizei war näher, als ich gedacht hatte. Also schlüpfte ich rasch in ein Kino und habe mir diesen Typen geangelt, damit wir wie ein Pärchen hinausgehen konnten. Es hat funktioniert. Aber das Problem ist, dass ich ihn nicht mehr loswerde. Es hat mich bereits einige Treffen gekostet. Der Typ hat sich in eine Art Stalker verwandelt. Er spioniert mir nach, taucht vor meiner Wohnung auf. Er hat sogar schon Bilder von mir gemacht, wenn er dachte, ich merkte es nicht.« Sie verzog das Gesicht. »Er ist ziemlich krank – er hat einen Schuhtick. Wenn er mich in hohen Absätzen sieht, fängt er zu sabbern an. Macht Bilder mit seinem Handy von mir und achtet immer darauf, dass meine Schuhe mit auf dem Foto sind. Echt pervers.« Sie zuckte mit den Achseln. »Es wäre hilfreich, wenn er ebenfalls sterben würde.«

»Wie heißt er?«, fragte Joseph.

»Frank Walsh.« Sie beschrieb ihn und schlug vor: »Lasst uns seine Ermordung ebenfalls Reardon anhängen.« Dann nahm sie ihre Strickarbeit wieder auf. Die Männer blickten auf die Aluminiumnadeln. Sie hatte den Eindruck, dass sie überlegten, ob sie schon einmal jemanden mit den Dingern getötet hatte. Sie hatte nicht. »Ich weiß, was funktionieren würde. Nachdem Reardon und ich die Liste gefunden haben, werde ich sie zur sicheren Aufbewahrung an Frank liefern lassen. Ich werde dafür sorgen, dass Reardons Fingerabdrücke auf dem Umschlag oder der Schachtel sind oder in was immer ich sie stecke. Peter, könntest du dafür sorgen, dass einer von deinen Männern in dem Gebäude ist, das wir als Prescotts Büro ausgeben? Er soll so tun, als wäre er ein Hausmeister. Ich lasse ihn die Liste an Frank liefern.«

»Sicher. Wie wäre es mit Rafael?«

»Ja, der ist gut.« Dann sagte sie zu Joseph: »Nachdem das Päckchen geliefert wurde, gehen Sie – am Sonntag – zu Frank, erschießen ihn und nehmen das Beweismittel mit Reardons Fingerabdrücken darauf mit. Damit man es später dort findet, wo Sie Reardon und seine Komplizen erledigen. Aber nehmen Sie unbedingt Franks Handy mit und löschen Sie die Festplatte auf seinem Computer. Er wird Bilder von mir darauf haben.«

Joseph nickte. »Ihre Kollegen«, sagte er dann, »die Detectives, der Captain, werden Sie sicher überwachen wollen. Das könnte ein Problem sein.«

Sie verzog das Gesicht. »Ich weiß. Selbst wenn ich ihnen sage, sie sollen es bleiben lassen, werden sie versuchen, mir etwas unterzujubeln oder mich beobachten. Ich muss es einfach im Hinterkopf behalten und dafür sorgen, dass ich etwaige Verfolger oder elektronische Überwachungsgeräte wieder loswerde.«

Gabriela legte das Strickzeug beiseite und setzte sich vor. Sie war sehr zufrieden mit Joseph, es gefiel ihr, dass er klug war und dass er ihr so ungezwungen in die Augen sah, ohne Herausforderung, Furchtsamkeit oder Flirtversuch. »So, bevor wir jetzt weitermachen, möchte ich etwas sagen. Offensichtlich kennen Sie sich mit Filmen aus. Sie wissen, was *Method Acting* ist?«

»Ich habe davon gehört. Aber genau weiß ich es nicht.«

»Das ist, wenn Schauspieler mental und emotional zu den Figuren werden, die sie darstellen. Damit diese Sache funktioniert, damit ich Reardon täuschen kann und wir beide überleben, werde ich die Büroleiterin und alleinerziehende Mutter *sein,* die ich mir ausgedacht habe. Gabriela McKenzie. Gabriela McNamara wird nicht mehr existieren.«

Sie teilte Joseph und Karpankow nicht mit, dass es sich um eine alles verzehrende Verwandlung handeln würde. Sie würde sich mental und emotional an einen völlig anderen Ort begeben. Sie würde den Namen ihrer fiktiven Tochter wieder und wieder sagen – laut und nur für sich –, bis das Mädchen zum Leben erwachte. Sie würde selbst glauben, dass sie ihre geliebte Sarah nie wiedersehen würde, wenn sie die Oktoberliste und das Geld nicht ablieferte. Sie würde Bedauern über den Tod von Hal Dixon empfinden. Auch über den von Frank Walsh, obwohl er in Wirklichkeit eine ärgerliche Komplikation in ihrem Leben war. Sie würde aufrichtig befürchten, dass die Polizei hinter ihr her war. Und sie würde sich tatsächlich zu Reardon hingezogen fühlen, als hätten sie sich gegenseitig in einer Bar aufgegabelt, ein Funke, der sich zu einer echten Beziehung entwickeln konnte. Sie würde vielleicht sogar mit ihm ins Bett gehen.

Und nachdem Joseph Reardon erschossen hatte, würde sie um ihn trauern.

Gabriela war genau deshalb so gut in dem, was sie tat, weil sie sich selbst so wirkungsvoll hereinlegte wie ihre Opfer.

Sie sah Joseph ruhig an. »Sie verstehen?«

»Ja.«

»Sie müssen das Gleiche tun.«

»Verstehe.« Joseph starrte einen Moment lang ins Leere. »Da wir gerade über Schauspielerei reden … Was halten Sie davon: Ich könnte wie dieser Schauspieler sein, der gestorben ist, der in dem Batman-Film vor ein paar Jahren. Heath Ledger, der Joker. Zynisch, unberechenbar, unheimlich.«

»Das gefällt mir. Und wie war seine Philosophie gleich noch?« Sie dachte an den Film zurück. »›Gut ist nur, was meinen Interessen dient.‹ Das wird Ihre Antriebskraft sein.«

Joseph schob das Kinn vor. »›Gut ist nur, was meinen Interessen dient.‹ Das merke ich mir. Gefällt mir. Aber eine Frage noch«, sagte er. »Werden Sie dabei sein, wenn ich sie erledige?«

Gabriela dachte darüber nach. »Nein, sie werden mich nicht dabeihaben wollen. Reardon und einer der anderen werden Sie allein treffen wollen. Mich werden sie mit einem Babysitter, wahrscheinlich Sam, irgendwo in einem sicheren Haus zurücklassen.« Ein Blick zu Karpankow. »Höchstwahrscheinlich dort, wo sie Carole hingebracht haben, die Wohnung in Midtown, die die Firma für Gäste unterhält.« Sie wandte sich wieder an Joseph. »Ich schicke Ihnen eine SMS mit der genauen Adresse, sobald ich sie habe.«

»Werden Sie eine Waffe bei sich tragen?«, fragte Joseph.

»Nein, das darf ich nicht. Aber Sam wird sicher bewaffnet sein.« Sie überlegte. »Reardon wird wahrscheinlich planen, zu dem sicheren Haus zurückzukommen, nachdem er sich mit Ihnen geeinigt hat – vermutlich, um mich persönlich zu erledigen. Und wenn man bedenkt, was er mit Carole gemacht hat, kann ich mir vorstellen, dass er und Sam vielleicht noch andere Dinge mit mir vorhaben. Etwas mit Seilen und Knoten. Nehmen Sie also den Schlüssel für das sichere Haus, nachdem Sie Reardon und Andrew getötet haben, und kommen Sie dorthin. Wenn es einen Riegel oder eine Kette an der Tür gibt, werde ich sie wegmachen. Sie schicken mir eine SMS, wenn Sie in der Nähe sind, und ich lenke meinen Babysitter ab, egal welcher der beiden anderen es ist. Ich werde ihm erzählen, mir ist plötzlich klar geworden, was es mit der Oktoberliste auf sich hat, oder so etwas. Sie öffnen die Tür mit dem Schlüssel. Mein Babysitter wird wahrscheinlich denken, es sind die beiden anderen, und nicht allzu misstrauisch sein. Aber wir sollten auf jeden Fall vorsichtig zu Werke gehen. Wenn ich höre, wie die Tür aufgeht, sage ich einen von zwei Sätzen. Wenn ich frage: ›Geht es meiner Tochter gut?‹, bedeutet das, Sam hat keine Waffe gezogen. Er ahnt nichts. Sie können gefahrlos hereinspazieren und ihn erschießen. Wenn ich aber frage: ›Daniel, was ist passiert?‹, dann bedeutet das, er ist sehr wohl misstrauisch und hat eine Waffe in der Hand. In diesem Fall bleiben Sie im Flur. Dann läuft es auf eine Schießerei hinaus. Ich werde in Deckung gehen und schauen, was ich von innen tun kann.«

Joseph nickte. »›Geht es meiner Tochter gut?‹ bedeutet, ich habe grünes Licht zu schießen. ›Daniel, was ist passiert?‹ bedeutet, ich gehe in Deckung.«

»Richtig.«

»Verstanden.«

»Gut.« Gabriela steckte das Strickzeug und den halb fertigen Schal in ihre Tasche. Sie warf einen liebevollen Blick zu Gunther, der wieder mit dem Schwanz wedelte. Dann stand sie auf und schüttelte erst Karpankow und danach Joseph die Hand. »Okay. Machen wir uns an die Arbeit.«

I

Vorwort

Wir haben Stephen Sondheim für dieses Buch zu danken. Vor mehreren Jahren habe ich auf National Public Radio ein Interview der unvergleichlichen Terry Gross in ihrer Sendung *Fresh Air* mit Sondheim gehört, der einer meiner Lieblings-Musicalkomponisten und -texter ist. Eins der Stücke, über die er sprach, war *Merrily We Roll Along,* was zufällig das vielleicht einzige Musical von ihm ist, das ich bis dahin nicht gesehen hatte. Ich war fasziniert davon zu hören, dass es in der Gegenwart beginnt und sich zeitlich rückwärts bewegt. Von besonderem Interesse war seine Bemerkung über einen Song, der in der Gegenwart eine bestimmte Bedeutung hat und eine ganz andere, wenn er zuerst (also später) eingeführt wird.

Ich liebe nun mal die Idee einer gebrochenen Zeitschiene. Sehen Sie sich Kubricks zweitbesten Film an, *Die Rechnung ging nicht auf* (meine Nummer eins ist *Dr. Strangelove,* nicht *2001*), oder *Pulp Fiction, Memento, Zurück in die Zukunft.* Und natürlich die klassische *Seinfeld*-Folge »The Betrayal«, die eine

Hommage an Harold Pinters chronologisch rückwärts erzähltes Stück »Betrogen« war.

Ich begann mich zu fragen, ob es möglich ist, einen rückwärts erzählten Thriller zu schreiben, der all die Cliffhanger, Überraschungen und unerwarteten Wendungen aufweist, die für mich der Inbegriff guter Krimiliteratur sind. Die Herausforderung besteht natürlich darin, die Wendung (die »Auflösung«, wie sie es im Filmgeschäft nennen) zu präsentieren, *bevor* man die Fakten verrät, die zu ihr führen, und sie trotzdem zu einer aufregenden Überraschung zu machen. Es ist, als würde man erst die Pointe verraten und dann den Witz erzählen – und das Publikum soll dennoch genauso heftig lachen, als hätten sie den Gag in der richtigen Reihenfolge gehört. Es *ist* möglich:

Der Barkeeper sagt: Wir bedienen hier keine Zeitreisenden.

Kommt ein Zeitreisender in eine Bar.

Viele, viele Post-it-Zettel später entwarf und schrieb ich den vorliegenden Roman, der mit dem letzten Kapitel beginnt und sich dann über den Zeitraum von rund zwei Tagen rückwärts bis zum ersten Kapitel bewegt. Obwohl er ein bisschen kürzer ist als die meisten meiner Romane, kann ich sagen, dass er Byte für Byte eine größere Herausforderung darstellte als alles, was ich zuvor geschrieben habe.

Wegen der Leidenschaft meiner Heldin für Fotografie dachte ich, ich füge Bilder in das Buch ein, zu Beginn jedes Kapitels. Manche sind rein illustrativ. Aber andere sind Hinweise auf die im Buch enthaltenen Rätsel, und einige stellen selbst überraschende Wendungen dar. Wie Gabriela im Buch sagt: Es hat etwas Verführerisches, die Realität zu nehmen und mit ihr zu arbeiten.

Dem kann ich nur voll und ganz zustimmen.

Anstatt die Titel der Bilder zu nennen, wo sie im Buch auftauchen, fand ich es besser, sie in der Inhaltsangabe unterzubringen. Die Sache mit der Überraschung wieder.

J. D., Chapel Hill, NC

Danksagung

Mit besonderem Dank dafür, dass sie dieses Buch mit mir gewagt (und mir geholfen haben, es so rückwärts wie nur menschenmöglich zu gestalten), an Mitch Hoffman und Carolyn Mays. Dank auch an Jamie Hodder-Williams, Michael Pietsch, Jamie Raab, Lindsey Rose, Katie Rouse und David Young. Und ich weiß wirklich zu schätzen, wie sehr meine übliche Mannschaft jongliert hat, um dieses Buch in der Spur und mich mehr oder weniger bei Verstand zu halten: Madelyn Warcholik, Julie Deaver, Deborah Schneider, Cathy Gleason, Vivienne Schuster, Betsy Robbins, Sophie Baker, Jane Davis, Will und Tina Anderson und Hazel Orme.

Für Frank, Maureen und Caitlyn Jewett

Inhalt und Titel der Fotografien

Jeffery Deaver

Blinder Feind

Ein rückwärts erzählter Thriller

Mit Fotografien des Autors

Deutsch von Fred Kinzel

blanvalet